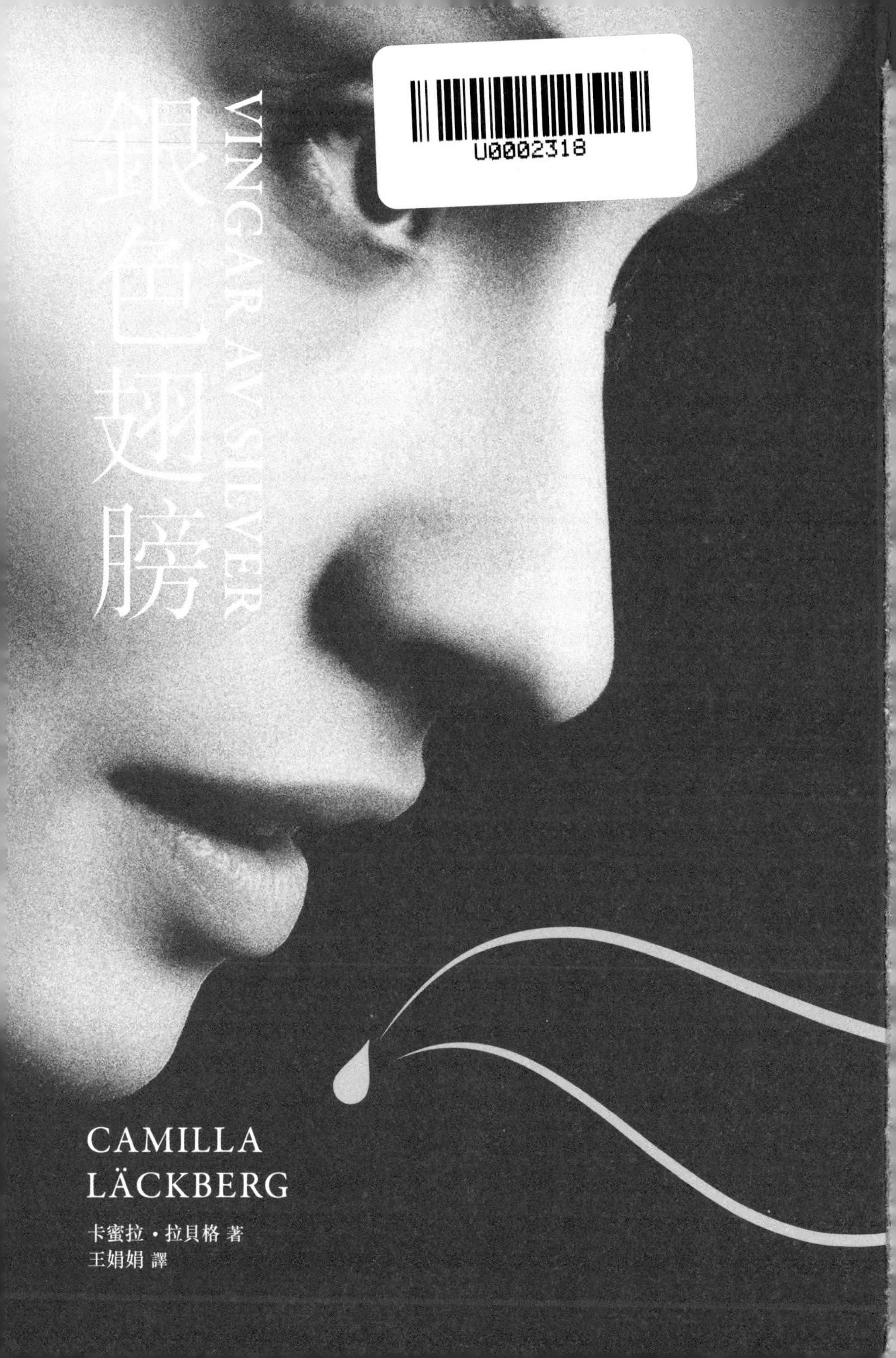

銀色翅膀

VINGAR AV SILVER

CAMILLA
LÄCKBERG

卡蜜拉・拉貝格 著
王娟娟 譯

第一部

兩名因謀殺罪在監服刑的囚犯今日清晨在移監途中脫逃。當時獄警將囚車暫停在E4公路的葛亞納休息站，兩人遂趁隙逃進附近森林。

數輛警車獲報趕往現場，但截至目前為止搜尋尚無所獲。

根據瑞典監獄暨假釋局發言人寇琳·馬爾姆指出，脫逃的兩名犯人對公眾安全並不構成威脅。

《晚報》，六月五日

霏伊按下 Nespresso 機按鍵。等待 espresso 做好的同時，她透過廚房挑高大窗望向屋外。那景緻每每令她驚豔讚嘆。

這幢位在拉維*的房子成了她的人間天堂。小鎮不大，長住居民大約兩百人。悠哉漫步繞鎮一圈也只要五分鐘。但小鎮廣場中心那家餐館的披薩與義大利麵卻是霏伊今生嚐過的第一名，小館幾乎每晚爆滿。小鎮偶有來客，隨著時序進入五月底觀光客出現的頻率也愈來愈高。來自法國的山路自行車狂熱分子，或是租了露營車一圓義大利之旅夢想的美國退休人士——他們的子女倒是氣急敗壞，不明白父母爲什麼堅持要過自己的生活、而非在家待命幫忙看顧孫子。

但沒有瑞典人。

霏伊買下房子以來還不曾在此見過瑞典人。這也是她當初選擇這裡的主要原因。在瑞典，她是舉國皆知的人物。義大利能提供她想要也需要的匿名保護。

她買下的這幢美麗老屋其實不在鎮上——這裡離鎮上還有二十分鐘的腳程。老屋位在山丘頂上，藤蔓沿山坡攀爬上屋子的外牆。霏伊喜愛沿著山城陡峭的小徑上上下下，採購麵包、起司和風乾生火腿。關於義大利鄉間生活的終極陳腔濫調，而她盡情享受這一切。過去兩年來，

* Ravi：位於義大利中部托斯卡尼大區的古老山城，距離羅馬約兩百二十公里。

就在她前夫在瑞典監獄裡落寞凋零的同時，她在這裡為她世上最愛的兩個人——她的女兒茱莉安和她的母親英格麗——找到了安全港灣。不過這星期屋裡多了一個人：霏伊最親近的好友與事業夥伴夏思汀。她對茱莉安視如己出，來訪期間忙著和英格麗較勁寵溺孩子。

Espresso 煮好了。霏伊拿起杯子，走向屋子靠後方的客廳。客廳裡迴盪著嘩嘩水聲與孩子開心的尖叫聲，預告著即將進入眼簾的戶外泳池。她很愛她的客廳。房子的裝修花了很長的時間，但霏伊本人的耐心加之以和義大利最才華洋溢的室內設計師合作，意味著屋裡的一切完全都是霏伊想要的。老屋厚實的石牆隔熱效果絕佳，即便在酷暑月份都能維持室內涼爽。唯一缺點是屋裡陰暗了些。她們以大型的淺色家具以及許多隱藏式燈光彌補這點，此外屋後的幾扇大窗也引進了不少自然光。霏伊尤其喜歡客廳與戶外空間幾乎無縫接軌的設計。

她踏出屋外，白色窗簾布輕撫過她。她啜飲一口 espresso，凝望她的女兒與母親。她們還沒發現她來了。

茱莉安長好大了，一頭金髮讓陽光曬得褪成了白金色，也幾乎天天冒出新雀斑。她美麗、健康、快樂。正是霏伊希望給她的一切。只有在少了杰克的生活裡才可能的一切。

「媽咪！媽咪！妳看！我會不戴臂圈游泳了！」

霏伊微笑，露出驚豔的表情回應女兒的興奮之情。茱莉安待在泳池水深的一頭，七手八腳地划起狗爬式，邦瑟熊*浮圈靜躺在泳池邊緣。英格麗緊張兮兮地緊盯孫女，半坐半站、隨時準備跳進泳池裡。

「媽，放輕鬆。她可以的。」

霏伊又啜了一口 espresso，杯子已經見底了。她更往露臺走去，後悔剛剛不是做了 cappucino。

「她堅持要待在水深的那頭，」霏伊的母親說，迫切地看著她。

「我覺得她只是像到她媽媽。」

「謝謝妳，我看得出來！」

英格麗笑了，而霏伊不禁讚嘆——一如她過去兩年來曾無數次——她母親是一個多麼美麗的女人，即便在經歷那麼多磨難之後。

知道英格麗和茱莉安還活著的人只有霏伊與夏思汀。就世上其他人所知，這兩人都已經過世了。茱莉安遭到親生父親殺害——杰克爲此正在瑞典監獄裡服無期徒刑。他差一點就擊垮霏伊，她對他的愛讓自己成了犧牲者。霏伊最終還是讓杰克付出了代價。

---

* Bamse：以邦瑟熊為主角的漫畫月刊自一九七〇年代發行至今，人氣歷久不衰，是瑞典兒童耳熟能詳的經典角色。

霏伊走向母親，落坐在她身旁的藤編扶手椅上。英格麗依然盯著茱莉安，身體緊繃，

「妳一定得跑這一趟嗎？」她問，目不轉睛看著孫女。

「公司最近正忙。Revenge 進入美國市場前有很多煩人細節得協商處理。再來是義大利這件可以讓我們在羅馬站穩腳步的收購案。喬瓦尼確實有意出售公司，但他和所有男人一樣，遠遠高估了自己的價值。關鍵就在讓他瞭解我的開價是他能拿到的最好價格。」

她母親憂心的目光從霏伊轉回茱莉安身上。

「我不懂妳爲什麼還要這麼拚命。妳現在只持有 Revenge 百分之十的股份，更何況之前出售股份的收益夠妳這輩子不必再工作一天了。」

霏伊聳聳肩，喝掉杯裡最後一滴 espresso、把杯子放在藤桌上。

「確實，一部分的我也想在這陪妳們就好。但妳瞭解我。一星期後我就會無聊死了。此外，不管持股多少，Revenge 都是我的心血結晶。我也還是董事長。更重要的是，我對當初那些相信我投資我、如今都是 Revenge 股東的女人有強烈的責任感。她們當初冒險給了我和 Revenge 機會，我想繼續回報她們。事實上，我一直在考慮買回更多股份，如果有人有意出售的話。這對她們來說是很好的獲利出場點。」

英格麗在椅子上挺直身子，看著茱莉安在泳池另一端掉了頭。

「妳所謂的姊妹情誼，」她語帶惱怒，隨即道歉。「我想我對女人的忠誠的看法和妳不太一樣。」

「我們是新一代的女人，媽。姊妹互挺。總之，茱莉安知道我要去一趟羅馬，她沒問題。我們昨晚談過。」

「妳知道我覺得妳聰明過人吧？妳知道我非常以妳為榮吧？」

霏伊握住英格麗的手。

「是的，媽，我都知道。妳只管顧好孫女、別讓她溺水，我很快就回來了。」

霏伊走到泳池邊緣。茱莉安頭一上一下，噴鼻息、划動四肢、吞進一口又一口冰涼的池水。

「再見囉，甜心，媽咪走了！」

「再ㄐ——」

茱莉安試著邊游泳邊揮手，應聲又吞了一大口水。霏伊從眼角看到英格麗急急衝了過去。

她的ＬＶ旅行箱已經打包妥當、在客廳等著她。要送她去羅馬的豪華禮車應該也已經到了。她拎起皮箱以免輪子在深色木頭地板留下刮痕，走向前門。經過夏思汀的書房時，她看到她專注地盯著電腦螢幕，眼鏡一如往常滑到鼻頭。

「哈囉——我出發了……」

夏思汀沒抬頭，眉心出現一條憂慮的深溝。

「一切還好吧？」

霏伊踏進書房、放下行李箱。

「我不知道……」夏思汀緩緩說道，依然頭也不抬。
「妳讓我擔心起來了——是股票出問題？還是美國？」
夏思汀搖搖頭。
「還不能確定。」
「我需要開始擔心嗎？」
夏思汀頓了一會才開口。
「不……還不需要。」
屋外響起喇叭聲，夏思汀朝前門點點頭。
「去吧。去羅馬把事情搞定。等妳回來我們再談。」
「但……」
「說不定只是我多心了。」
夏思汀對她露出鼓勵的微笑。霏伊走向厚重的木頭大門，心頭卻始終甩不掉那股不安感。發生了什麼事。不好的事。但不論是什麼她都會處理好。她必須處理好。她就是這樣的人。
她坐進後座，揮手要司機開車，然後打開那瓶等著她的小瓶裝香檳。車子開始朝羅馬駛去，而她啜飲氣泡酒液，陷入沉思。★

霏伊檢視電梯鏡中的自己。三名西裝筆挺的男人以欣賞的目光打量她。她打開她的香奈兒包，拿出Revenge自家口紅嘛唇補妝。她把一綹金髮塞回耳後、將刻有R字樣的口紅蓋子蓋回去，電梯正好抵達大廳。男人讓步讓她先出了電梯。她的腳步喀喀踩響白色大理石地板，門僮爲她拉開玻璃大門，夜風吹得她的紅色洋裝翩翩飄動。

「計程車嗎，夫人？」他問。

她微笑搖頭、腳步不曾稍緩，出了大門即刻右轉。一旁馬路上的交通完全堵死，汽車喇叭聲大作、駕駛放下車窗大聲咒罵。

她陶醉在自由中。隻身前來城市的訪客，不認識任何人、沒有人可以對她提出任何要求。沒有責任，沒有內疚。和喬瓦尼的商談十分順利；他掌管的小型家族化妝品公司產品即將加入Revenge既有的商品線。一旦喬瓦尼明白自己無法以男性優勢讓她同意他的條件，會談隨即轉向對她有利的方向進行。

霏伊熱愛談判的遊戲。對手通常是男性，也總是因爲她的性別而犯下低估她的錯誤。稍後在不得不承認失敗的時刻，男人通常分成兩種。有的會在盛怒之下離場，對女性的恨意更加確立。另一種男人則享受眼前狀況，被她的主導氣勢與幹練深深挑逗，離去時褲襠腫脹、探詢她是否願意共進晚餐。

霏伊在溫暖宜人的夜色中前行，讓城市的聲色包圍她、以她曾渴望的一切將她捲入其中。她漫無目的地前進。機緣將會降臨，屆時她只需讓城市的脈動接管她的身體。

再不久她就得把面具戴回去，扮演那個她在瑞典必須扮演的角色。但今晚，她可以是她想成爲的任何人。她走到一個美麗的鵝卵石廣場，鑽進迷宮般的迂迴巷道。

妳必須迷失才能再起，她在心中告訴自己。

一個男人自暗影中踏出一步，以沙啞的嗓音對她推銷貨品。霏伊只是搖搖頭。一扇沐浴在昏黃街燈光中的大門緩緩開啓，等在門外的一男一女隨即入門。

霏伊止步四望，在改變心意前朝那扇已再次關起的大門走去。門外有小小的門鈴，上方則是攝影機。她按鈴，沒有聽到任何動靜。終於，門鎖喀噠一聲，門開了一縫。豁然出現在她眼前的是一個巨大的房間，衣香鬢影、杯觥交錯。她正前方是一堵玻璃牆，牆外則是一個華美無比的露臺。打了燈的圓形競技場在遠方明晃晃得彷彿某種太空船的殘骸。

她從一面鍍金框的大鏡子看到自己背後穿著光鮮、沒有臉孔的人影成群聊天。女人年輕美麗，短洋裝造型優雅入時。男人的年紀大一些，但同樣好看，散發著財富通常能帶來的冷靜自信。傳進她耳裡的對話片段都是義大利文。酒杯被重新注滿，喝光，再注滿。

離她不遠處有一對年輕情侶正在親吻。霏伊彷彿被迷住了，無法移開目光。他們年紀很輕，二十五歲上下。他高大英俊，留著義大利式的帥氣鬍渣，鼻子高挺霸氣，深色頭髮側分往後梳。她穿著一件昂貴的骨白色短洋裝，貼身剪裁凸顯她的翹臀與纖腰，一深棕色頭髮簡單挽起。

他倆顯然深深爲彼此著迷，雙手離不開對方。一次又一次，他修長的手指滑進她古銅色大腿之間。霏伊微笑，目光和年輕女子對上時也不曾閃躲——她平靜地繼續凝視這對愛侶。她舉起手中的威士忌酸酒就口。很久很久以前，她也曾這般陷入熱戀。但那份愛戀遏抑她、令她窒息，把她變成某種了無生氣的存在，失去自我意志，被關進了黃金鳥籠裡。

霏伊的思緒被突然出現在她面前的女子打斷了。

「我未婚夫和我想邀妳喝一杯，」她以英語說道。

「你倆看起來並不需要其他人的陪伴，」霏伊帶著笑意說道。

「我們想要妳的陪伴。妳好美。」

她名叫法蘭契絲卡，來自巴西靠大西洋岸的阿雷格里港；她是個模特兒，也是畫家。他的名字是馬蒂歐，出身擁有酒店餐飲帝國的義大利家族。他也畫畫，但才華遠不如法蘭契絲卡，他淺笑解釋道。他倆對生命的熱情與無牽無掛的態度深具感染力。霏伊和他們聊得投機，又多喝了兩杯酒。她深受他倆的青春俊美以及對彼此的熱情吸引，卻沒有一絲妒意。她並不懷念有男人的日子。她想要完全控制自己生活、再不必時時顧慮另一個人。但她喜愛看這兩人在一起。

一小時後，馬蒂歐暫時離開，往男士洗手間方向走去。

「我們差不多要走了，」法蘭契絲卡說。

「我也是。我明天啓程回家。」

「要不要來我們家坐一下？」

霏伊在心裡衡量這個邀約，雙眼始終緊盯著法蘭契絲卡。她可以利用回家車程補眠。她意猶未盡，不想今晚就此結束。她還不想和他們說再見。

計程車在一幢宏偉的宅邸前停下來。馬蒂歐付了車資，三人魚貫下車，走進由穿著制服的門僮爲他們拉開的大門。他們的公寓位在頂樓，坐擁大面全景落地窗和面對美麗公園的陽臺。室內牆上掛著許多裝幀黑白攝影的作品，霏伊細看發現許多照片的主角正是法蘭契絲卡。音響喇叭傳出某首義大利流行歌曲。她後面有一臺裝備各式烈酒的推車式吧臺，馬蒂歐正在爲三人調酒。法蘭契絲卡說了個故事，霏伊很久不曾笑得這麼開心了。

霏伊依著法蘭契絲卡坐在巨大的米白色沙發上，馬蒂歐遞給兩人酒，然後落坐在霏伊的另一邊。她的頭因陶醉而愉悅暈眩。下方街道傳來的隱約人車聲響具有安定效果，但她同時滿心緊張的期待與興奮。

法蘭契絲卡把酒杯放在桌上，慢慢靠過來，動作輕柔地推開紅洋裝的細肩帶、親吻霏伊的鎖骨。一股暖意霎時流竄霏伊全身。馬蒂歐把她的頭扭轉向他，作勢親吻，卻在最後一刻轉向，只是輕啄她的喉頭、頸項，最後才鎖定她的雙唇。法蘭契絲卡的手愛撫她的大腿，一路往上移，卻在接近最後關卡時停下來、換到她的後腰摩挲挑逗。一切彷彿在夢中。

他倆褪去她的全身衣物，然後是他們自己的。

「我想看你們兩個，」霏伊低語，「在一起。」

杰克的臉浮現在她腦中——她想起他也曾提議邀另一個女人加入。霏伊拒絕了。並非因爲她不受這主意吸引，而是因爲這提議明顯是爲了他自己。法蘭契絲卡和馬蒂歐並非如此。霏伊的加入，既爲她也爲他。他倆並非對彼此厭了膩了，而是因爲他們對彼此的愛如此強烈、多到滿溢，足以多分予一人。她徹底享受整個境遇。

霏伊不住呻吟，任由馬蒂歐將她整個人翻過來、跨在法蘭契絲卡身上，從背後挺進她的身體。霏伊凝視著巴西美女睁大的雙眼，讓她的未婚夫在自己體內抽刺。當法蘭契絲卡朱唇微張，眼神專注、充滿探問。

「我喜歡看你幹她，寶貝，」法蘭契絲卡對馬蒂歐耳語道。

她是他倆強化彼此同心的工具，也是其中一份子。

霏伊將近高潮一刻，馬蒂歐陡然抽離開來。深深的大沙發上是三具交纏汗濕的赤裸身軀。霏伊從不曾體驗過這等的親暱，成爲這對深爲彼此著迷的儷人歡愉的一部分。法蘭契絲卡挨近她，霏伊的身體不住發顫。她倆四目相對，望進彼此眼底，然後一起翻過身來趴跪在沙發邊緣，臀部高翹。馬蒂歐站到她倆後方，先猛力挺進法蘭契絲卡體內、再換霏伊，就這樣端著他的陽具在兩人之間來回戳刺。終於，霏伊達到高潮。她大聲嘶喊。馬蒂歐也把持不住了，喘息愈發沉重。

「射在她裡面，」法蘭契絲吁喘道。

霏伊感覺他倏然變得更加堅硬，接著爆發。

之後，三人相依交纏著走進臥房、一起躺在大床上。他們點了菸輪流抽，等待呼吸平復。霏伊拿來手機設定好起床鬧鈴，試著入睡。半小時後她放棄了。她小心翼翼將自己從交纏的身軀中抽離開來、爬下床。床上兩人稍稍騷動，伸臂互擁，挨近猶有霏伊身體餘溫的空位。

她裸身走進客廳，爲自己倒一杯已經開瓶的香檳，然後把酒杯酒瓶一起帶到陽臺。城市充斥聲光。霏伊落坐在躺椅上，雙腳翹高在欄杆上。溫暖的夏夜微風吹拂過她赤裸的身體，引發一陣刺癢。這本該完美的一刻卻蒙上不請自來的陰影——霏伊想起前日離家前夏思汀盯著書房電腦螢幕看的表情。夏思汀強悍堅韌，幾乎沒有事情撼動得了她。事情並不對勁。

霏伊啜飲香檳，陷入沉思。大如 Revenge 的一家公司有太多可以出錯的地方，尤其因爲牽涉大筆投資金額。金額大、投資大、獲利大——風險自然也大。沒有任何事情是說得定的，也沒有事情是動搖不了的。霏伊對此再清楚不過。

她回頭，看到躺在屋內大床上那對漂亮佳偶。她對他們露出微笑。此刻的她不想想起夏思汀苦惱的神情。此刻的她不想想起未來。她想要別的。★

「媽咪！」

茱莉安奔向霏伊，給她一個濕漉漉的擁抱。

「不要跑在石磚上！會滑！」英格麗的聲音從藤編沙發那邊傳來。

「妳也濕掉了，媽咪，」茱莉安關心道。她把自己從霏伊身上剝離開來，看到她的上衣正面濕了一片。

「沒關係，親愛的。這一下就乾了。不過這是怎麼回事？妳從我離開後就一直泡在游泳池裡嗎？」

「沒錯，」茱莉安咯咯笑道。「我在泳游池裡吃飯也在游泳池裡睡覺。」

「哇噻——我以爲我生了一個小女孩，沒想到其實是條美人魚！」

「就是！就像愛麗兒！」

「就像愛麗兒。」

霏伊輕撫女兒被池水褪得泛綠的濕髮。

「我先上樓放行李，一會就下來，」她對英格麗喊道。她母親只是點點頭，繼續讀她的書。她對茱莉安泳技的信心顯然增進了一些。

霏伊提著行李箱上樓、走進臥房。她很快脫下濕掉的上衣和其他旅行衣物，換上一套質料柔軟的家居服。她把行李箱推進更衣室裡。她的管家寶拉稍後會處理。

床看來如此誘人。霏伊直接躺在床罩上，雙手枕在腦後、讓自己放鬆一下。她想起羅馬那張大床上發生的事，不住微笑。她打哈欠，感覺自己有多疲倦。她前夜完全不曾闔眼，倒是返家車上睡了一路。她不敢打盹，怕自己一睡不起；還好這些年來她已經學會讓自己深層放鬆幾分鐘就可以重新充電。祕訣是要抗拒閉上眼睛的衝動。於是她睜大眼睛打量周遭，詳看細節也放眼全貌。

臥房是她的綠洲。這裡的色調也是淺色系，清朗的白色與柔和的淡藍。時髦雅緻的家具，絲毫不帶沉重感。絲毫不像那張她買來送給杰克的巨大實木書桌、只因它曾經屬於英格瑪．柏格曼。杰克就愛這一味。大手筆。炫耀的好機會。帶訪客參觀家裡時故作不經意狀地提起：噢，對了，剛剛經過的那張書桌曾經屬於這位國寶大導。

霏伊心滿意足地打量眼前這張俐落的白色書桌。從不曾屬於某個霸道自滿的好色老混帳、對生命中的女人極盡欺瞞剝削。書桌只屬於過她，沒有任何來自過去的沉重包袱。就像霏伊。她把自己從自己的故事中剝離開來，重新打造自己。

她起身，雙腿滑下床緣。夏思汀的話再次浮現腦海引發焦慮。不能再拖了。她進門的時候夏思汀不在書房裡，霏伊猜她應該在自己房間裡。夏思汀有午睡的習慣，但霏伊總是避免去想她已年過七十的事實。光想到夏思汀不會永遠陪在她身邊便足以讓霏伊心悸盜汗。失去癌逝摯友克莉絲早已讓霏伊深深體會到，永遠不要視任何人事物為理所當然。何況，死亡長久以來一直是她生命的一部分。

她輕敲夏思汀房門。

「妳醒著嗎？」

「我沒睡著。」

霏伊進門，夏思汀睡眼惺忪地坐了起來。她伸手探向床頭桌上的眼鏡。

「睡得還好嗎？」

「我沒睡，」夏思汀說，站起來撫平長褲。「我只是閉目養神了一下。」

霏伊鼻子一皺，聞到瀰漫在夏思汀寬敞臥房裡的廣藿香氣味。自從在某趟飛行途中認識派駐在孟買瑞典領事館的男友班特後，她就常往印度跑，待的時間也愈來愈長。她開始在當地一家孤兒院擔任志工，每回飛印度時總是帶上大批孩童用品。唯一的問題是，她回程總也會帶上許多金澄澄的俗豔紀念品，說是要爲霏伊低彩度的客廳「增添一點色彩」。寶拉收到嚴格指示，此類物品一律送回「卡琳小姐的房間」。她們當初很快就放棄教會這位脾氣稍嫌暴躁的義大利管家用瑞典文發音講夏思汀（Kerstin）的名字，隨她用發音簡單許多的卡琳（Karin）喊她。

「妳想念班特嗎？」

夏思汀嗤之以鼻，套上整整齊齊收在床腳的拖鞋。

「我這年紀早就不來想念這一套了。老了之一切變得好像是……另一回事。」

「噢，少來了，」霏伊咧嘴笑道。「寶拉都說了，『卡琳小姐的內褲變漂亮了』。」

「霏伊！」

夏思汀的臉一路紅到脖子，霏伊忍不住給她一個大大的擁抱。

「我眞的好爲妳開心，夏思汀。但我希望他沒打算要妳乾脆搬去印度。因爲我們也需要妳。」

「別擔心，在那邊待上一陣後，我就嫌他煩了。」但夏思汀的微笑並沒有蔓延到眼裡。

「走吧，下樓去書房。我有東西要給妳看。」

她們在沉默中走下樓梯。霏伊感覺得到自己的心臟隨著每一步愈往下沉。事情不對勁。非常不對勁。

夏思汀坐定在書桌後方按下開關，電腦隨之發出開啓的嗡嗡聲。霏伊落坐在桌前兩張大型古典扶手椅其中一張上。雖然書房也被列爲俗豔飾品的禁區，但霏伊設計書房時考量的都是夏思汀的喜好。除了新近啓發對各式印度飾品的熱情之外，夏思汀生命中還有一個最愛：溫斯頓．邱吉爾。於是霏伊以古典英國風格爲主軸，加入一點現代元素，整體設計的焦點則是書桌後方牆上那幅放大裱框的邱吉爾人像照。

夏思汀把電腦螢幕轉向霏伊。霏伊身子前傾，試圖在一行行閃爍的數字中理出頭緒。她對商業數字具有相當的理解與敏感度，但夏思汀才是眞正的專家。邱吉爾嚴厲地俯瞰她倆，但霏伊拒絕看他。此刻她最不需要的就是來自男性的批判目光。

「我一直在留意 Revenge 的股東紀錄，畢竟近來光是美國那邊和新產品的事就夠妳忙的了。就在妳出發去羅馬之前，兩名股東賣掉名下所有股份。到今天已經又多了三個人這麼做。」

「賣給同一個買家？」

夏思汀搖搖頭。

「不是。但我就是甩不開背後有鬼的感覺，這未免也太巧了。」

「妳認爲有人計畫拿下 Revenge 經營權？」

「有可能，」夏思汀從鏡片上方注視著她。「這恐怕正是我們面對的問題。」

霏伊往後靠在椅背上。她全身緊繃，腎上腺素竄流身上每條血管。她強迫自己保持冷靜，雖然腦袋正高速運轉。還不到斷言的時候。她此刻最需要的是更多數字與證據。

「是哪幾個股東？」

「我列印了一張名單。」

夏思汀把一張紙推到霏伊面前。夏思汀太瞭解她了。她向來需要把最關鍵的商業資訊列印出來，而非只是從螢幕上讀取。她得用別的方法拯救森林。

「我不懂……她們爲什麼要賣掉持股？」

「現在沒時間處理情緒部分。當務之急是評估情勢——我繼續調查的同時妳必須加快動作。現在不是生氣的時候。生氣得花力氣，我們現在負擔不起浪費任何時間精力。」

霏伊緩緩點頭。她明白夏思汀說得沒錯。然而，她還是很難不去臆測是哪些她曾賦予信任的女人賣掉股份。而且還是背著她。

「我想要我們一起審視所有資料，逐行看，」她說。

夏思汀點點頭。

「開始吧。」

霏伊看著她，然後將視線移到那張列印紙上。她胃裡一陣焦慮翻攪。這完全出乎她的意料，而這點比什麼都令她憂心。★

屋裡一片靜悄，所有人都去睡了。除了霏伊。她還醒著，眼睛盯著那張列印名單，看過一遍又一遍，試著理出頭緒。

數字在她眼前跳動。她疲累而喪氣——後者是她很久不曾感受的情緒。自從和杰克分手之後就再也不曾、也極度痛恨的感受。不該有的念頭開始浮現腦海。要是已經太遲了呢？要是她們已經來不及保住 Revenge 呢？要是她過去兩年太過放鬆而輕忽了、讓敵人有機可乘呢？她將永遠無法原諒自己。她早已把軟弱拋在過往。和杰克一起。他拾起她的軟弱、貼身兜著，像他身上那件不合身的囚衣一樣。

霏伊放下名單。遭到背叛的可能性刺痛了她。這些賣掉股份的女人名字如此熟悉。她們的臉孔閃過眼前——她曾經親口跟她們訴說 Revenge 背後的故事與發想。說服她們相信 Revenge。相信她。爲什麼沒有人開口？難道那些關於女性情誼的深談只有霏伊一個人在乎？

她揉揉因疲倦而抽痛的眼睛，霎時爆粗口——她忘記自己還沒卸妝，睫毛膏碎片刺進了眼睛裡。霏伊拚命眨眼睛，快步走向浴室洗臉卸妝。她累壞了，今晚做不了事。前夜的韻事榨光了她的精力，沒好好睡一覺之前她該派不上任何用場了。對自己或對 Revenge 都一樣。

霏伊拉下床罩，正打算躺進她清新的埃及棉床單裡時，突然又停下動作。她望向門，感到一股衝動竄過全身。她緩緩推開房門。茱莉安房間門半掩著，她睡覺不喜歡把門完全關上。霏伊小心翼翼地一閃身溜進門。一盞小兔造型的夜燈柔柔照亮房間。足以趕走任何鬼魅的亮光。她的女兒背對她側睡著，長髮披散在枕頭上。霏伊動作盡可能輕柔地躺到茱莉安身邊。她撥開枕上長長的髮絲，讓自己的頭靠過去。茱莉安在睡夢中囁嚅、挪了挪身子，沒有醒來。霏伊伸出手臂摟住她。她一點一點挨近茱莉安，近得可以把鼻子埋進她頭髮裡、嗅到淡淡的薰衣草香與氯劑的氣味。

霏伊閉上眼睛，感覺緊繃的身體隨著睡意襲來漸漸放鬆。一手擁著女兒的此時此刻，她明白自己必須盡一切努力保住 Revenge。不爲她自己，而是爲茱莉安。★

費耶巴卡——昔日

雖然只有十二歲，我卻感覺自己已經明瞭生命的一切。我在費耶巴卡的日子極其規律。十個月的平淡寧靜與兩個月夏日的混亂，週而復始定期輪替。所有人都認識所有人，連每年夏日來訪的度假客都是同一批。家裡的一切同樣不變。我們彷彿跑在倉鼠的轉輪上，輪子轉過一圈又一圈，卻絲毫沒有前進的機會。彷彿一切都永遠不會改變了。

我們坐下來晚餐時我就已經知道，今晚又會是那樣的夜晚。我放學一回到家就聞到爸身上的酒味。

我對我們住的這幢屋子既愛且恨。媽是在這屋子裡長大的，外公外婆過世後把屋子留給了她，我喜愛這屋子的部分都和媽有關。她盡力了。屋子讓她打理得可愛舒適，備齊所有溫馨家庭該有的一切。外公外婆留下來的古舊實木餐桌。擅長縫紉的媽親手縫製的白色亞麻窗簾。外婆結婚時她母親送她的裱框十字繡示範圖。那座用粗繩充作扶手的歪斜樓梯、上頭有著幾代人踩出來的磨痕。小小的廳室和白色氣窗。我無一不愛。

我痛恨的是爸在屋裡留下的痕跡。廚房檯面的刀痕。客廳門上讓盛怒的爸一腳踢出來的凹洞。微微彎曲的窗簾桿——那回爸扯下窗簾裹住媽的頭，後來是瑟巴斯欽終於鼓足勇氣把爸從媽身上拉開。

我喜歡客廳的壁爐。但壁爐架上的照片卻不折不扣是天大的諷刺。媽親手掛上去的全家福照，一個不存在的夢想生活。照片裡的她和爸、我和哥哥瑟巴斯欽全都笑容可掬。我很想扯下照片，卻又不想傷媽的心。她是爲了我們才死命撐住這個夢想。她曾經把她哥哥的照片也放上去，但爸一看到伊格爾舅舅的照片就抓狂了。爸後來趁媽住院的時候把照片扔了。

我的肚子發疼，等待一切終於爆發。總是這樣。

從我放學回家後爸就一直坐在電視前那張破舊的扶手椅上。電視甚至沒開，只有他那瓶Explorer 牌廉價伏特加消耗得愈來愈快。媽也明白。我從她焦慮奔走的動作腳步就看得出來。她特別用心做晚餐，整桌都是爸的最愛。大塊豬排配烤棕豆、炸洋蔥和馬鈴薯、加上厚厚鮮奶油的蘋果派。

除了他沒人喜歡豬排和棕豆，但我們都知道必須乖乖吃光。在此同時，我們也明白其實怎麼做都沒有用。回頭的關鍵點已經過了，就像翹翹板翻過平衡點後就只能往一個方向去。

沒人開口。我們在沉默中擺好餐具，我還把餐巾摺成扇子形狀。爸根本不在乎這些，但我們總是讓媽以爲這或許有用。或許他終於會看到我們把餐桌佈置得多漂亮、媽把餐點烹調得多麼美味。也許他心底還有一點什麼能被我們的用心打動，決定這一回放過我們。讓翹翹板退回原位。但他心裡並沒有任何可以被撼動感化的部分。只是空洞，一片荒蕪。

「約斯塔，晚餐好了。」

媽努力維持笑容，聲音卻不住微微顫抖。她緊張地摸摸頭髮。她打扮過了：頭髮挽起，換上一件漂亮上衣和時髦的長褲。

我們很快入座。媽爲爸盛了她知道他會想要的分量的豬排，配上分量比例也恰恰好的棕豆、馬鈴薯和炸洋蔥。爸盯著盤子看，盯了好久好久。太久了。我們三個都明白這意味著什麼。我，媽，瑟巴斯欽。

我們無人動彈，彷彿冰封。被冰封在一座我們出生以來一直生活其中、而媽則是認識爸後就此入住的監獄裡。我們聞風不動僵在那裡，而爸一味盯著自己的餐盤。然後，彷彿慢動作般，他用手抓起一大把食物，豬排、棕豆、馬鈴薯和洋蔥，每樣食物都抓到了一點。他伸出另一隻手，用力揪住媽的頭髮——那個她花了好多時間才梳理好的髮型。然後，他把食物抹到媽臉上。動作緩慢而仔細，碾壓塗抹全臉。

媽沒有任何反應。她明白她唯一的選擇是不要抗拒掙扎。但瑟巴斯欽和我都看得出來，今晚光這樣是沒有用的。他的目光太冷，酒瓶太空，抓住她頭髮的手勁太大。我們不敢看她，也不敢看彼此。

爸慢慢站起來，把媽從椅子上拖下來。我看到她臉上殘留的豬排和烤棕豆。烤箱傳來蘋果派的砂糖和肉桂香氣。爸的最愛。我腦中閃過所有爸接下來可能會做的事。那些他可能會選擇攻擊的身體部位。也許他會選擇他最常鎖定的部位。媽的手臂斷過五個地方。腿有兩處。肋骨裂過三次。鼻子一次。

但爸今晚顯然別具創意。他舉起肌肉賁張的手臂，猛地把媽沾滿菜肉渣的臉緊緊壓在桌上。她的牙齒撞到桌緣。我們聽到牙齒顫動聲。牙齒碎片差點擊中我的眼睛，但被眉毛擋了下來、滾落在我的餐盤上。在烤棕豆裡。

瑟巴斯欽嚇得跳起來，卻不曾抬起目光。

「吃你們的晚餐，」爸咬牙道。

我們照做了。我用叉子把媽的牙齒撥到一旁。

「來點咖啡嗎？」

「不，謝了。麻煩再給我一些香檳和紅酒。」

「我來杯咖啡就好，謝謝。」

空服員遞給夏思汀裝在紙杯裡的咖啡，然後轉身張羅霏伊的要求。

「妳覺得有可能是什麼人？」霏伊憂心問道。

「很難講。在掌握更多資訊之前，瞎猜只是浪費力氣。」

「我不敢相信自己會這麼天真。我完全沒想到這點——股東不必先跟我談就可以賣掉持股。」

夏思汀挑眉。

「我當初警告過妳，一口氣賣掉那麼多股份是有風險的。」

「我知道，」霏伊口氣挫敗，伸長脖子尋找空服員身影。「當時我一心只想脫身。那一團混亂——杰克和茱莉安、庭審、媒體。克莉絲垂危。我賣股換現，同時相信自己可以繼續擔任董事長掌控公司。」

「商場詭譎，妳不該過度自信，」夏思汀說。

「我知道妳愛說『就跟妳說過了吧』，不過可不可以先饒了我？我被困在這機艙裡，在明天會議之前什麼也不能做、挖不出更多消息。整天腦子裡都是這件事已經夠慘的了。」

空服員終於送來迷你瓶裝的香檳和紅酒。霏伊把前方桌上的兩個空瓶遞過去。她先打開香檳，然後把冰過的紅酒夾在大腿間加溫。

「反正妳總是可以借酒澆愁，」夏思汀冷言道，看著霏伊把香檳倒進酒杯、一邊啜飲自己的咖啡。

「我剛說過，我們明天開會之前什麼也不能做。所以我打算一醉解千愁，而且理直氣壯。不過，倒是妳，妳有飛行恐懼症，不也該來一杯嗎……」

「謝謝妳的提醒。我好不容易才不去想這件事。我的答案是不，謝了，如果要死我也打算死得清清醒醒。」

「這根本不合邏輯也毫無必要。我絕對寧可醉得不省人事，最好還有那位機長趴在我腿間……」

霏伊挑眉，朝剛剛走出駕駛艙和空服員交代幾句話的機長點點頭。他看來大約三十出頭，一頭深色頭髮，迷人笑容搭配顯然花了無數小時在健身房裡練出來的挺翹屁股。

「說眞的，我覺得我們最好還是讓**機長**留在駕駛艙裡專心開飛機，而不是溜進盥洗室追求豔遇。」

夏思汀緊張兮兮，霏伊啞然失笑。

「放輕鬆，夏思汀。上帝發明自動駕駛自有其用意……」

「好讓機長跟乘客亂搞嗎？我覺得不太可能。」

霏伊喝掉最後一口氣香檳，打開紅酒倒進杯中。

她很愛夏思汀，但夏思汀常常讓她想起她倆畢竟來自不同世代。換作克莉絲一定秒懂霏伊的意思、一起笑開——說不定還會鼓吹她說到做到。自從在斯德哥爾摩經濟學院認識以來，克莉絲一直是她最堅強的盟友。引領她、保護她、支持鼓勵她，必要時也會給予她最誠實的批評。如今霏伊只能時時戴著那條寫著「Fuck Cancer」的腕帶，時時想起克莉絲、想起自己失去了什麼。

夏思汀拍拍霏伊的手。一如往常，她總是看得出來霏伊又想起了已逝摯友。

霏伊清清喉嚨。

「我們之前看的短租公寓要再幾天才能入住，」她說。「我們得先在格蘭德飯店住幾天。」

「我想我們應該不會住得不習慣，」夏思汀諷道。

霏伊微笑。她們當然不會。

「我有時會想起剛離婚那段日子，」她說。「我還是妳房客那段時期。晚餐後坐在那裡勾畫 Revenge 的藍圖。」

「妳是個了不起的女人，鼓舞無數女性，」夏思汀再次拍拍她的手。「一直都是。」

霏伊強迫自己眨掉淚水，再次轉頭望向駕駛艙。機長又一次走出來和空服員說話。霏伊舉杯致意，機長淺笑回應。

幾分鐘後，機長廣播通知組員開始準備降落。空服員在走道來回奔走收走垃圾，確定所有餐桌都收回原位、椅背豎直、安全帶繫妥。

夏思汀雙手緊抓扶手，關節都泛白了。霏伊握住靠近她的那隻手，溫柔拍撫。

「大部分的事故都是發生在起飛和降落時，」夏思汀屏息道。

沒多久，飛機的輪胎落在跑道上彈跳前衝，夏思汀死命緊捏住霏伊的手，戒指深深嵌入她的皮膚。霏伊面不改色，故作鎮定。

「降落了，」她說。「結束了。」

夏思汀長長吐氣，對她露出虛弱的微笑。

飛機終於停下來後，她們取出手提行李，沿著走道魚貫前進。機組員站在出口送別乘客。機長迎上霏伊的目光，她直接遞給他自己的名片。他對她露出溫暖的微笑，而她由衷希望航空公司允許機組員把制服帶回家。★

在格蘭德飯店辦妥入住登記後夏思汀直接上樓休息。霏伊考慮下樓去spa預約按摩，卻又覺得自己一時還靜不下來。她決定去卡迪耶酒吧*喝一杯。

她在長型吧臺前坐了下來，舉目四望。卡迪耶酒吧繁忙如常。大部分客人都是商務人士，穿著昂貴西裝、頂著後退的髮線和商務午餐吃出來的肚腩。女性客人也多穿著設計師品牌，霏伊放眼一瞥至少就認出了Hugo Boss、Max Mara、Chanel、Louis Vuitton、Gucci，此外還有幾個大膽不羈的女客人大方展示著一身Pucci。

Emilio Pucci象徵著「昂貴而叛逆」，霏伊的衣櫥裡收藏了大量該品牌近年的女裝系列。

不過她今天選擇走素淨路線。Furstenberg的長褲搭配Stella McCartney的絲質上衣。米白色。只能乾洗的衣物。Cartier的Love手鐲。她一驚，發現自己在那條Fuck Cancer手環旁還戴著茱莉安串給她的珠鏈。五顏六色的珠子毫無章法地串在一起。她火速脫下珠鍊塞進口袋裡。有那麼一瞬間，她忘了在瑞典人們都以爲茱莉安已經死了。

「要喝點什麼？」

一名年輕的金髮酒保專注地看著她。她點了杯莫希多，克莉絲最喜歡的調酒。她可以看到她的好友眼神淘氣地攪動玻璃杯中的酒液、正準備對霏伊透露個人最新冒險——不管是生意上

* Cadier Bar：附設於格蘭德飯店內的高級酒吧。

或是跟某個帥氣的小鮮肉。

酒保轉過身去，俐落地拿出長型玻璃杯開始調酒。霏伊拿出筆電，打開螢幕按下開關。明天開會之前賣股的事不會有任何進展，她乾脆當作沒這回事繼續處理美國擴展事宜。這至少有助她維持冷靜。

專心工作總是能讓她冷靜下來。回想起來，她實在想不通杰克怎麼有辦法說服她放棄學業與事業。整天在他們稱之爲家的四牆內孤魂似地打轉，或是耗上無數小時在無聊的午餐聚會和無意義的談話上。她當眞滿意裂痕出現前的那種生活嗎？或者她只是說服自己那樣就是快樂？因爲她別無選擇？因爲杰克讓她毫無退路？

杰克大大削弱她、磨光了她的志氣。從沒有人能對她做出這樣的事。但她已經復仇了。成功建立自己的企業並擊垮了他。

杰克最好的朋友兼合夥人翰里克·貝延道爾跟著他一起倒下，後來再次成功白手起家……唔，坐擁銀行戶頭裡的幾百萬克朗和貸款已經付淸的利丁厄豪宅實在稱不上「白手起家」。至少在大多數人的定義裡。

霏伊一開始對他還懷有歉意。他向來對她還算友善，只因身爲杰克合夥人才遭到拖累。但她知道他背著他的妻子阿麗思在外偷吃無數，在這方面和杰克完全是一丘之貉。他倆都把生命中的女人當成消耗品。

翰里克已經再次在商場上站穩腳步，遭受拖累顯然只是一時。他的投資公司業務蒸蒸日上，累積的個人財富遠遠超過他在康沛爾時期的資產。她對他的成功沒話說，卻也不特別爲他高興。要不是他錯待阿麗思至此，她或許還會爲在復仇路上連帶傷害到他感到一絲歉疚。但既然事實並非如此，她也就無需多想。

酒保微笑著把做好的莫希多放在她面前。她付了帳。

「你叫什麼名字？」霏伊問，用吸管輕輕吸取酒液。莫希多的滋味在她心中和克莉絲形影不分。

「布拉西。」

「布拉西？這是某個名字的暱稱嗎？」

「不是。我的受洗名就是布拉西。」

「了解。可我想你得解釋一下：這名字是從哪裡來的？」

他一邊搖動酒壺一邊回答。

「名字是我爸取的。靈感是一九九四年世界杯瑞典對巴西那場比賽。」

「一九九四？我算算，這表示你今年……」

「二十五歲，」她鄰座男子插嘴道。

霏伊轉頭，很快從頭到腳打量過。灰色西裝：Hugo Boss。白襯衫整燙完好。左腕上的藍色錶面白金勞力士約值三十萬克朗。豐厚的淺色頭髮，要不是得天獨厚就是得力於某診所的協助。相當路人的外型，體態倒是維持得不錯。奧斯特馬爾姆的ＳＰＲ健身工廠，她猜。他看起來像是會選擇武術訓練的人。

「我知道，我看起來比實際年輕，」酒保布拉西說，一邊把調好的酒倒進一個俄羅斯娃娃造型的容器裡。

「夠大了，」霏伊說。

鄰座男人笑了。

「不好意思，」她說。「請問有事嗎？」

「沒事沒事，別讓我打斷妳……」

布拉西走到吧檯另一頭接受點酒。霏伊轉向灰西裝男子。他朝她伸出一隻手。

「大衛，」他說。「大衛．席勒。」

她不情願地握住他的手。

「霏伊。」

「好名字。很特別。」

她從他的眼神看出他認出她的名字了。

「妳是……」

「我是，」她簡短應道。

大衛似乎懂了她的意思，沒再多說。他朝她的筆電點點頭。

「這麼拚——我猜這就是妳成功的祕密。至於我，我一會要跟個好朋友見面。」

「好吧，你又是做哪一行的？」

霏伊把筆電推到一旁。既然無法專心工作，找個陌生人聊幾句也無妨。雖然布拉西顯然是更好的調情對象。

「金融業。無聊，我知道。好吧，是非常無聊。」

「根本就是可悲，老實說。」

他對霏伊微笑，這讓他的外表起了微妙的變化。有那麼一瞬間，他幾乎稱得上帥氣。

「可悲得不得了，」她說，身體往前傾。「要不要來玩金融男賓果猜猜樂？看我能猜對多少？」

「請便，」他說，顯然被逗樂了，眼裡有光。

「好。我從最好猜的開始。」她微微皺眉。「BMW？不對。愛快羅密歐。」

「賓果。」

他再次微笑，霏伊不住微笑以對。

「嗯，你一個月至少光顧提爾塔葛倫餐廳一次——不對，兩次？」

「賓果。」

「接下來的問題是你住的是單層公寓還是獨棟透天。奧斯特馬爾姆還是于什霍爾姆。或者薩爾特舍巴登……我決定了，是薩爾特的獨棟。」

「賓果。妳太厲害了。」

「我是很厲害。不過這幾題算最好猜的基本題。接下來難一些……」
霏伊喝完杯裡的酒，大衛揮手召來布拉西。
「同樣的再一杯？」
「不了，我想試試你剛調的那個俄羅斯娃娃。」
布拉西點點頭，轉身開始準備。
「嗯，我覺得我玩膩二十五歲了，」霏伊說。「太生嫩也太躍躍欲試了。」
「生嫩而躍躍欲試……」
大衛笑了。霏伊確實蠻喜歡他的笑容。
「喏，繼續猜。妳目前全部猜中。我開始擔心自己真是個無聊老套的金融男。」
「嗯，讓我想想。你顯然有在上健身房。武術？SPR？」
「正解。連這都猜得對，老實說眞是了不起。」
「哪一種武術？」
「巴西柔術。」
「當然。好吧，還有什麼？你去年開始打板式網球，到現在已經完全愛上了？」
「賓果。」
「不過你太太還是在皇家網球場打網球，如果她沒去騎馬的話。」
大衛微微挑眉。

「賓果，賓果。欸，猜夠了。」大衛搖搖頭，半掩臉故作羞愧狀。

霏伊咧嘴笑開，啜飲一口新送來的酒。大衛的手機螢幕亮起。有新訊息。

「我朋友到了——他在露臺桌位等我。很高興認識妳……霏伊。」

他離開後，她拉近筆電叫醒螢幕。大衛出乎意料地爲她帶來好心情，她感覺自己又可以專心工作了。

螢幕出現一條新訊息。來自夏思汀。霏伊舉起酒杯正要就口，突然停下動作。Revenge 又有股份遭到收購。她關上筆電要求結帳。好心情已然消失無蹤。★

AKV會計師事務所的咖啡一如向來淡而澀。辦公室本身則侷促陰暗，到處都是的書櫃架子被無數塞爆的檔案夾壓得下沉變形。說什麼無紙化社會。然而霏伊和夏思汀依然棄自家公司光鮮許多的會議室選擇在此開會。此事目前最好盡量保密。霏伊望向Revenge的會計師歐楊．畢里爾森辦公室牆上的一張插畫：鴨子浮在水面上一派悠閒，水面下卻拚命划水。這正是她此刻心情寫照。

「再來點咖啡？」歐楊招呼道，但霏伊和夏思汀斷然搖頭。

接受第一杯是爲了禮貌，續杯則免了。

「你有什麼想法？」

霏伊身子前傾，試圖解讀歐楊臉上的表情。他體型瘦小、滿頭白髮，戴著一副金屬細框眼鏡。他目光機敏，總是對和數字有關的一切——關鍵值、借貸數字——表現出超乎尋常的熱忱。

「嗯，情況相當複雜，」他朗聲說道，霏伊感覺自己咬緊牙關。

此事攸關生死。對她而言Revenge是活生生的，有血有肉、會呼吸、有生命。克莉絲的生命付託在Revenge裡。茱莉安也在Revenge裡。夏思汀。是多少女人的創痛與傷疤爲Revenge奠下根基——她們全都是公司活生生的一部分。此刻卻也是她們威脅到了Revenge的存續。

「夏思汀發現得好。仔細比較這幾筆交易，確實看得出固定模式，據此也可推論背後應是同一個買主。」

「查得出是誰嗎？幾筆交易間有沒有共同點？」

霏伊啜一口咖啡，臉一皺。她推開杯子以免再犯相同錯誤。

「還看不出來。這需要時間。不管收購股份的買主是個人還是公司，都很清楚自己在做什麼。我能想到的最佳比喻就是一團毛線球。錯綜複雜的好幾家公司與多筆收購——要不是全都採取相同模式，基本上不太可能發現是同一個買主。是模式讓她們露了餡。多虧夏思汀明察秋毫。」

他對夏思汀眨眨眼，霏伊無可奈何地看著他。夏思汀看來絲毫不感興趣。

「盡全力調查此事。動作要快，」她以她最專業口吻說道。

歐楊繼續對夏思汀眨眼。「當然，夏思汀。一定。AKV向來爲客戶全力以赴。恕我直白，我可是這行的佼佼者。比如說，軍方最近才上門徵求我們的協——」

「你評估我們的狀況如何？」霏伊打斷他。

霏伊已經聽歐楊細數過太多他在會計戰場上的豐功偉業，沒興趣聽下去。

「看來不太樂觀。」

「這我們知道，我們需要的是細節。」

霏伊聽到自己話聲有多尖銳，但壓力與焦急漸漸融合爲一。她是起而行的女人，她想立即採取行動。但在收集到更多相關事實之前她完全無能爲力。她必須知道方法與對象才能展開反擊。

「昨天剛剛成交的這筆交易讓我覺得買主似乎已經不在乎收購 Revenge 的意圖曝光。他們知道警鈴已經響起，接著就都是硬著來了。」

霏伊喃喃咒罵，夏思汀一手放在她手臂上安撫她。沒有人可以奪走屬於她的東西。沒有人可以奪走她冒險犧牲這麼多才建立起來的一切。

而她甚至不是唯一付出犧牲的人。克莉絲過世後把自己從無到有一手創建的美髮王國留給了霏伊。克莉絲的女王集團後來併入 Revenge，所以萬一這次惡意收購成功，克莉絲一生心血也將化爲烏有。克莉絲地下有知只怕會從墳墓裡爬出來親手掐死霏伊，霏伊這輩子從此必須睜著一隻眼睛睡覺。

「找出幕後主使者。把搜集到的所有資料整理列印出來交給我們。後續我們自會處理。」

霏伊起身，歐楊面露失望。他看著夏思汀，而她兀自拎起包包、順了順裙子。

「我想妳們應該有很多事要忙，不過總是得吃飯，我正想邀請兩位……」

他再次望向有些不知所措的夏思汀。夏思汀用手肘輕推霏伊。

霏伊清清喉嚨。

「我們現在沒空吃飯。你有我的號碼，有消息立刻聯絡我。」

「當然。不過我有些擔心這事太過棘手，後續動作兩位小妞恐怕搞不定。或許妳們會想從麥金賽找一組人馬接手？他們旗下有些不錯的傢伙。」

「不必了，謝謝。」

霏伊甩上門。

「我要換掉歐楊，」霏伊坐進計程車裡說道。「我們得物色新的會計師。」

夏思汀點點頭。

「他稱我們小妞那一刻我就決定了。」

計程車在格蘭德飯店的金色旋轉門前停下來。她們下車。

「午餐？」霏伊拎起皮包和外套，望向夏思汀。

「有幾件事我想馬上查一下。妳介意自己一個人用餐嗎？」

「沒問題，我可以。我也有些事要做。不然，我們兩點碰個面好嗎？在我房間？」

「兩點可以。」

夏思汀走進旋轉門。霏伊跟上，把外套掛到手臂上好空出手從包包裡撈出鑰匙。她突然停下動作，感覺有人從後面扯住她的外套。她回頭，發現外套被卡進旋轉門裡。

「搞什麼鬼！」

她用力拉扯，但外套完全卡死了。大廳服務臺的職員立刻飛奔過來，但他也拉不動。他道歉後急奔上樓搬救兵，留下霏伊繼續拉拉拽拽。

有人敲敲門玻。是大衛，昨天在酒吧那個男人。

「妳往後退，我從這邊推門。妳光拉外套是動不了門的。」

「這還要你說，」霏伊怏怏說道。

她往後退一步。大衛小心翼翼地推門，旋轉門發出響亮的嘎吱聲，卡死的外套應聲鬆脫。帶著禮賓人員下樓來的服務臺人員看似鬆了口氣。

大衛對她微笑。

「還好這招奏效。」

「打算趁午休去打板式網球？」霏伊口氣微微惱怒。

她知道自己應該心懷感激，但他偏偏一副英雄救美成功、沾沾自喜的模樣。

「沒，我正打算去附近找家餐館吃午餐。妳吃過了嗎？」

「還沒，」她脫口而出，立刻後悔。

「妳打算吃午餐嗎？」

「有，也沒有。我有些工作得做，想說我——」

「喏，那就這樣。我們一起吃午餐。妳想留在飯店裡吃還是出去吃？」

「在這吃。」

霏伊再次後悔答得太快。她是哪裡不對勁？她根本不想和這個男人吃午餐。但她和會計師見面後有些心煩，暫時沒法專心工作，不如好好吃頓飯。

「法式小館。你請客，」她說。

他再次露出微笑。

「當然。」

「我警告你，我很不好養。我食量跟伐木工人一樣大，喝香檳喝得像個富豪老公剛被祕書拐跑的前任嫩妻。」

「不用擔心。我負擔得起。」

他開始走上鋪著地毯的樓梯，突然又回頭疑問地看她一眼。她嘆口氣，跟上去。

「不過我改變主意了。你別想付帳。這頓算我的。」

大衛聳聳肩。

「妳說了算。不過我警告妳，我也相當不好養。」

「我負擔得起，」霏伊應道。

唯一的問題是她還能負擔得起多久。★

「來嘛，妳眞的不想嚐嚐生蠔嗎？一個就好？」
夏思汀嫌惡地看著霏伊。
「我已經不記得妳問過我多少次了，妳聽我給過妳不同的答案嗎？不，我不想嚐。」
「眞的很好吃，我發誓。」
霏伊在生蠔上擠了檸檬，再淋上一小匙泡在醋裡的紅洋蔥丁。
「說眞的，妳不知道自己錯過了什麼。」
「我喜歡煮過的食物。比如說這隻龍蝦，就沒人堅持要吃生的。」
夏思汀伸手探向她倆面前這一大盤海鮮拼盤裡的半隻龍蝦。司徒霍夫小館裡人聲鼎沸，笑語聲與餐具敲碰聲不絕於耳。服務生穿著裝飾金邊的白色西裝外套，在一張張桌子間俐落穿梭。
「妳喜歡鮪魚不是嗎？」
「鮪魚不算是生的，它是……喏。鮪魚是怎麼處理的？漬？醃？總之不是生的。」
「隨妳怎麼說……」
「好啦，妳專心吃妳的海鮮。小心我把妳那半隻龍蝦也吃掉。」
「都給妳。我午餐吃太飽了。」
霏伊往後靠在椅背上，啜飲杯中飲料。她點了一瓶阿瑪羅尼紅酒，服務生掩不住一臉驚恐。顯然吃帶殼海鮮不該配阿瑪羅尼。這裡的外場員工終究訓練有素，沒有出言制止她。顧客永遠是對的。但她相當確定侍酒師此刻正躲在廚房裡哭。

「噢，對了，說到午餐。妳吃得還……開心吧？」

「欸，才不是妳想的那樣。我只不過昨天剛好在飯店酒吧跟他聊了一下。他完全就是妳預期會在卡迪耶酒吧裡遇到的那種男人類型。」

「不過聽起來妳還是挺開心的？光這下午妳就提到他好幾次……」

「別鬧了。」

霏伊挑了一隻大蝦開始熟練地剝殼。出身費耶巴卡的人連在睡夢中都會剝蝦殼。

「是，也不是。我們是聊得蠻開心的。他很隨和健談，有點見識倒還不至於自以為是。這點算挺難得的。」

夏思汀挑眉，霏伊默默搖頭。

「不講我的午餐了。如何，有計畫了嗎？」

她們一整下午都待在霏伊房間裡，就手上有的資料反覆推敲，討論各種行動方案的可行性。只是選擇並不如她們希望的多。她們絞盡腦汁，列出一些她們認為有可能是幕後收購者的公司與個人的名字，但沒有任何一個名字真的跳出來。霏伊就是想不出有誰會想從他手中奪走Revenge。

更糟的是，她想不通怎麼有股東會背著她行動。她和她們分享了Revenge的成長與成功。不滿的傳言絕無僅有，她的領導風格贏得絕對的讚賞。她曾多次受到雜誌採訪稱揚、也曾榮獲年度商場風雲女性的頭銜。從不曾有人對她提出申訴或抗議。毫無預警。她苦思不解。

「妳不能把頭丟掉，」霏伊口氣激動，指著夏思汀手中的半隻龍蝦。「那個綠棕色的東西是龍蝦肝，是最好吃的部分。還有，妳知道妳其實可以把那些小腳裡的蝦肉吸出來嗎？尾巴的肉也是，就是把殼掰開……」

「妳別管我要怎麼吃我的蝦子，」夏思汀咕噥道，把龍蝦殼放回鋪了冰的大盤上，又抓了一把明蝦。

「我看妳下次直接點罐頭龍蝦肉好了，省得麻煩……」

夏思汀笑著搖頭，用手背把瀏海撥到一旁。霏伊喝了一口阿瑪羅尼紅酒，看著夏思汀和蝦殼掙扎搏鬥。她忍不住再次感謝夏思汀進入她生命。她倆初識時的情況與現在差異如此巨大。霏伊因分租房間初識夏思汀的時候，夏思汀孤身獨居在恩斯克德的屋子裡，渾球老公早先中風倒下後便住進了安養中心。

夏思汀對此毫不感傷，反而樂於脫離那個肉體和精神的家暴地獄。她倆漸漸成了家人，一路走來歷經風雨，始終同甘共苦。霏伊從不輕信於人，但她對夏思汀百分百信任。

鄰桌一位滿頭銀髮、唇上鬍髭修剪得宜的體面紳士目光在夏思汀身上多流連了幾秒。霏伊在桌下踢了夏思汀一腳。

「看那邊。兩點鐘方向。那個看起來活像從殖民時代走出來的傢伙。他一直在看妳。妳最近是不是開始用某種麝香精油泡澡？這到底怎麼回事？」

霏伊朝夏思汀搖搖手指。她霎時滿臉通紅。

「我才懶得回答妳這個問題。幫我點杯夏多內白酒，然後我們就可以開始討論明天的計畫。」

霏伊揮手召來侍者點了夏思汀要的酒。銀髮紳士對夏思汀微笑，而她努力對他視而不見。

「妳得預留時間爲上《史卡夫蘭秀》做準備，所以我們要等到妳錄完影才能開始行動。我會趁妳去錄影的時候列出股東名單。一等妳忙完，我們就分頭盡量和她們都談過。」

霏伊從大銀盤裡抓起一隻明蝦。「不管做什麼，我們都絕對不能透露麻煩正在醞釀的訊息。我們不能讓公司正遭受攻擊的消息傳開來。」

「我了解，但我們的第一要務應該是預防更多股東出售持股。」

「那邊那位紳士要招待兩位女士。」

侍者送來一瓶斜插在冰桶裡的香檳和兩只優雅細長的香檳杯，然後砰地一聲開了酒。

霏伊意味深長地挑眉。夏思汀嗤之以鼻。

「一定就是，」霏伊說。「麝香精油。」

她想，應該是夏思汀認識班特以來那種由衷的快樂讓她變得如此難以抗拒。

霏伊朝殖民時代的老紳士點點頭，他舉杯敬酒，露出大大的微笑。她再次偷踢夏思汀一腳。

「有禮貌一點。舉杯謝謝人家。世事難料，拿不準事情會怎麼發展。」

「霏伊！」

夏思汀臉又紅了。但她還是乖乖舉起酒杯。★

攝影棚燈光刺眼，霏伊完全失去了時間的概念。她不知道訪問已經進行多久、也不知道還有多久才會結束。現場觀眾坐在階梯形長排座椅上，飢渴而沒有面孔，緊盯她脫口的每一個字詞、臉上的每一個細微表情。

這通常是她最擅場的事。她性格中有這霸氣的一面，享受坐在觀眾面前、感受接受電視訪問的緊張快感。但她今天只感覺疲累而焦躁。

一想到股份不斷被收購，她幾乎整晚沒睡、輾轉反側。她在心中演練說詞——她必須說服這些女性股東不要出售持股，同時卻不能讓她們察覺狀況有異。這不是件容易的事，需要機智圓滑和一點手腕。

一段稍稍太長的沉默把她拉回現實。主持人剛剛問了一個問題，而她必須回答。

「我們計畫擴展美國市場，」她聽到自己說。「我會在斯德哥爾摩待一個月左右，和未來的投資人見面並確認最後細節。此外我也計畫親自監督股票上市事宜。」

她感覺無比燥熱。一滴汗水沿著她後背流下來。

挪威籍脫口秀主持人菲爾列克·史卡夫蘭挺直腰桿坐著。

「但這種強烈的驅力……是什麼在驅動著妳？妳畢竟已經坐擁億萬財富，也是女權意識的代表性人物。」

霏伊刻意延遲數秒才開口。在座其他來賓包括一個美國好萊塢演員，一位剛出版了本暢銷科普書的女性語言學教授，一位以義肢登上聖母峰的女性登山家。那位美國演員從霏伊抵達攝影棚後便不停對她大送秋波。

「在我的摯友克莉絲過世前，我曾答應她要爲我們兩人而活。我想知道我能走到多遠、能創建出什麼。我最大的恐懼是未能在有生之年將個人潛力發揮到極限。」

「妳的女兒茱莉安遭到妳前夫殺害。關於她的記憶對妳有什麼樣的意義？」

她沒有馬上回答，讓現場溫度持續攀升，直達沸點。這類問題的答案她早已熟記在心，但她必須答得眞情流露。

「不論我做什麼，她永遠與我同在。當思念的痛苦變得難以承受，我便全心投入工作。我經營 Revenge、不斷成長擴展，爲的是不讓自己倒下死於心碎。爲的是不讓自己成爲又一個男人作爲的受害者、在暗影中噤若寒蟬。爲的是不讓他——這個我曾經深愛最後卻殺死我們女兒的男人——連我也一起殺死。」

霏伊噘唇，一滴淚水沿著她的臉頰滴落在攝影棚光滑如鏡的黑色地板上。這一點也不難。她的痛苦始終不曾深埋，輕觸可及。

「各位觀眾，霏伊．阿德罕！謝謝妳今天和我們分享妳的故事。我知道妳另有要事，必須先走一步。」

現場觀眾起立，掌聲雷動、久久不停。持續到她踩著不穩的腳步穿過攝影棚、走過觀眾席進入後臺。

往她的化妝間走去的路上，她攔下一名戴著通話耳機的工作人員、請她爲她叫一輛計程車。她繼續沿著長廊走，聽到那個好萊塢明星呼喊她的名字。她沒理他，用力關上房門。一臺電扇兀自嗡嗡運轉，一張芥末黃的老舊沙發佔據房裡一角。霏伊站定，倚著牆，試著對化妝鏡中的自己擠出微笑。任務完成。一切順利。一片片拼圖般的謊言、事實與半眞的事實全都就了定位，呈現出那個她想呈現在世人面前的自己。然而那種每回順利完成電視訪問後都會有的腎上腺素激流感卻遲遲沒有出現。她甩不開如條濕毯子般緊裹住她的不安與焦慮。她犯了將未來視爲理所當然的大錯。伊卡洛斯因爲自滿而鼓動蠟翼飛得離太陽太近——她犯了和他一樣錯。如今蠟翼融化、她的翅膀分崩離析。她付出了代價。★

費耶巴卡——昔日

我第一次被強暴是在我十三歲生日那天。平凡無奇的一天，其實。事情只是碰巧遇上我的生日。沒有任何慶祝活動。爸總是說那種事只是浪費錢，何況他一點也不想上工前還得起早唱生日歌。

我們在沉默中吃奶油焗魚晚餐。我、瑟巴斯欽、媽和爸。媽試著打破沉默，聊起一些日常瑣事，努力營造幾秒鐘的正常家庭假相。但爸吼她閉嘴，於是她也像我們安靜坐在那裡，撥弄盤中食物。我感謝她的努力。或許只是我多想，但我相信她是因爲我的生日才多努力嘗試了一下。我的手在桌面下輕輕刷過她的手無聲道謝，但我不知道她有沒有注意到。

爸吃完後逕自起身走開，餐盤留在桌上。瑟巴斯欽則把他的髒盤子端到水槽邊。媽和我一點也不介意擔下所有洗碗清理的工作。恰恰相反。媽做菜和洗碗時總是刻意拖拖拉拉，盡可能延長我們在廚房裡的獨處時光。

客廳裡傳來電視打開的聲音，我們相視微笑。終於獨處了。在碗盤碰撞和嘩嘩水聲掩護下，我們開始低聲聊起彼此今天發生的事。我通常會添油加醋，編造一些有趣的事逗她開心。她應該也是。廚房裡的時光是我們的喘息空間，何必拿現實來毀了一切呢？

「跟我來。」

媽拉起我的手，任由水龍頭開著、好讓爸以爲我們還在洗碗。我跟著她、躡手躡腳走進門廳。她把手伸進她掛在牆上的外套口袋裡、小心翼翼盡量壓低聲音，遞給我一個綁了緞帶、上頭還貼了朵絲花的小包裹。

「生日快樂，親愛的，」她低聲說道。

我小心地拔下絲花、拉開包裝紙，然後掀開禮物盒蓋。裡頭是一條銀鍊和一個銀色眼淚形狀的墜子。這是我這輩子見過最漂亮的東西了。

我擁抱媽。我用雙臂緊緊環住她，嗅聞她的氣息、感覺她的心臟在胸口砰砰跳得好急。擁抱終於結束後，她從盒子裡拿出項鍊爲我掛上。她溫柔地摸摸我的臉頰，轉身走回廚房。我摸摸銀淚墜子。它在我指間感覺好纖細易碎。

爸在客廳咳了一聲。我放開墜子，動作迅速地把它塞進我衣領底下，走回廚房幫媽一起洗碗。

廚房工作結束後，我回到樓上我的房間裡。瑟巴斯欽的房間就在隔壁。我很快完成一些功課。我雖然還在讀七年級，卻已經在做九年級的數學作業。我跟老師抗議過——我知道這只會加深同學對我的敵意，愈發團結對抗我。但我的老師很堅持，說我必須學會在這世界上如果想出人頭地就得付出努力。

我的書桌非常老舊、歪斜搖晃，桌面上到處都是被我不小心畫到的痕跡。我摺了張紙墊在一隻桌腳下面，還得不時調整才能維持穩定。

我放下筆，伸展脖子。我的目光果然又被書架吸引過去。架上每一本書都被我翻爛讀熟了。我有時得狠下心整理清理，好騰出位子給我在清倉拍賣買來或是從艾拉那裡拿到的書——艾拉是圖書館管理員，人很好，每回費耶巴卡公共圖書館出清舊書都會特地留給我。

有些書是我永遠不會送走的。《小婦人》、《黛絲姑娘》、《Lace》*、《The Life and Loves of a She-Devil》†、《Kristin Lavransdatter》‡、《刺鳥》、《咆哮山莊》。不只因爲這些書都是媽傳給我的，更因爲回憶。那些我得以進入另一個世界的時光。從我的世界逃走，變成其他人。

至於沒有被書架遮住的牆面則被我貼滿了心儀作家的照片。在其他女孩牆上貼了《接招合唱團》、《邦喬維》、《男孩特區》海報的時代，我的牆上則是塞爾瑪・拉格洛夫、席尼・薛

---

* 雪麗康藍（Shirley Conran）出版於一九八二年的小說作品，曾改編成迷你影集。

† 英國女性主義作家費威爾登（Fay Weldon）出版於一九八三年的小說，描述一名其貌不揚的女人費盡心力報復不忠老公與迷人富有的情婦的故事。

‡ 一九二八年諾貝爾文學獎得主、挪威作家 Sigrid Undset 以十四世紀挪威為背景，描寫一名婦女一生的小說作品。

爾頓、亞瑟．柯南．道爾、史蒂芬．金、潔姬．柯林斯的照片。他們曾經是媽的偶像。如今他們成了我的偶像，我的英雄。他們把我從我的現實中拯救出來、傳送到另一個世界。我知道這看來很書呆，但從來也沒人會來我們家，有誰看得到？

我沒刷牙就直接上床。我聽到瑟巴斯欽在房間裡來回踱步的聲音。爸在樓下大聲吼媽。媽沒吭聲，想必咬緊了牙關。我想她應該會承諾改進求饒，希望能避免今晚的一頓痛毆。她今年已經進醫院四次了。他們一定早已看穿她那些藉口：撞到門、跌下樓梯。彷彿這整幢房子裡的所有家具擺設都在和她作對，滿屋子都是她的木頭敵人。不可能有人會相信。然而卻沒有人採取任何行動。在這個小社區裡，沒有人會去戳破其他人的祕密。每個人都和其他人綁在一起、相互依賴，像一張巨大的蛛網。這樣事情單純容易多了。

我側躺著，頭枕在手上。我的臉面向牆壁。我們小一點的時候，瑟巴斯欽和我會敲牆壁作爲溝通。尤其在媽又挨打的時候。我們上次這麼做已經是一年多以前的事。有些爸媽大吵的晚上，瑟巴斯欽也會跑到我床上來睡，倚賴妹妹爲他提供保護。但大部分的時候我們只是敲牆壁。某晚他卻突然不再回應我了。接下來好幾星期我不斷嘗試，直到有天我近乎絕望地愈敲愈急迫、希望能得到回應，而他突然衝進我房裡、嘶吼要我住手。

「他媽的臭婊子，」他咒道。

我結巴道歉，被他的話嚇到了。

這差不多也是他終於不再被霸凌的時候。他和兩個比他大一點的男孩交上了朋友。兩個在學校頗受歡迎的男孩，托馬斯和羅格。

在學校偶然遇到的時候，托馬斯總能吸引我的目光。他似乎有某種吸引人的特質，某種脆弱敏感而迷人的特質，總能讓我在走廊上瞥見他時放慢腳步。一部分的我希望他能和瑟巴斯欽來我們家。一部分的我希望他不要。

我關掉大燈留下床頭檯燈，我的床霎時成爲漂浮在黑暗中的光之島。我在等晚餐時讀完阿嘉莎．克莉絲蒂的小說，也還沒去圖書館借新書，於是從書架上抽出《湯姆歷險記》。這也是我永遠不會送走的書之一。這至少是我第十次讀它了。

我的眼睛累得快要睜不開，但我有太多想要忘記的事。我必須藉著閱讀避免面對腦中的思緒。愈累就能愈快睡著，不留給自己睜眼躺在床上的時間。

開門聲在午夜左右從走廊傳來。我以爲接下來會聽到某人下樓上廁所的樓梯吱嘎聲。但沒有。是我的房門被推開了。我一開始很開心，因爲我以爲這表示瑟巴斯欽和我終於要和好了。我想念他好一陣子了。★

卡迪耶酒吧約莫半滿。觀光客和商務人士散坐在沙發上，手裡拿著飲料。侍者俐落地來回穿梭。霏伊推開吃完的餐盤，一名侍者立刻出現問她是否還需要什麼。霏伊搖搖頭，往後靠坐眺望對岸打了燈的王宮。鄰桌一群美國人顯然對瑞典人的王宮概念非常不以爲然，大聲表達他們的失望。根據他們的說法，瑞典王宮看起來更像監獄。她猜想是那些迪士尼城堡給了他們錯誤的期待。

行程密集的一天下來，她精疲力竭。先是史卡夫蘭秀，接著又和多位股東談過；有的是打電話，有的則是見面談。會談一切順利。她評估自己應該算在不引發猜疑的情況下成功傳達了訊息：不要賣掉持股。她和夏思汀討論出來的策略看似奏效了——暗示進軍美國一事將有利多消息傳出，穩守持股才是上策。

愈發激昂的話聲吸引她的注意，她轉頭查看。離她兩桌之外坐著一對男女，男人約五十開外、隔桌對望的女子約莫二十多歲。乍看像父女，但霏伊漸漸聽懂這是一場工作面試。年輕女子試圖維持專業對話內容、努力提點自己的相關技能；男人卻借酒裝瘋，不斷問她有沒有男朋友、是不是派對咖，還反覆鼓勵她也來一杯「放鬆一下」。

霏伊搖頭，感覺怒氣緩緩升起。

「妳確定不要來杯琴湯尼嗎？」男人問。「還是喜歡甜一點的調酒？要不要試試莫希多？」

年輕女子嘆了口氣。

「不了，謝謝，我這樣就好，」她說。

霏伊不禁同情起她來。那位聽來擁有一家公關公司的男人很明顯醉翁之意不在酒。霏伊起身，端著酒杯走向他們的桌子。男人正滔滔不絕講起自己有艘遊艇並邀請女子前往。男人住嘴。

「我不小心聽到你創立自己公司的精采故事。很不錯。」

男人顯然認出了霏伊。他舔唇，點點頭。

「努力付出就有收穫，」他說。

「請問大名？」

霏伊伸出一隻手。

「帕提克．烏曼。」

「我是霏伊。霏伊．阿德罕。」

她對他微笑。

「有件事我不吐不快，帕提克，所以我就直說了：你應徵新員工通常都約在飯店酒吧面談嗎？而且時間這麼晚？還是只有面試年輕女員工時才會這樣？」

帕提克張口欲言，隨即又閉嘴。他讓她想起一條在被太陽曬暖的防波堤上掙扎的鱸魚。

「因爲這感覺不太合理，要問出一個人的專業技能卻灌她酒、問她有沒有男朋友，接著還邀請她上你的遊艇。不過這也只是我個人看法。」

年輕女子嘴唇抽動。帕提克．烏曼的臉漲得更紅了。他緩緩嚥下一口嗚咽，但霏伊甚至沒讓他吞到底。

「你剛說你的船型號是什麼？Galeon 560？親愛的……我甚至不會搭那樣一條塑膠管去釣魚。」

女子再也忍不住笑。

「妳這個臭婊——」

霏伊舉起一根手指，身體猛地前傾，鼻尖幾乎要碰到男人的鼻子。

「妳這個什麼？」她壓低聲音說。「你打算說我什麼，帕提克？」

男人抿緊嘴唇。霏伊挺直身子。

「這才對。」

她對他微笑，啜一口酒，然後轉頭面對女子。她從手拿包裡抽出一張名片，放在女子面前的桌上。

「如果妳想找份好工作——或是想參觀一艘像樣的遊艇——打電話給我。」

她轉身，回到自己桌位坐下來。

帕提克．烏曼的臉紅到不能更紅。他對女子咕噥幾句，隨而結帳快步離去。

霏伊對著他消逝的背影揮揮手，又啜了幾口酒，準備上樓回房。她等不及想泡個熱水澡、洗去臉上的錄影濃妝上床睡覺。

她的思緒被清喉嚨的聲音打斷。她轉頭，發現大衛．席勒站在她背後。他眼底滿滿笑意。她之前不曾注意到他眼珠的顏色。湛藍，像地中海。他手裡端著一杯馬丁尼。

「我只是想謝謝妳，」他說。

「謝我什麼？」霏伊說，提高警覺。

「爲妳剛剛做的事。我想到我的兩個女兒。我希望她們能自信滿滿地成長、相信自己無所不能，就跟我小時候一樣。剛剛那個年輕女子大可能是幾年之後的史蒂娜或費莉夏，我的女兒。所以我很高興有像妳這樣的人站在她們那邊。」

他的話讓她胸口一緊。霏伊朝他舉杯。

「他媽的有錢卻不能叫人他媽的給我滾，那有錢還有什麼意義？」她說。

大衛剛喝下一大口馬丁尼，放聲大笑得嘴角微微滲出酒液。

「套句我摯友克莉絲的話說。」

「喏，敬克莉絲一杯，」大衛說。

他沒注意到她用的是過去式，她也沒刻意點出來。傷痛還埋得不夠深。她甚至還沒辦法跟約翰──在克莉絲過世前娶了她的好男人──維持聯繫。他會讓她想起太多失去的一切。

霏伊定睛看他。她聳聳肩，卻不知爲何。或許爲了自己先前對他的反感吧。

「要不要坐下聊一下？」她說。

他們又點了一輪酒。大衛還是喝馬丁尼、霏伊喝琴湯尼。

「你在這飯店住多久了？」她放下酒杯問道。「我假設你住在這裡，不然的話你未免也太熱愛格蘭德飯店了。」

大衛苦笑。

「我已經在這住兩星期了。」

「不算短的時間。有什麼特殊理由嗎？畢竟你在薩爾特舍巴登有棟房子。」

他嘆氣。

「我跟我女兒的媽媽正在辦離婚。」

他拿起酒杯裡的橄欖送進嘴裡。

「情況還不算太糟，」他手一揮，比比周遭。「我畢竟住在格蘭德飯店。離這裡咫尺之遙就有人睡在人行道上，只因他們甚至負擔不起最便宜的住宿。我得平心而論。尤漢娜是比我稱職許多的父母，不管我再怎麼努力都遠遠比不上她。正確的做法就是我搬出來，她和女孩們繼續住在家裡。但老天，我眞的好想她們。」

霏伊啜飲一口琴湯尼。她喜歡他提到他準前妻的口氣。公平而尊重，而不是把離婚對照描述成某種可怕的怪獸。

大衛笑了。提到他的女兒似乎碰觸到他內心某個柔軟的點。

「史蒂娜和費莉夏這星期六會過來。我們打算去蒂沃尼樂園，晚上回來從第一集哈利波特電影開始連著看。我覺得我比她們還充滿期待。」

他揮動想像中的魔杖。霏伊不住微笑。

「我們已經確認你在金融業工作，」她說。「說得再精確點呢？」

霏伊不太情願地承認自己想多認識大衛一點。他似乎就是能讓她放下戒心，幾乎稱得上坦誠，而這點吸引了她。

「我……我應該就是一般說的天使投資人吧。我物色有潛力的新創公司，挹注資金，原則上愈早愈好。」

「你到目前爲止最成功的投資個案是……？」

大衛講了一家霏伊相當熟悉的生物科技公司的名字。這家公司是市場上急速竄起的明日之星。創辦人如今身價上億克朗，並可望持續上漲。

「好眼光。恭喜。你是多早入股的？」

「嗯，很早，當時那幾個創辦人都還是查爾摩斯理工大學的學生。這本來是他們的學士論文計畫，因爲點子夠新吸引了一些媒體報導，我正好讀到，覺得有潛力於是聯絡他們，然後，喏……接下來妳應該都知道了。重點是，我眞正投資的是公司幕後的人。對人的感覺對了遠比數字重要。有些人就是具備成功的特質，你看得出來他們會拚搏到成功爲止、絕不輕言放棄。一切的重點就是找到這樣的人。很多來跟我提出創業計畫的年輕人原本就是含銀匙出生的特權階級，一輩子茶來伸手，以爲創業是反掌折枝的事。」

「沒錯。我在斯德哥爾摩經濟學院遇到過幾個。」

大衛指指她的琴湯尼。

「今天不喝俄羅斯娃娃？」

「不了。我是慣性動物，通常選擇最基本的經典款。」

「經典之所以爲經典是有原因的，」他說，舉高手中的馬丁尼。

「確實。」

她透過酒杯上緣打量大衛。他的野心與驅力令她刮目相看。作爲天使投資人需要的是能力、直覺、知識與雄厚資本。

「但風險還是不小，不是嗎？」

「喝馬丁尼？」

「哈哈。不。我是說用自己的真金白銀投資新創公司。我親眼見過太多失敗的創業案例，不管他們的點子或產品有多好。商場詭譎，再加上市場善變。」

「是的，這些妳再清楚不過。但我不得不說，妳創辦 Revenge 的故事眞是一則市場傳奇。在短短時間內把公司提升到億萬營業額經典範例。佩服佩服。」

「謝謝。」

「回到妳的問題：是的，風險確實不小。但我醉心其中。不敢冒險就是不敢放手去活。」

「確實。」

霏伊手指沿著杯緣畫圈，陷入思考。卡迪耶酒吧人愈來愈多，嘈雜人聲漸漸沸騰。酒保布拉西朝他們幾乎空了的酒杯點點頭無聲發問。霏伊望向大衛。他搖搖頭。

「我很想留下來和妳多喝一杯。或兩杯。或三杯。但我今晚正好有生意上的飯局得繃緊頭皮撐過去。還有，正是約在提爾塔葛倫餐廳沒錯……」

霏伊報之以微笑。她出乎意料地感到有些失落。她確實喜歡他的陪伴。

他朝布拉西揮揮手。

「女士的飲料都記在我帳上。」

他拿起外套，轉身面對霏伊。

「不准抗議。下回算妳的。」

「我很樂意，」霏伊說。而且是真心話。他從容地穿過酒吧走向大門，霏伊一路目送，視線久久沒有移開。★

霏伊坐在她房間陽臺的椅子上，喝完杯中最後的蔬果汁，拿起餐巾擦擦嘴。她伸手拿來手機。她知道自己該要查看電郵，卻感到肚腹那股熟悉的疼痛——她想念茱莉安。於是她轉而撥了電話，耐心等待對方接起。

電話是她母親接的。聊了幾句之後，霏伊便請母親把電話轉給茱莉安。聽到女兒的聲音在耳畔響起讓她胸口升起暖意——茱莉安興高采烈地講述自己終於學會潛游到泳池底部，霏伊分享女兒的喜悅。

然後就是那個無法避免的問題。

「妳今天要回家了嗎，媽咪？」

「還沒有，」她說，感覺自己聲音啞了。「我還得多待一陣子。不過很快了，我很快就回家了。我好愛妳，超級無敵想妳，送給妳好多好多吻。」

霏伊掛掉電話，揩去幾滴不聽話的淚水。她的肚子又痛了；對茱莉安的思念與渴望像根卡在肉裡的尖刺。但她告訴自己女兒和外婆留在拉維過得很開心。此刻她必須先把茱莉安的想念推開到一旁，再次調適自己面對這個以爲她的愛女早已不在人世的世界。

她走進房間直往衣櫥去，挑出一套藍色褲裝。

還不到正午，外頭已然豔陽高照、熱氣逼人。她早先翻報紙讀到這將是個出奇炎熱的夏季。

星期一她就可以搬進公寓了。

「情況還不算太糟，」她咕噥道，微笑想起昨天下午和大衛．席勒共渡的時光。

他的魅力完全出乎她的意料。他說的那句「不敢冒險就是不敢放手去活」讓她陷入長考。事關 Revenge 的時候，她向來勇往直前，但私人生活方面她卻把自己關進高牆內、搭梯方得一窺。這是她長久以來第一次從男人口中聽到足以激發她自省的話。但讓大衛．席勒脫穎而出的卻又不止於此。

她打開筆電，開始準備稍後和依琳．阿奈爾在司徒廣場的貝里洛小館的約會。她刻意把和她的會面安排在其他幾位投資人之後，好讓自己先暖身練習過。依琳是她最早也是最大的投資人。她是瑞典金融界的傳奇人物——她倆在這幾年間漸漸建立了堅定的情誼。

依琳是霏伊尋求建議的少數對象之一，但在過去一年裡霏伊卻疏忽了和她的聯繫。她對依琳的生活不再有那麼同步的了解。

她在谷歌上搜尋依琳近況。去年的報導文章她讀過一些，也遺漏了不少。依琳過去一年算是事業感情兩得意。獲得提名加入兩個重要的董事會，售出一家她一手經營成功的公司、讓業界津津樂道，出任全歐聲名最卓著的金融公司的執行長。依琳的個人生活也出現了新對象：義大利汽車業巨擘的小開。看來這場午餐約會不缺話題。

霏伊挑選的這套 Proenza Schouler 的藍色褲裝完美合身。這是她某回在 Nathalie Schuterman 衝動買下的，價格高得驚人，但她今天必須從內到外感覺完美自信。她撫平衣料上的小皺褶。她準備好面對今天了。

霏伊一踏進飯店大廳隨即戴上太陽眼鏡。她從眼角瞥見一個原本坐在沙發上的女人起身走向她。

「可以借一步講話嗎？」

霏伊皺眉——她依稀覺得女人有些面熟。她判斷女人是記者，決定自己或許也該重新適應有媒體盯哨的日子了。

「現在恐怕不太方便，」她說，口氣盡可能客氣。

女人匆匆回頭一瞥，然後從牛仔褲口袋裡掏出警察證。以馮．英格瓦森，霏伊這才想起來者是當初負責偵辦茱莉安謀殺案的警探。她閉眼片刻，進入痛失愛女的母親的角色。

「你們找到她了？」她低聲道。「你們找到我的茱莉安了？」

以馮．英格瓦森搖搖頭。

「我們可以找個安靜一點的地方談嗎？」

她抓住霏伊的手臂，領著她走出旋轉門、下了臺階、過到飯店正門對街的水岸。她們落坐在一張長凳上。

「我們還沒找到她的屍——找到妳的女兒，」警探說道，視線鎖定一艘駛向于高登島的渡輪。

霏伊強迫自己保持鎮定，先讓以馮．英格瓦森表明來意。她找上她這點確實令人不安，但目前爲止還不算太糟。

「妳前夫理論上殺害你們女兒那晚，妳確定妳人在韋斯特羅斯？」

霏伊身子一顫。她慶幸自己戴著太陽眼鏡。

「當然確定，」她鎮定應道。

霏伊定神思考。警方如果眞的掌握了不利於她的新事證，她們不可能還坐在這裡曬太陽閒聊。

「爲什麼問？」

「有監視器拍到和妳極爲相像的人影。不過妳說妳人在韋斯特羅斯？」

以馮．英格瓦森終於轉頭直視霏伊。霏伊表情聞風不動。

「妳在影射什麼？」霏伊說。「妳坐在這裡到底想暗示什麼？」

以馮．英格瓦森挑眉。

「我沒暗示什麼。我單純只是問問題——妳到底有沒有可能人在理論上的謀殺現場附近、而非韋斯特羅斯的旅館房間裡。」

兩人陷入沉默。然後霏伊拉近包包，站了起來。

「我不懂妳的來意。請妳不要拿這種莫名其妙的理由來找我。做妳該做的事。找到我女兒的屍體。」

她轉身離開，心臟在胸口砰砰急跳。★

霏伊遲了十五分鐘才趕到貝里洛小館，後背都是汗。依琳微笑起身迎接：她挑了餐廳美麗的內室裡的一張圓桌。霏伊抬起下巴，沒理會其他午餐客人的注視與耳語。兩人互擁後才雙雙落座。

「依琳，好久不見。抱歉遲到了。」

「沒事。妳說得沒錯，我們太久沒見了——不過我知道這一年夠妳忙的了。」

「這一年確實緊湊。股票上市、進軍美國，此外還得面對把克莉絲的女王集團併入Revenge的一大挑戰。光這點就花了不少時間，不過現在兩家公司感覺起來總算像一家公司了。」

依琳點點頭，伸手拿菜單。她拿出老花眼鏡，架在鼻頭。

「我懂妳的意思。不同的公司架構與企業文化，成千上百個項目得精簡流程以提高效率。就我來說，妳大可不必覺得有義務時時和我維持聯繫。我自己事情也多，但我永遠在這裡，不管我們有多久沒有見面聊天，妳隨時都可以找到我。我完全能理解，失去女兒之後重建生活有多不容易……」

霏伊點點頭、啜飲一口水，接著，彷彿依然不願觸及有關女兒的種種立即改變了話題：

「說到事情多。我讀到有關妳新對象的報導。」

依琳霎時紅了臉，霏伊興味滿滿地打量她。她從不曾見過依琳臉紅——六十歲的熟女突然就像個少女。

「喏，且走且看了。目前爲止一切都好，馬里歐眞的很棒。一切美好得幾乎不像眞的，我感覺自己常常在等著什麼不可告人的祕密曝光。」

「對於男人，我跟妳同樣持疑。這妳知道。但天下不可能沒有好男人。說不定妳眞的遇上了一個。」

「我們只能懷抱希望，」依琳說，放下菜單。「我這些年來錯吻了不少青蛙。」

她輕輕搖頭，霏伊傾身向前。

「點杯香檳如何？」

依琳微笑點頭，揮手讓侍者過來。

兩杯香檳送上桌後，霏伊謹愼地啜飲一口，盤算要怎麼開口。然而在她開口之前，依琳搶先清了清喉嚨。

「謠傳說有人在大舉收購 Revenge 的股票。」

霏伊肚腹一陣不安。依琳當然已經耳聞了。

「是的。我不知道妳聽說了多少。」

依琳聳肩，摘下眼鏡放在桌上。

「我不知道任何細節。只是聽到風聲。」

霏伊放下酒杯。

「一陣子前開始的。一開始只是零星股份被收購，但後來交易的頻率愈來愈規律，模式呼之欲出——我們認爲背後是同一個買家。」

「而妳們對對方身分一無所知？」

「是的。這些收購行動全都隱身在一團買家裡。但我們正在積極調查中，一定會找到答案。唯一的問題是調查需要時間，而我不知道我們還有多少時間。我不知道下一步會怎麼走。」

「而妳擔心我也會賣股？」

侍者送來披薩，放在桌面中央的架子上。香氣迷人極了。上頭的配料有 Kalix 魚子醬、法式酸奶油和紅洋蔥。她倆各自拿了一片；剛出爐的披薩熱得燙手。但霏伊無法專心在食物上。她注視著坐在桌子彼端的女人：都會、世故、某些方面依然遙不可及。

「是的，我想不通那些股東爲什麼會賣股，而我想要親自確認妳會守住名下股份。依琳是僅次於霏伊的大股東，如果她也出售持股後果不堪設想。

「還沒有人找上我。或許因爲他們知道我們是好友、我一定會馬上告訴妳。我可以在此承諾妳我絕對不會賣股。」

「有妳的承諾我就放心了，」霏伊說，又拿了一片披薩，她咬下一口，配著香檳吞下肚。滋味太美妙了。

妳當眞要吃那個？杰克的話聲再次響起。那皺眉。那嫌惡的表情。在生下茱莉安後的那幾年間，她不時爲了自己的外表與體重成爲冷嘲暗諷的對象。她不論怎麼做都無法取悅杰克。

如今她想吃什麼就吃，分量得宜就好。伴隨缺乏自信而來的暴食症狀早已成爲過去。她以自己的身體爲榮，不再引以爲恥、也不再只看得到不完美之處。運動不再是某種她被迫忍受的懲罰形式，而是能在看到自己肌肉線條愈來愈緊實時爲她帶來喜悅的事。

自信是她從杰克手中贏回諸多事項之一。

「妳還採取了哪些行動？」依琳問。「那個……名字一時想不……夏思汀和妳一起回來瑞典嗎？」

「嗯，夏思汀也回來了。她正不眠不休調查中。就昨天，我們分頭和好幾位投資人談過，說服她們守住持股。」

「希望是在沒有透露任何風聲的情況下吧？」依琳目光炯炯地審視她，一邊探手拿了第二片披薩。

「當然。我想我們算成功傳達了訊息。不過我不以爲這樣就夠了。問題還是在於幕後那隻黑手火力有多集中。我擔心的是對方確實決心想要拿下 Revenge。」

依琳放下刀叉，直視霏伊。

「妳還好嗎？」

霏伊明白，面對依琳沒有必要拐彎抹角。

「老實說，我很意外這件事對我的影響有多深。過去幾年間公司遭逢過不少危機，大大小小成百上千件。管理一家公司說穿了不外乎危機處理。喏，這無須我多說。但這……這是有人試圖奪走我畢生心血。我從無到有一手創立Revenge，掌舵者也一直是我。說我天眞也罷，但我從沒想過有人會試圖奪走我創建的一切。」

依琳斷然搖頭。

「這不是天眞。畢竟惡意收購近日已經很少見了。根本算是絕跡了。背後主使者有沒有可能是杰克？」

「杰克？不可能，他手中早已沒有資金，也幾乎斷了對外的聯繫。他一文不名，朋友也早棄他而去。我無法想像他有那能耐從獄中操控這一切。尤其在他對茱莉安做出那樣的事後。」

「妳還想得到其他可能人選嗎？」

女服務生送來主餐，各放在兩人面前的桌上。她用疑問的目光看著剩下的半個披薩。

「兩位用完了嗎？要我收走嗎？」

「不、不，留著就好。我們今天很需要碳水化合物。」霏伊說，依琳點點頭。「不諱言，我這些年來樹敵不少，」服務生一走，霏伊繼續說道。「建立這麼大的公司過程中不可能不得罪人。但我一時想不到有任何特別人選。我希望我能看得更清楚，或者至少有些頭緒。不幸的是我一無所知。」

「妳可以放心的是我絕對不會拋售持股。此外我也會幫妳多留意。眞的打聽到什麼我會即刻跟妳聯絡。」

霏伊感覺自己的肩膀放鬆下來。她直到此刻才明白自己有多緊繃。

她與依琳舉杯互敬。周遭的午餐客人持續嗡嗡交談，她倆逕自津津有味地進攻面前的主餐。★

水溫宜人，和暖地包圍她的身體。霏伊划水的動作緩慢而有力，提醒自己要深呼吸。格蘭德飯店的泳池彷若洞穴，有美麗拱頂與幽暗燈光。話聲在裡頭變低了，背景則是舉世水療中心一致播放的悠緩樂聲。

夏思汀坐在入池的寬階上。霏伊游過去，坐定在她身旁。她打直身子、頭往後仰，手肘撐在臺階上，雙腿輕輕打水。

「妳今天的名單上有多少人？」霏伊說。

「我想我應該可以搞定五到七人，主要還是看能連絡上幾個、每個人能談多久。」

「喏，至少我們可以不必擔心依琳。她承諾我絕不賣股。」

「很好，雖然我本來就不擔心她。話說回來，有幾個出售股份的股東也完全出乎我的意料。」

霏伊低頭，看著自己雙腿製造的陣陣漣漪。她想起那深黝的水面。想起尖叫聲。看到眼前浮現驚恐的臉孔。

「霏伊，妳還好嗎？」

夏思汀的話聲把她喚回現實中。霏伊輕輕搖頭。

「美國擴展的事千頭萬緒，我今天還有得忙，」她說。「我沒法把時間都花在處理這個危機上。公司每日營運還是得繼續，否則到頭來也沒公司可以失去了。」

「妳專心忙妳的，我會繼續調查挖掘。」

夏思汀閉上眼睛，享受池水。霏伊來之前她已經在水療中心待了一小時，游泳也游夠了——雖然這泳池說來小了些，一趟來回也游不了多遠。

「我知道妳有很多事得辦，不過可以請妳另外幫我查一件事嗎？」

「當然，」夏思汀說，睜開眼睛。「什麼事？」

「妳可以去探探一個叫做大衛．席勒的天使投資人的底嗎？」

「當然可以，」夏思汀說，臉上泛開興味盎然的微笑。「讓我猜猜，是妳在格蘭德遇到的那個絕對不是妳的型的男人嗎？」

霏伊朝她潑水。

「妳這是在挖苦我嗎？」

夏思汀咧嘴而笑。

「不是挖苦。單純只是指出事實：妳要我去打聽一個妳宣稱毫無興趣的男人的事。」

霏伊再次望向水中的雙腳。

「嗯，這麼說吧，他的表現讓我為他加了不少分。因此我更有必要摸清他的底細。」她轉頭面對夏思汀。「我決心不再讓任何人趁隙而入。」

夏思汀站起來，套上印有飯店標誌的白色浴袍、繫上腰帶。

「我會盡可能挖出關於他的一切。妳就趁機好好休息一下。妳把自己累垮了對誰都沒好處。在這好好待個一小時吧。」

「妳說得對。就這麼辦。」

霏伊也起身、套上袍子。夏思汀離開後，她躺在池畔躺椅上，享受這靜謐的一刻。和依琳的午餐平息了她大部分的焦慮，和英格瓦森警探交手引發的恐懼也開始消散。一個看起來有點像她的模糊人影。那又怎樣？杰克已經爲茱莉安的謀殺案被定了罪，還得坐上很多年的牢。媒體幫忙散播茱莉安已死的訊息；即便沒有屍體，這也已經是一般認定的事實。

她探手端來那杯放在躺椅一旁地上的鮮榨柳橙汁，啜飲一口，任思緒飄向她親愛的女兒——此刻的她應該也正在另一個泳池裡玩得不亦樂乎吧？今天是六月的第一天，顯然已有一波熱浪席捲過義大利。

踩在磁磚上的腳步聲吸引她回頭張望。剛從二樓健身房下來的大衛環視周遭，卻沒看到她。他脫掉黑色短褲的T恤，露出肌肉線條意外緊實好看的背部，僅著內褲便一躍而入閃耀青綠光澤的池水中。霏伊微笑。這八成是嚴格禁止的行爲。他來回游了幾趟，霏伊悄悄伸長脖子緊盯著他的動作。終於看膩了後，她站起來走向泳池。

大衛游向她，露出那抹足以改變他的容貌、讓他幾乎稱得上英俊的微笑。

「早安，」她說。「和愛女們共度的一天還順利嗎？」

他臉色微微一黯。他手一撐從泳池裡站起來，感激地接過霏伊遞去的浴巾。

「她們不能來，」他突然說道。

「發生了什麼事嗎？」

他倆並肩走向躺椅區。

「尤漢娜最後一刻臨時決定帶她們去巴黎的迪士尼樂園。」

「怎麼會?」

大衛坐在躺椅上。用浴巾擦乾雙腿。他避開她探問的目光。

「這不是她第一次這麼做,」他靜靜說道。「她從女孩那聽說我的計畫,在最後一刻打出迪士尼這張王牌。我不知道她爲什麼這麼做,但她應該有她的理由吧。」

「我以爲你們還能維持和平相處?」

「也許我上回跟妳提的時候過度美化了。我不想當那種說盡前妻壞話的男人。」

她深深望進他眼底。

「你可以跟我說實話。」

他倆沉默對望半晌。然後他伸直身子,十指交錯枕在腦後。霏伊也躺直在自己的躺椅上,面朝向他。

「她向來善妒,」大衛終於開口。「但大約從兩年前開始吧,她突然變本加厲。我從未背叛過她,從未背叛過任何人。但我發現她開始盯我——我的一舉一動。她會突然要求讀我的手機簡訊。我沒有什麼好隱瞞,就隨她去讀了……只不過,她後來竟跑來我辦公室。威嚇我的女性員工。在臉書上傳送恐嚇簡訊。」

大衛嘆氣。

「我試著保護她，幫她收拾善後。我付錢請她們不要報警。我盡我所能保護尤漢娜。保護我兩個女兒。她有時完全心不在焉，在家裡像個遊魂似地晃來晃去。史蒂娜和費莉夏有課後活動時她常常忘記去接人，不時還會兇她們。她對我爆炸是一回事，但對女兒們？她和我們愈來愈疏離。我開始盡量在家工作，盡量不讓女兒和她獨處。」

他流下一滴男兒淚，很快用手揩掉。他下巴微微顫抖。

「我有很深的無力感。」

霏伊對這種感覺再熟悉不過。但她很少提及那段日子，很少提及杰克。

「我完全了解你的感覺，」她說，話聲低沉、視線緊鎖磁磚地板。「我曾活在那樣的感覺中很多年。任由自己受人控制、任人奪走我的自我。我的自信。我的一切。」

她感覺大衛目光落在自己身上，強迫自己抬頭迎上。她感覺赤裸、毫無屏障，卻也充滿生氣。她怎麼會覺得他是個無趣之人呢？

大衛的手放在她壓在躺椅的手上。她感覺彷彿有電流竄過。

「很遺憾曾有人傷妳這麼深，」他說，一雙藍眼無比堅定，與她四目相對。「但我知道，如果有人能獨力承擔這樣的境況，那個人一定是妳。我更想讓妳知道的是，妳可以對我坦承，分攤一切。妳不必堅持要一個人承擔一切。」

「我已經習慣了，」她說，抽回自己的手。

她還感覺得到他皮膚的餘溫。

「想跟我談談嗎？我就在這裡，願意聆聽。」

霏伊遲疑了。那扇通往她和杰克的過去的門已經關上如此之久，她甚至不知道自己還打不打得開。或者要如何打開。大衛不發一語。他靜靜等待她任由自己的思緒反覆翻攪。她終於下定決心。

「我們是在斯德哥爾摩經濟學院認識的……」

大衛的手再次覆上她的手。這一回，她沒有抽回自己的手，只是讓字句自口中溢出。一開始慢慢地，彷彿字字句句都傷都痛。隨而漸漸加快，愈來愈快。★

費耶巴卡——昔日

我躺在黑暗中渾身顫抖，兩眼圓睜。

「敢說出去我就殺了妳。」

瑟巴斯欽十指圈住我的脖子，臉湊近我。濃濃口臭朝我撲面而來。他用力掐緊我。

「聽到沒？」

我緩緩點頭。

「聽到了，」我勉強吐出三個字。

他手一鬆，我開始狂咳。瑟巴斯欽撿起內褲，好整以暇踱回自己的房間。我打開窗戶讓空氣進來，然後爬回潮濕的被單底下。腿間傳來陣陣疼痛，我用上衣擦乾自己。我坐在那裡望向窗外。

回憶不斷湧現。瑟巴斯欽和我小時候。在餐桌下緊握著彼此的手，看著爸對著媽的臉破口大罵，兩人的鼻尖湊得好近。瑟巴斯欽蜷縮成一團依偎在我身邊，尋求我的溫暖、我提供的安全感。

全都不再了。這些回憶什麼都不是了。全被他奪走了。

我們曾在彼此身上找到庇護，我們經歷過世上只有彼此能懂的一切。現在只剩媽和我了。但媽如此軟弱，我卻不能怪她。她是爲了我們，爲了盡可能保護我們。爲了我們所以留下。

我可以聽到瑟巴斯欽在他房裡不停來回走動的聲音，直到他也開了窗寂靜才終於降臨。我想像他的表情，想像他縮著身子坐在離我只有兩三公尺的窗臺上，心裡又在想什麼。然後我想起我其實可以殺了他。他晃腳坐在那裡，離地面至少四五公尺。如果我偷偷跟上去，打開他房門衝過去，應該來得及把他推下去。我可以跟媽跟爸說我聽到他在哭，我跑進他房間時剛好親眼看到他跳下去。但我辦不到。我還是愛他，即便他對我做了這樣的事。

如果我當時知道後來的事、知道他後來施加在我身上的事，我會毫不猶豫殺了他。那會省下我很多痛苦。和麻煩。

霏伊躺在飯店套房的大床上。她的行李都已打包好，排排站在房門旁。她明天即將遷出格蘭德飯店、搬進奧斯特馬爾姆廣場旁的公寓裡。在飯店待了這麼多天後，能搬進屬於自己的空間感覺固然很好，她卻出乎意料地發現自己將會想念大衛。

她手機螢幕亮起。來自夏思汀的簡訊。她點出來讀，臉上隨之泛開微笑。

一切似乎確如他所說。目前為止找不到大衛·席勒有任何毛病可挑剔。沒有犯罪記錄、沒有拖欠帳單、社群媒體一切正常，我也在金融投資圈低調打聽了一下，沒有聽到任何不利於他的風聲。

霏伊翻身趴在床上。她止不住微笑，想起前日和大衛在飯店水療中心共渡的時光。他們坐在那裡聊了一個多小時，直到不得不分開爲止。

終於能夠開口談起杰克——談起他要她做的事、要她感覺的感覺——讓她如釋重負，彷彿連體重都減輕了好幾磅。大衛讓她感覺自己被看到、被聆聽。像個人，而不只是女人：男人爲女人下功夫的終極目的永遠都是搞上床。

她再次掏出電話，視訊茱莉安。

女兒的臉出現在小小的螢幕上總是能讓她忘記所有煩惱和負面念頭。這是她唯一感謝杰克的事。他給了她一個在她眼中徹底完美的女兒。從胡亂塗了粉紅色指甲油的腳指甲到那頭披在背後的長長金髮。

「嗨，親愛的！」

「嗨，媽咪，」茱莉安說，興高采烈地揮手。

她頂著一頭濕髮，霏伊猜想她一定剛從泳池裡爬出來。

「妳在做什麼？」

「我和外婆在游泳。」

「好玩嗎？」

「嗯，超好玩的，」茱莉安說。

「我也去游泳了，昨天。我游的時候一直在想妳。」

「是喔，」茱莉安說。霏伊發現她已經對電話視訊失去了興趣。生活在呼喚她。

「我今天晚上會再打電話給妳。超級想妳。親親。」

「嗯，再見囉，」茱莉安說，揮手揮得倉促而性急。

「幫我跟外婆說——」霏伊話沒說完，茱莉安已經掛了電話。

霏伊微笑。毫無疑問，茱莉安將成長為一個獨立的女性。

她起身下床，走進浴室放熱水準備泡澡。敲門聲傳來。霏伊瞄一眼腕錶：八點四十分。她關緊水龍頭，走出浴室。

「哪位？」她隔門喊道。

「以馮·英格瓦森警探。」

霏伊深呼吸，開了門。以馮·英格瓦森帶著一抹若有似無的微笑看著她。

「方便讓我進去一下嗎？」
霏伊聞風不動，雙臂抱胸。
「妳不可以像這樣突然出現在我門外。」
「我有東西想讓妳看。我可以進去嗎？」
霏伊嘆了口氣，讓道給以馮。以馮大步進門後停下腳步。
「挺不錯的套房。」
「我不知道這樣的私訪也是妳的工作職責之一。妳到底有什麼目的？」
以馮．英格瓦森沒有回答。他只是把手伸進皮包裡，拿出一張來自八卦雜誌的剪報。那是一張霏伊與杰克的舊照。她遞給霏伊。
「我不懂……」
以馮舉起一隻手指阻止她說下去，然後繼續從皮包裡掏出一張列印的照片。霏伊留意到以馮的指甲全被啃得光禿禿的，手皮乾燥發紅。這張照片比剪報還模糊，燈光發黃，拍照時間應該是入夜之後。霏伊很快看出照片中的女人背影就是自己。照片中女人身上的外套和剪報裡的是同一件。
「妳要怎麼解釋？」以馮問，目光凌厲。
「解釋什麼？」
「照片中的女人是妳，霏伊。妳我心知肚明。謀殺案發當時妳人在現場附近，不在韋斯特羅斯。」

以馮臉上閃過一抹短暫不悅的微笑。她瞇眼注視霏伊。

「那不是我，」霏伊說。「奧斯特馬爾姆的每個家庭主婦都有一件——Moncler 大衣，跟住鄉下需要一雙木屐同樣算是基本配備。」

以馮緩緩搖頭，但霏伊完全不爲所動。跟以馮上回出現時一樣，霏伊告訴自己，眞有確切證據的話，這段對話根本不會發生。事實上，光是她竟在星期日現身這點，就讓霏伊懷疑她的查訪行動根本未經警方授權。

她想要什麼？金錢？還是受人賄賂指使來騷擾她？不，霏伊的直覺告訴她，這是以馮．英格瓦森的個人行爲，單純針對她而來。

「妳**到底**想要什麼？」她問。

「眞相，」以馮很快說道。「我追求的是眞相。」

她的目光緊鎖住霏伊，伸手從褲子後方口袋掏出一張紙。霏伊暗忖，她到底還有多少法寶可以掏出來？根本是瑪麗．包萍和她的百寶袋。

以馮用拇指與食指捏住紙張，舉高在霏伊面前晃動。霏伊一把抓下。她立刻認了出來：那是一篇來自地方報紙《布胡斯日報》的舊聞。她肚腹一沉，卻強作鎮定不讓以馮．英格瓦森看出她內在的激烈騷動。

「妳周遭的人似乎很容易遭逢不幸，」以馮說，接著放低聲音：「瑪蒂妲。」

兩名來自費耶巴卡的少年與友人駕船出遊後失蹤，小鎮陷入愁雲慘霧。

「我拒絕相信他們已經死了，」十三歲的瑪蒂妲表示，意外發生當時她人在現場。

霏伊用力嚥下一口口水，沒讀完就把列印文章緩緩摺好遞還給以馮。以馮搖搖頭。

「妳留著吧，」她說，轉身要走。「這套房眞不錯。很不錯，」她咕噥道，開門走出去，消失在走道裡。

霏伊端詳頭條照片裡那個盯著鏡頭看的十三歲少女。她看來傷心而無助，但霏伊知道她只是在鏡頭前作態。在她體內，黑暗已然蔓延開來、狂亂翻攪。

她躺在床上凝望天花板。但她看到的不是格蘭德飯店的白色灰泥——她看到的是完全不一樣的景象。黑暗急竄的渦流。她感覺反胃。

尖銳聲響嚇得霏伊跳起來。她驚恐四望。在回過神來之前的瞬間，她還彷彿站在渦流的黑水邊。意會過來只是手機鈴聲時，她的脈搏才緩了下來。螢幕顯示是夏思汀來電。

「有壞消息。」夏思汀單刀直入一如既往。

「又怎麼了？」霏伊說，閉上了眼睛。

她眞想聽到答案嗎？她還擔得起更多嗎？她眞的不知道，而這點嚇到了她。

「《產業日報》來電。他們聽到收購的風聲了。不設法阻止他們的話，消息恐怕就要傳開了。」

霏伊嘆了長長一口氣。

「消息一傳開，恐慌蔓延，大家就會開始拋售股票，」她說。

「妳想要我怎麼做？」夏思汀問。

「我認識裡面一個記者。我會打電話看看能怎麼辦。這件事交給我，我來處理。」

霏伊掛斷電話，把手機扔到一旁的羽絨被上。如果她是那種會放棄的人，此刻應該就是拉起被褥蒙頭大睡幾天幾夜。但她不是。她從來都不是。她再次拿起手機。這場仗還有得打。★

霏伊縮著身子坐在床上，身旁散落著以馮留下來的紙張以及夏思汀列印出來的股份異動表。這兩件事單獨看都足以令她憂心，合在一起更叫她幾乎難以承受。進軍美國的計畫即將正式啓動——位於司徒廣場的 Revenge 辦公室傳來消息，有幾位投資人看過霏伊上《史卡夫蘭秀》後主動聯絡表示投資意願。在這個敏感階段讓以馮．英格瓦森纏上確有風險，此外霏伊也必須確保公司營運正常方可挺進全新市場。

她的手機發出一記輕響，她點開 Telegram——用這個ａｐｐ傳來的影像與訊息會在十五秒後自動刪除。她對著泳池畔的茱莉安咧嘴微笑。

「我的小寶貝，」她喃喃說道。影像消失了。

門上再次傳來輕敲聲，霏伊驚跳。她拉起床上的毯子蓋住那堆紙張文件，然後下床往房門走去。茱莉安的照片爲她灌注全新精力，也點燃了她的戰魂。以馮．英格瓦森沒搞清楚和自己交手的是什麼人。另一方面她也決心追根究底，定要追查出是誰在攻擊她的公司。

等在門外的是大衛．席勒。他對她露出微笑。

「妳看起來鸞需要和朋友去散個步的。」

霏伊與大衛朝週日傍晚人車稀少的斯壯德大道走去。那是個溫暖的夏夜。偶有人沿著大道遛狗，蒂沃尼樂園的各種遊樂設施在隔水彼岸的于高登島上閃爍、迴旋、煥發光彩。霏伊幾乎忘了斯德哥爾摩的夏夜有多麼美麗迷人了。

「昨天聊了這麼多——妳今天感覺還好嗎？」

大衛口氣有關切也有憂心。霏伊發現自己被感動到了。

「沒事的，」她微笑道，大衛的藍眼霎時亮起來。

「太好了。我有點擔心妳會不會後悔跟我說了這麼多。」

「不，當然不會。我感到某種……某種解放的自由。我從沒跟任何人提到底發生了什麼事、或是和杰克一起生活的景況。我甚至沒跟夏思汀多說，而她還是我最親密的好友。當然，克莉絲大部分都知道……」

「克莉絲是誰？」大衛小心問道。「妳之前也提過這個名字。」

他看似如履薄冰，小心翼翼地踏上前夜才結成的冰面上。

「克莉絲。老天，我該怎麼形容她？我們是在經濟學院認識的。她……她精力過人、氣場無比強大。沒有任何事情難得倒她。」

「發生了什麼事？如果我可以問的話……」

他們路過正值晚餐時間人潮洶湧的斯壯德橋餐廳，漂亮好看而帶著明顯醉意的年輕客群暗中打量彼此的名牌包和假睫毛、以及高中畢業收到的禮物勞力士手錶。

「她得了癌症，」霏伊說，舉起手臂讓他看腕上的「Fuck Cancer」手環。「一切發生得太快，但她及時遇到了一個與她完美契合的好男人，陷入愛河。」

「遺憾卻依然美好，」大衛說。「在終點之前找到愛。人人追求的不就是這個嗎？」

他們左轉，朝北歐博物館和六月坡*走去。

大衛望向水岸。瓦薩博物館——瑞典史上最轟烈的砸鍋事件紀念堂——在樹梢後方隱約可見。

「妳愛她嗎？」霏伊說。

大衛不解地看著她。

「愛誰？」

「你的妻子。還有誰？」

大衛笑得尷尬。

「也是，我應該要馬上想到她才對。在一起十五年後還被問到這問題感覺有些怪。十五年之後還應該要愛嗎？在那些柴米油鹽和幾個孩子之後？還有人會愛嗎？」

「這話聽來挺悲觀的。」

「或許吧。也或者我們一開始就搞錯了，根本不該在一起。如果我夠誠實的話。」

他搖搖頭，面朝他方。

---

* Junibacken：位於于高登島的兒童博物館，佈置陳設許多瑞典兒童文學經典場景，深受大小市民及遊客喜愛。

「說這話讓我聽起來有夠渣。」

「不至於吧。」

霏伊勾住他的臂彎，兩人一起朝蒂沃尼樂園走去。各種遊樂設施傳出的歡樂尖叫聲愈發清晰可聞。

大衛清清喉嚨。

「我覺得我的婚姻從來就與愛無關。比較像是……喏，我想是更實際的考量。條件都到位就結了。至於感覺？我眞的不知道。」

他拍拍霏伊的手臂。

「這話讓妳不高興了嗎？」

「不，一點也不。人們本來就會爲了千百種不一樣的理由在一起。只有極少數幸運者能眞的經驗過愛。眞愛。」

「妳是其中之一嗎？」他說，停下了腳步。

一部分的她想要避開他的目光、避開回答這個問題。她聽到自由落體塔傳來的驚呼聲——人們自願被帶上高空，追求急速墜落地面的刺激感。這與她經驗的愛有幾分神似。

「是的。我愛過杰克。比我愛過的任何人都愛。但那並不夠。我並不夠。然後茱莉安來了。那是一種完全不同的愛。這份愛超越一切……」

她的話聲漸弱，轉開了頭。她好一會說不出話來。記憶排山倒海。他們的三人家庭經歷過的一切。因爲杰克，然後因爲她。因爲她要母女倆脫離杰克掌握而付出的代價。

「我甚至不敢想像妳經歷過的一切，」大衛說，霏伊身子一顫——她幾乎忘了他就在她身邊。「失去孩子？霏伊，我……我希望我能爲妳帶走那些失落，但我想沒有人能爲妳做到這件事。」

霏伊猛力搖頭，趕走那些喧嚷著想要浮出水面的情緒與記憶。如果她讓自己想起——或感覺到——那麼她就連一步也走不下去了。

「有你陪著就很好了，」她說。「有你的傾聽。」

他倆就這樣靜靜站著，背景裡有不斷閃過的樂園彩燈。兩人久久不發一語。大衛朝她伸出一隻手。

「走吧。我們往回走了。」

霏伊點點頭。他們回頭，往斯壯德大道走去。再次經過斯壯德橋餐廳後，大衛停下腳步，轉身面對她。

「想不想游泳？」他問。

「在這裡？」

「是啊，今晚這麼溫暖，我們人在北方的威尼斯，到處都是可以游泳的地方。比如說，這裡。」

他指向兩艘船屋中間的木板碼頭。他沒等她，直接小跑步過去。船身完全遮蔽從斯壯德大道那頭來的視線。他彎腰解開鞋帶。霏伊舉目四望。四下無人，人車稀少。大衛脫下亞麻襯衫、牛仔褲與鞋子。然後是襪子。內褲。他蒼白的屁股在黑暗中格外醒目，霏伊接著聽到撲通一聲繼之以一記驚呼。她傾身向前。他在兩米之外一邊踩水一邊仰頭看她。

「很冷，不過超爽，」他報告道。「來，跳進來！」

霏伊回頭確定無人。她脫掉鞋子，把洋裝放在大衛那堆衣物旁邊，身上只留胸罩與內褲。她深呼吸，在空中一陣亂踢後嘩地入水。她忘情放聲驚呼：水眞的很冷。

他們游離岸邊，拉開一小距離後停下來，然後並肩踩水、一邊欣賞城市燈火一邊渾身打顫。

「我很喜歡妳，」大衛說。

話聲斷斷續續，從打顫的齒間擠出來。

霏伊微笑，因爲這一切太瘋狂了。她感覺體內暖暖的，幾乎讓她忘了寒冷。她想回答，最終還是沒有開口。她立誓不再愛上任何人，但她知道她的防禦高牆正在一點一點潰散。

大衛讓她笑，是一個沒有任何隱藏動機的眞正紳士。他自己事業成功，能瞭解她的工作，還擁有足以融化她心的微笑——即便是在這冰寒徹骨的水中。

上岸後他們火速穿上衣服，大衛搓揉她雙臂爲她取暖。

「接下來要做什麼？」她問。

她發現自己還不想回到飯店房間。

大衛露出調皮表情。

「跟我來，」他說，套上鞋子。

她跟著他往于高登橋另一頭的的遊艇俱樂部走去。她一頭濕髮黏在頸子與後背，一邊小跑步讓自己暖起來。他們在入口柵門停下來。大衛瞄了一眼警衛室，發現裡頭空無一人，縱身一跳便翻過牆去。

「有監視器，」霏伊指著鏡頭說。

「沒事，」他從牆內說道。「我一個好兄弟的船停在這裡，他不會介意讓我們借用一下的。」

霏伊遲疑地舉起一隻腳，抓住圍欄手一撐、翻過牆去正好讓大衛接住。

他探查船隻。

「在那裡，」他低喊道，指向一艘停泊在最遠處的大型汽艇。

下一刻，他拉起她的手往前跑。

他們爬上船，大衛蹲下身、伸手在一個白色坐墊下摸索了一會，隨即面露勝利微笑掏出一組鑰匙。他打開船艙門，霏伊入內，享受暖意。他倆脫掉身上的濕衣服，用大衛找來的超大浴巾裹住身體。

「這是誰的船？」霏伊問。她坐在沙發上，看著大衛搜刮廚房櫥櫃。

「一個好朋友的，」他重複道，隨而大叫：「看我找到什麼好東西！威士忌！」

他倒了兩杯酒，遞給她一杯然後落坐在她身邊。酒精讓她的身體由內而外暖和了起來。水波拍打船身，船隻隨之輕柔搖晃。一只兒童髮夾被遺落在沙發上，《冰雪奇緣》的艾莎圖樣配上一朵大大的藍色緞花。她不經心地拾起把玩。她想起茱莉安。她也好愛艾莎，還喜歡用自創的英文高唱「Let it gooooo」。

「妳在想什麼？」

大衛溫柔地看著她。然後他看到髮夾，輕輕倒抽一口氣。

「抱歉……我……」

霏伊一隻手放在他手臂上，讓他知道自己沒事。她很感動。他一發現髮夾讓她想起了茱莉安，第一個念頭就是想保護她不受關於愛女慘遭殺害的回憶侵擾。他皮膚傳來的暖意讓她感覺一陣刺癢。

大衛對她微笑。

「怎麼了？」她問。

「沒事，」他應道。

她幾乎脫口而出她也喜歡他——對他先前在水中的宣言的延遲回應。但她終究開不了口，幾個字就這麼卡在喉頭。卡在過去的傷疤。那些從外表看不出來的傷疤。

「妳明天搬離格蘭德後，我可以去拜訪妳嗎？」他問。

「如果你想的話。」

「我想。」

「我也想。」

他微笑嘆氣。

「我不知道自己怎麼了，但跟妳在一起的時候我就開心得不像話。像個十五歲少年似的，一心想留給妳好印象、討妳歡心。我甚至不喜歡野泳。我知道這沒什麼大不了，就算妳沒說，我也知道妳喜歡我。我很感謝妳願意對我打開心房。」

霏伊沉默地點點頭。

「順便一提。我見過他。杰克。幾年前的事了。他看起來就像個自以爲是的混帳——」

霏伊傾身靠近他。她不想談起杰克。此刻不想，永遠都不想。她貼上大衛的嘴唇、阻止他再說下去。他的嘴唇比她想像的更柔更軟。

「我們不要談他。我們不要談除了我們以外的事——至少今晚不談。」

「一言爲定。」

他倆彷彿有了默契，同時起身帶著酒走進臥艙。床比預期大，潔白床單鋪得工整。

霏伊落坐在床上，鬆手任由浴巾掉落。浴巾底下她完全赤裸。她望進大衛眼底。他目光迷濛——有威士忌，也有興奮。他緩緩走近她，同時也放掉浴巾。他已然堅硬。他一路走向坐在床緣的霏伊，昂立的陽具直抵她的眼簾。

霏伊目光鎖定大衛的眼睛、不曾稍離，一手握住了他的陰莖。她的臉緩緩挪近、緩緩張開嘴巴。一開始，她只是輕輕呵氣、讓溫暖的氣息包圍他的龜頭。接著，她探出舌尖，舔掉龜頭上的一滴分泌液。大衛深沉呻吟。他閉上眼睛，倏然又睜開直視霏伊。

她嘴又張大了一點，含住他整個龜頭。她用舌尖撥弄繫帶，聽到大衛倒抽一口氣。她一吋吋讓他愈發深入她的口中。她感到輕微的咽喉反射，卻只是稍稍抽出調整，隨而再次深入、再次抽出。她的手依然圈住他，他的陰莖因爲她的唾液而變得溼滑，她的手上下順暢滑動。

大衛的呼吸愈來愈急，呻吟聲愈來愈大。此刻他的眼睛已經完全閉上，雙手抓住她的頭、十指插入她髮間。

「我不能等了——我現在就想進入妳，」他低吼道。

她躺平在床上，他順勢壓進她腿間、滑入她體內——他動作很慢，無情而堅決地緩緩挺進，直抵深處。這感覺如此美妙、令人迷醉。此刻呻吟的人換成是她了。她感覺他的溫暖在她腿間，他的堅硬、他的慾望。

幾乎完全進入她體內後，他突然猛地前挺、徹底深入——她感覺他的重量著著實實地壓在她身上。他的嘴巴對著她的耳朵、溫暖的氣息吹拂她的臉頰，她的雙腿環住全力戳刺的他。她雙手緊緊抓住他的臀部、幫助他找到節奏，自己的腰臀則不住拱起上頂——她想要更多，想要全部的他。

他卻倏然抽離。

「我還不想射。妳把我搞得太興奮了。我想嚐嚐妳。」

她張開雙腿，舔了舔他右手的手指。他開始輕慢地愛撫她。她抬起頭──她想看他摸她。他輕撚她的陰蒂，然後把手指插入她體內，兩根、而後三根。她喘息，呻吟。

大衛抽出手指。她喃喃嗚咽，已然在高潮邊緣。他把她的腿撐得更開，臉湊上去。他用舌尖玩弄她的陰蒂，霏伊試圖抬高臀部頂他，他卻用雙手輕輕地壓住她的雙腿。他的舌頭溫柔卻堅定，慢慢加強力道，舔弄、繞圈。他一次次把她帶到邊緣──她緊扯床單，後背拱起。他的手指再次進入她體內時，她感覺潮浪一波波愈湧愈高，幾乎達到疼痛的地步──極樂與苦痛僅一線之隔，而她的頭無助地來回扭動、任他帶領她攀向高峰。

高潮終於來臨時她哭喊出聲。他沒有稍停，不斷加強愛撫的力道。她全身顫抖，痙攣收縮夾緊他的手指。

高潮終於停止席捲她全身。她的身體全然放鬆下來，但霏伊還不滿足。她想要他再次進入她。

水波推動船身輕輕搖晃。霏伊翻身，趴跪在床上。她撞到低矮的睡艙天花板，她和大衛都笑了。她放低身子，背部微微拱起，回頭看他從後方接近自己。但他沒有立刻要了她。他伸手溫柔而愛憐地撫摸她的臀部。

「妳好美。」

「幹我，」霏伊說，對他搖晃屁股。

大衛再次撫摸她的臀部，隨而用雙手扶住，把自己推送進她體內深處。霏伊雖然剛剛才高潮過，卻依然春心蕩漾。她想要更多。

「幹我，大衛，」她話聲沙啞粗嘎。他毫無異議，立刻照辦。

之後，他倆趴倒在床上，享受彼此身體的溫暖。大衛撥開她頸間的髮絲，親吻她耳後最敏感部位。她咯咯笑了，既享受又怕癢。他從她身上翻下來仰躺著，一隻手放在她腰後。

「我全身都是汗，」她說，翻身側躺讓他的手滑到她臀上。

他伸手愛憐地輕撫她的臉頰。

「妳知道妳有多棒嗎？妳知道妳有多漂亮嗎？」

「我不知道，得由你來告訴我。」

「我會的。我保證。一次一次又一次。」

稍後，霏伊背對他躺著，發現自己止不住微笑。她眨去眼底的淚水。她告訴自己不可再次墜入愛河，雖然她已經開始擔心為時已晚。★

霏伊走出電梯，腳步緩慢而充滿期待地走向一道厚重大門。她並不想念她的舊公寓。那裡有太多回憶了。杰克早已是其中一部分。這間公寓將會是她一個人的。

握在她手中的鑰匙沉甸甸的。她喜歡這種嶄新的感覺。未經破壞、沒有負擔。公寓雖然只是租來的，她卻也得到依照喜愛重新粉刷的許可。

她把鑰匙插進鎖孔，臉上不住泛開微笑、想起昨晚和大衛共度的一夜和一起做過的事。

門一開，新漆的味道依稀可聞。她從沒想過自己會這麼喜歡這個氣味。這間公寓是全新領域，等待她的征服探索。

夏思汀的公寓就在隔壁。近在咫尺。家人。但眼前公寓是她的，專屬於她。

霏伊打開黑色的安全柵門，進入屋內，脫掉腳上的Jimmy Choo放在走道的核桃木鞋架上。她從容而謹慎地穿過走道，公寓內部豁然開展：寬敞，明亮。

公寓超過兩百平方米*。一人入住稍嫌奢侈，但被關在黃金鳥籠裡多年後，她只想讓空氣與空間包圍她。在租賃網站上看到這間公寓算是一見鍾情。完全就是她想要的，即便只是租用。

---

* 兩百平方米約合六十坪。

廚房裝潢走的是現代版的農舍風。菲利普．史塔克、嘉格納†、藍帶餐具形成完美組合。從索德馬爾姆一位木匠特別訂做來的巨大實木餐桌搭配同一塊原木製成的長凳。她用手輕撫過桌面。她喜歡這種感覺。

她走進客廳，微笑望向那張巨大的祖母綠絲絨沙發。客廳牆壁的色調淺淡柔和，營造放鬆的氛圍。

她朝窗邊走去，駐足片刻眺望奧斯特馬爾姆區的屋頂，然後才繼續探索公寓裡的其他房間。待在斯德哥爾摩處理美國擴展事宜同時解除收購危機期間，這裡就是她的家。她現在有兩個家了。一個在義大利一個在這裡。兩者各以不同方式在她心裡佔有重要地位。她一半的心留在義大利和茱莉安與她母親一起，另一半則永遠會在這裡。自初抵那一刻起，斯德哥爾摩就成了她的城市、她的家。茱莉安在這裡出生、在這裡踏出顫巍巍的第一步。斯德哥爾摩也是她和克莉絲的城市。她倆在這裡分享過歡笑、冒險、成功、失敗與最深沉的哀傷。

這間公寓將成爲她的堡壘，她的本營。

她回到家了。★

† Gaggenau：德國頂級廚具品牌。

霏伊心跳加速，從畢爾耶．尤爾街的大門走進 Revenge 總部。她看到那個華麗的R字標誌，強壓下一波湧起的情緒。她穿過開放型辦公室，一路對著向她致意的年輕女性頷首微笑。她推開她的辦公室門，感到一陣暈陶——她好愛這個空間。就是在這裡，她揮灑魔法、建立了一方帝國。

也是在這裡，她一手操作了杰克的殞落。擊倒他、接管康沛爾，這個杰克採用她的發想並在她協助下創立、最後卻踢開她自攬一切功勞的公司。

她把手提包放在桌上，落座後打開手提電腦。她透過大片玻璃窗看著二十來個坐在各自座位上的員工。其中有十人是新進的雇員——透過先前的電郵往來，她記得每個人的名字，很高興終於有機會見到她們本人。來自各年齡層的女性。才華洋溢、通曉多語、主動積極的專業人士。充滿自信的現代女性。

Revenge 的營收即將創新紀錄。她坐在這裡凝望旗下員工，自忖其實沒有必要大張旗鼓擴展業務。何必冒險？專心對付收購危機豈不更好？

財務上來說，連茱莉安未來的曾孫都已經得到保障。但霏伊知道克莉絲會非常樂見她完成她未竟的進軍美國夢。此外史卡夫蘭秀那場訪問的迴響也超乎一切預期，來自金融投資客的詢問大量湧入，人人都想在 Revenge 跨越大西洋之際搶分一杯羹。她們和美國合作方的談判只差最後幾步了，比她願意對外透露的都還接近成交。但她只想要接受對的投資人。那些願意把公司經營全權交付給她的人。更重要的考量是，她希望新一批股東是願意爲世界貢獻付出的人。

打骨子裡良善之人，克莉絲是這麼形容的。

有時她會憶起克莉絲的微笑，聽到她的笑聲，感覺自己握住她厚實堅定的手。她喉頭一緊，揩去淚水。愁緒再次湧上心頭。

擁有金錢與成功卻被迫與心愛之人分離，金錢與成功又有何用？她雖然欣賞旗下這批女員工，但她們畢竟都不曾陪她走過那段功成名就之前的慘澹歲月。萬一公司情況逆轉，她們必定立馬抓起她們的名牌包轉頭走人。一家公司一如一段關係，必須奠基於忠誠。事實是她把大部分的時間都留給了茱莉安、將個人生活視爲第一優先，漸漸疏於照管 Revenge，終於招致眼前局面。

她瞄一眼桌面，驚跳起來。十通來自夏思汀的未接來電——她一定是暫時靜音卻忘了改回設定了。她滿懷不安地回電。

「我找到收購行動的幕後指使者了，」夏思汀開門見山。

霏伊吞嚥口水。

「是嗎？」她盡可能維持鎮定。

「翰里克．貝延道爾。」

「這不可能啊……」

霏伊閉上眼睛，癱倒在椅背上。杰克的前任合夥人。她早該料到的不是嗎？雖然翰里克目前事業成功空前，但他確實經歷過一段低潮。她卻不曾想過是他。

★

「還不止，」夏思汀繼續說道。「我剛剛發現依琳·阿奈爾把手中持股全數賣給他了。」

費耶巴卡——昔日

我匆匆從學校趕回家。爸今天要去丁戈修車，晚一點才會回家。這意味著幾小時的自由。媽答應我要一起做裁縫。外婆跟我說過，媽一直夢想要當個裁縫師。她從小就會爲她的芭比娃娃設計縫製漂亮時髦的新衣。她現在只有時間縫製一些家用品，但她已經開始教授我基本的縫紉技巧。

我對裁縫其實沒多大興趣。但每回和她並肩坐在那臺她跟爸求了好久才求來的富士華牌縫紉機前時，我倆就彷彿進入了專屬於我們的小世界裡。我會著迷地看著她用熟練而自信的雙手爲機器穿線，示範給我看哪個按鈕可以車出直線、哪個又可以車出Z字形線、什麼地方要用什麼車線、車好後又要怎麼給線頭打結。分分秒秒我都好愛。

我們說好今天要來爲我做一條燈籠褲。我從縫紉用品店偷渡了一些紫色的亮面布料回家，已經開始想像成品會有多麼漂亮。

我進門時家裡一片寂靜。我小心翼翼地喊了幾聲，不太確定爸是不是眞的不在家。沒人應答。

我在門廳張望了一下。媽的外套還吊在掛鉤上，鞋子也整齊地收在松木鞋架上。我心裡漸漸升起不安感。

「媽，妳在家嗎？」

還是沒人應答。瑟巴斯欽還有一小時左右才會到家。媽和我可以擁有幾小時的自由——這是多麼難得的禮物，我知道媽無論如何都不會錯過。她熱愛我們的母女縫紉時間。也許她只是在房裡躺一下？

我悄悄上樓往爸媽的房間走去。樓梯嘎嘎作響，卻似乎沒人聽到。我向右走，發現主臥房門緊閉著，當下鬆了口氣。她應該就是累了回房小睡一下。

我輕輕推開門。沒錯，媽在床上。她的臉面對另一側的牆壁。我躡手躡腳走進去，依然不太確定該讓媽繼續睡還是要叫醒她。我知道她發現錯過母女縫紉時間一定會很失望。

走到她那側的床邊時，我一開始只是皺眉。媽的眼皮微微顫動，彷彿才正要睡著。我突然注意到地板上有東西。一個白色的罐子，蓋子給打開了扔在一旁。我彎腰撿起罐子。安眠藥。

我霎時驚慌起來。我搖搖媽。她沒有任何反應。

無數念頭竄過腦海，同時間我卻感到異常清明與冷靜。我知道自己該怎麼做。

我把媽的身子側翻到床緣，讓她的臉朝下，然後把我的手指伸進她嘴裡，直搗喉頭。她一開始沒反應，倏然開始抵著我的手指嗚噎乾嘔。又一會，我終於感覺到溫暖的嘔吐物淹過我的手、噴落在地板上。

嘔吐物中有許多白色小藥丸，混雜在午餐的義大利麵裡。我繼續用手指為媽催吐，直到她吐到只剩膽汁爲止。然後我把她的頭壓緊在我胸前。

媽淒涼的悲泣聲在四壁間迴盪，我緊摟她入懷、彷彿她是個孩子。我對爸的恨意在那一刻達到最高點。我當下明白了兩件事：我永遠無法告訴她瑟巴斯欽對我做了什麼事，還有就是我必須不計代價帶著她脫離他們。

「宇宙間是有這麼條規定說，所有鳥事非得同時爆發不可嗎？」

夏思汀爲霏伊倒了茶。布朗姆斯小館裡坐滿了早餐客。嗡嗡人聲和滿腔挫折讓霏伊頭痛欲裂。

「我想妳說的是墨菲定律，」夏思汀說。「不過，確實，根據我這輩子——請注意，我比妳多活過好些年——的觀察，事情常常有成串集結的傾向。好事接二連三，傷心接二連三，意外接二連三。」

「妳說的顯然就是現在了，」霏伊咕噥道，一邊皺眉啜飲一口茶。「誰會自願喝這個鬼東西啊？我需要一杯超濃咖啡。」

她攔下一個路過的女服務生，咬牙說道：

「麻煩一杯卡布奇諾。」

「吃點東西吧。」夏思汀朝桌面點點頭。她們點了酸種麵包、水煮蛋、什錦燕麥加優格和水果沙拉。

霏伊搖搖頭。

「我不餓。」

夏思汀逕自吃了起來，而霏伊不耐煩地頻頻揮手、跟女服務生要她那杯還沒送來的卡布奇諾。她整晚幾乎不曾闔眼。

「不要把妳的情緒發洩在員工身上，」夏思汀說。

「我愛怎樣就怎樣。」

霏伊終於對上女服務生的目光，後者快步趕往廚房。窗外陽光普照。行人匆匆來去，專注在自己的事情上。霏伊不禁暗忖，他們是否也和她一樣，時時活在希望與絕望的拉扯之中。

「妳必須把事情談開，而不是對著無辜的人吼叫，」夏思汀說。「依琳違背對妳的承諾，把股份賣給翰里克，杰克的老搭檔。」

霏伊握拳捶桌。她不是對夏思汀或餐廳員工生氣。她只是生氣。

「我去點個奇亞籽布丁，」她說，倏地起身。

她不餓，一如她跟夏思汀宣稱的，但她需要一點個人時間讓自己冷靜下來。她站在櫃檯前長長的排隊人龍中，隨著分秒過去怒氣更盛。終於輪到她時，她點了奇亞籽布丁，還要了菜單上所有配料：藍莓、蔓越莓、椰子片。

回到座位後，夏思汀只是盯著她看，不發一語。霏伊狼吞虎嚥，大口解決掉布丁和桌上其他食物。食物一口氣草草下肚後，她終於大喘一口氣，往後靠在椅背上。就在那一刻，卡布奇諾總算送來了。

「先說最重要的，」她說。「我想不通依琳爲何賣股。推算起來，她賣股的時候和我吃的那頓午餐應該還在她胃裡沒消化完吧。我一直認定她是個忠誠且誠實的人。我怎麼也想不通。」

「這背後絕對有鬼，」夏思汀說。「但我們現在沒有餘力去調查這件事。眼前我們只需要接受她賣股的事實。」

「賣給翰里克，」霏伊喪氣補道，一口灌下那杯卡布奇諾。

她朝女服務生舉杯示意再來一杯。

「妳會搞到胃痛，」夏思汀不帶情緒說道。

「我的胃已經夠痛了，不可能更痛。我犯了好多錯誤，夏思汀。我的胃痛就是從那裡來的。我低估了翰里克對我的仇恨，卻高估了Revenge的抵禦性、也高估了股東的忠誠度。」

「在這幾件事情上我們都犯了錯。我也沒料到事情會變成這樣。」

「確實。但這並不會讓這場災難變得比較容易承受。」

霏伊坐立難安，驟然起身。在她身後，服務生剛爲她端來第二杯卡布奇諾，但她沒有理會，只是繼續往外走，遠離一切。

她手中的電話響了，她舉起瞄了一眼。來電顯示沒有名字，但她認得這個號碼。以馮．英格瓦森。

「妳到底想怎樣？」霏伊斷然說道。

電話彼端的女人深吸一口氣。霏伊以爲她聽來幾乎帶著期待之情。

「我必須通知妳，今早發生了一起囚犯自囚車脫逃的事件。其中一名脫逃者正是妳的前夫杰克。」

第二部

《晚報》在此揭露兩名脫逃囚犯其中一名的身分正是前企業家杰克·阿德罕。他兩年前因其女的謀殺案遭到定罪。在因殺人罪入獄之前，他是陷入醜聞風暴的投資公司康沛爾的創始人兼CEO。他的前妻為知名女企業家霏伊·阿德罕。

警方目前尚未掌握杰克·阿德罕以及另一名脫逃囚犯的下落。瑞典監獄暨假釋局對脫逃事件如何發生依然維持緘默。

「移監程序確有瑕疵，這是我們目前可以透露的。在展開全面調查前我無法提供進一步的評論，」監獄暨假釋局發言人寇琳·馬爾姆指出。

《晚報》，六月十日

霏伊坐在陽臺的椅子上，兩腳翹高在桌上。她手探進她的香奈兒包內袋裡，掏出收在裡頭的一張照片。照片是她拍的，拍她母親和茱莉安，背景是西西里島的海灘。她們背後的海面如鏡，茱莉安一頭金色長髮潮濕糾結、捲曲披散在外婆的手臂上。這是她倆唯一的合照。霏伊不敢拍下她們在義大利生活的任何照片，只能把一幕幕牢牢記在心底。

她又凝視了好一會，才把照片收回包包裡。她得找個更好的地方收照片。更安全的地方。她渴望茱莉安渴望到渾身發痛。思念如此強烈，有那麼幾秒鐘她幾乎忘了自從聽到脫逃消息後便時時縈繞她心頭的憂慮。

杰克已經逃了五天。雖然有關單位對霏伊和媒體保證已經投注大量警力進行搜索，杰克卻遲遲沒有落網。

最初幾天的恐慌已經開始消退。警方每天電話查勤確認她沒事。看來杰克確實不太可能跑來這裡，除非他已經瘋了。而就算他真的現身在她的公寓或辦公室，她也有自信處理得來。眞正讓她夜不成眠的，是他在庭審期間始終堅持茱莉安還活著、只是被霏伊藏起來了。

她採取了所有必要措施，確保茱莉安和英格麗在義大利安全無虞。除了皮包裡那張照片外，她消滅了她們尚在人世的一切跡證。她明白把照片帶在身上是危險之舉，但她不時需要看看她們來提醒自己，什麼才是重要的、自己所作所爲又是爲何。

她的思緒被手機鈴聲打斷了。她心頭一暖，看到螢幕顯示大衛的名字。他一小時內會過來。霏伊走向葡萄酒櫃，開了一瓶開始醒酒。

「嗨寶貝，我好想你，」她說。

電話彼端一陣沉默，她立刻明白一定有事。幾秒之間，她甚至以為自己會聽到杰克的聲音。聽到他說大衛死了。

「我今晚恐怕很難赴約了，」大衛說。他的話聲緊繃，幾乎像耳語。「尤漢娜鬧得很大，又吼又叫。女孩們在哭，嚇壞了。」

霏伊嘆氣，努力不要動氣。這不是他的錯。

「我猜她反應可能有點激烈，聽到你說交了新女友……」

「我根本來不及跟她說。一個熟人在路上看到我們，跑去跟她說了。現在場面很混亂。」

「她到底想要什麼？你們早已決定要離婚，你交女朋友干她什麼事？」

「我眞希望事情有這麼簡單。她覺得太快了，也生氣竟是從別人口中聽到的。尤漢娜最在意的就是我們在公眾面前的形象。離婚的事我們還沒有正式公開。」

「但你不能還是過來一趟嗎？她反正就是想鬧，你留在那裡也安撫不了她啊！」

大衛嘆了口氣。

「她堅持要我明天帶女兒去騎馬。她說她們覺得被我遺忘了，說我只想性、不想女兒。」

「是她百般阻撓你和女兒們見面的不是嗎？」

「我知道，」他簡短應道，停下來換口氣。「對不起，孩子是我的弱點，她非常清楚。我不想搞到她們被夾在中間左右為難。我希望妳能了解。」

霏伊嘆氣。她必須理智看待眼前局面。安撫尤漢娜，至少目前暫時。而且大衛打算睡客房，尤漢娜就算想求歡也難。

「沒事。我很想你，但我能了解。孩子永遠擺在第一位，事情就是這樣。」

「謝謝妳，」大衛說，她感覺得到他鬆了口氣。「謝謝妳讓這個困難的局面稍稍容易了些。」

「明天見了。」

「等不及了。我一定會補償妳。」

對話結束後，霏伊手握手機坐在那裡好半晌。雖然口口聲聲跟大衛說自己沒事，她卻忍不住感到孤單、覺得遭到遺棄。

這是他們相識以來大衛第一次讓她失望了，雖然她明知這麼想對他並不公平。他和自己選定的對象生了孩子，後來卻發現對方並不是他以爲的那種人。這不是他的錯，一如杰克並不是霏伊的錯。何況，如果他不曾盡一切努力爲女兒著想，這又讓他成了哪種人？反過來說，他對女兒的愛適足證實他的爲人。值得霏伊進一步深入認識的那種人。

霏伊拿起手機傳簡訊給夏思汀，問她想不想過來一起吃點東西。她發現自己肚子餓了，卻不想一個人吃飯。夏思汀五分鐘之內就到了：住在隔壁的諸多優點之一。

「我帶了幾種火腿和起司，」她說。「今天剛好經過市場。」

「夏思汀，妳是天使！」

霏伊倒了杯阿瑪羅尼紅酒，遞給剛落坐在沙發上的夏思汀。

「發生什麼事了？」

「我不想談，」霏伊說，一邊斟滿自己的酒杯。

和大衛的談話沉沉壓在心頭，她還得再整理一下思緒。

「那妳想談談 Revenge 了嗎？」夏思汀說，伸手拿了一片義大利火腿。「我們眞的不能不談。」

「我想也是，」霏伊說。「我們得搞清楚誰是我們的盟友。這事單憑我們兩個是解決不了的。」

「妳很清楚我想要妳去找誰。」

「妳也很清楚我覺得妳有這念頭就夠瘋狂的了，更別說當成建議提出來……」

「也許我們現在正需要一點瘋狂。」

霏伊緩緩點頭。雖然時值夏天，她還是開了客廳壁爐的火，壁爐此時正發出愉悅的劈啪聲。她舉杯朝向火光，凝望杯中酒液被襯得閃閃發亮彷若紅寶石。她拿了一些塔雷吉歐起司。她細細咀嚼，爲自己爭取時間思考。

不管她有多痛恨這個提議，夏思汀想的沒錯。她們需要伊娃．藍朶夫。但她受得了再次讓她進入自己的生活嗎？

在她搶走霏伊的老公之前，伊娃曾是出版界的閃耀新星——她只花了幾年時間就革新了整個業界。事實上，說服杰克雇用伊娃的人正是霏伊——她從伊娃還就讀斯德哥爾摩經濟學院時就開始注意她了。這也是爲什麼抓姦在床時她感受到雙重的背叛。但此刻她卻已經能用更清明的角度去看整件事了。天知道杰克跟伊娃說了什麼才導致她的背叛。伊娃不也是杰克手下的被害者嗎？一如霏伊，她愛得深，卻也因此受到操弄。馴服了關進籠裡接受豢養。他利用她的愛，要她辭職、把她變成一個壓抑自我的小主婦。但不變的事實是：伊娃．藍朵夫是瑞典最才華洋溢的經濟學人之一，而今她只差額頭沒貼上「年終大拍賣」的紅色標籤狼狽待業。

「好吧，我知道妳對伊娃的看法。也許找她是正確之舉。」她啜飲一口紅酒，繼續說道：「我還想到另一個可能幫上忙的人。」

「噢？」夏思汀說，身子前傾。「誰？」

「阿麗思．貝延道爾。」

「阿麗思？那個來自利丁厄的即將離婚的無聊主婦？」夏思汀笑了。

「是的，就是她。」

在霏伊的婚姻生活中，阿麗思一直是某種遙不可及的理想典型之具體化身。完美主婦。美麗、忠誠、事事包容。性感而不下流。她看來就像個迷人的小妖精，頂著一對做得典雅適中的矽膠乳房和天生一雙逆天長腿。

這也是爲什麼霏伊從八卦小報封面看到阿麗思和翰里克打起離婚官司時會這麼震驚的原因。她認識的阿麗思連去趟廁所都要先請示過老公，途中還要停下來問他爲他口交的事要安排在晚餐前還是晚餐後。這樣的她後來竟出現在小報和名人雜誌的封面、身旁跟著一整艦隊的頂尖離婚律師。霏伊跌破眼鏡。這場曠日費時的離婚官司打得沸沸揚揚，連著幾個月都是八卦頭條，也是斯德哥爾摩上流社會的熱門話題。

霏伊很好奇先前那個溫順通融的阿麗思是怎麼走到這一步的。可話說回來，霏伊早已知道阿麗思體內確有一絲反骨：她是瞞著先生投資 Revenge 女股東之一。

「敵人的敵人就是朋友，」霏伊說。「雖然我實在不懂翰里克爲什麼要這麼做。他功成名就，不管先前失去了多少，現在都已經爬得更高更遠了。」

夏思汀一手放在霏伊肩上，輕捏一下。

「對像翰里克這種男人來說，爬得更高更遠根本不是重點，」她說。「妳把他扯進醜聞、損害他的聲譽。對杰克和翰里克而言，這意味著你傷害到他們的男性尊嚴。這才是他痛恨妳的原因，也是他決心從妳手中奪走 Revenge 的理由。」

霏伊點點頭。

「妳說的或許沒錯，」她說。「但我覺得妳低估阿麗思了。對翰里克弱點瞭若指掌的，除了她沒有別人。」

「阿麗思。還有伊娃，」夏思汀深思熟慮道，往後靠倒在沙發上。「這組合聽來很不賴。」

霏伊又啜飲一口酒，事情還眞讓她們理出了一些眉目。她望向夏思汀。

「我也得去找依琳談談。我想知道她爲什麼會背叛我。」★

阿麗思與翰里克．貝延道爾的豪宅就位在利丁厄島的頂端，坐擁私人沙灘。一道長長的碼頭伸入水中，停泊一旁的大型汽艇隨水波起伏晃動，在陽光下閃閃熠熠。

「很高興妳來了，」阿麗思說。「我其實還蠻想妳的。」

她們坐在一組戶外沙發上，偌大的露臺離水岸僅有幾米。阿麗思從翰里克的酒窖拿來四五瓶葡萄酒放在她們面前的桌上。她穿著一件簡單的紅洋裝，金色長髮挽成髮髻。

阿麗思開門看到霏伊時滿臉詫異。她的擁抱有些僵硬，但等她們在露臺沙發安頓好，對話便變得流暢自然起來。此刻她倆感覺甚至像對老朋友。

「夜裡有時還蠻孤單的，」阿麗思繼續道。

「翰里克和孩子們呢？」

「我們在丹德瑞街有公寓。他重新裝潢了幾間房間給他們住。」

阿麗思傾身向前，細讀瓶身標籤，點點頭，然後拿起開瓶器。

「我們都進入人生新階段了，」霏伊說。

「更好的階段。嗯……抱歉。我不是那個意思。」霏伊花了一秒才意會過來：阿麗思指的是茱莉安之死。「我真的很難過發生那樣的事，我每天都會想起她。」

「謝謝妳，」霏伊柔聲應道，接下阿麗思遞給她的酒杯。「聊點別的吧。我想聽妳說說跟翰里克的事。當然是一刀未剪的版本，如果妳不介意的話。」

阿麗思啜飲一口酒，緩緩點頭。

「喏，妳知道的，翰里克在外偷吃的事我都知情，也始終相安無事，」她起頭道。「只要他懂得擦嘴，也不要搞大影響到我和孩子們。我一直視這爲我必須付出的代價。成功的男人無一不偷吃。我當時是這麼認定的。有時我甚至告訴自己這個特點正是他們的成功之鑰。妳知道的，那種飢渴。追求金錢、權力……還有女人。到關係末期我自己其實也並不安分，這妳很清楚。」

她形狀完美的嘴唇彎起，露出心照不宣的微笑。霏伊想起了那個刺青小鮮肉。阿麗思當時固定每星期和他幽會一次，對翰里克都說是去上彼拉提斯課。

但阿麗思眼底卻有一抹淡淡的憂傷。

「去年八月我們請了一個新來的住家保姆。她是翰里克童年好友兼最大投資人與客戶的女兒，當時十七歲，高中還有一年才畢業，想自己存錢和朋友去羅德島*玩。妳知道那型的女孩。騎了臺電單車，不時甩動頭髮且隨時都在嚼口香糖。說不定還穿著H&M買的 Hello Kitty 圖樣的內褲。所以我壓根沒想到。」

阿麗思搖搖頭。

「然後呢？」

* Rhodes：希臘第四大島，位於愛琴海與地中海交界處，為著名觀光度假中心。

「某天下午她照例去接了孩子後，我正好也回到家。我車停好，一下車就聽到孩子們在後院玩鬧的聲音。我從側院走進去，發現孩子們自己在後院沒人看管。一樓的浴室窗戶開著，我可以聽到裡頭傳來……喏，妳知道的……」

阿麗思舔了舔嘴唇，乾了杯裡的酒推開酒杯。霏伊懂那種感覺。她也曾親眼撞見杰克和別的女人，很清楚那種無可比擬的震驚。她記得自己先是愣住了，接著淚奔進房。杰克當場宣布他想離婚，霏伊苦苦哀求他不要走——在此同時伊娃．藍朵夫和杰克都還裸身待在床上。她哀求說會假裝沒有發生這件事、說她會振作起來。只要他不要離開她就好。

湧上的記憶令她不禁打顫。

「我以為我會生氣、會崩潰，但我只是明白自己必須採取行動。立刻馬上。我掏出手機，透過窗縫開始錄影。」

「那段影片……」

「……價值好幾億克朗。」阿麗思大笑。「我另外也拍了幾張照片以防萬一。拉近鏡頭拍得一清二楚。霏伊，妳一定想不到。我們財產對分，我拿整整一半。否則全瑞典就會看到高清無碼版的金融企業家翰里克．貝延道爾。尤其是史坦．斯托普。看到掌上明珠被翰里克從背後上的一幕後，我懷疑他還會願意和他有任何生意往來。」

她輕輕聳肩。

霏伊傾身向前。

「妳爲什麼還待在這房子裡？在撞見翰里克和保姆之後？」

「因爲這是我的夢想之屋。我在這裡一直都很快樂。我不會讓他奪走它。但我不會再踏進那間浴室。等離婚正式生效後，我就要把那間浴室改成更衣間。」

這是個無風的明亮夜晚。一條魚嘩地躍出水面，阿麗思應聲轉頭，一手抱胸緩緩輕拍自己的手臂。霎時間，她看來彷彿心裡藏著無盡的憂傷。

霏伊輕輕地清清喉嚨。

「妳還好吧，阿麗思？」

「我不知道。」

「妳想念翰里克嗎？」

阿麗思笑了，望著她看。

「妳瘋了嗎？孩子不在我身邊的時候我是很想念他們。但我爲什麼會想念讓自己生活一切全繞著一個男人轉，每天只等他回家、永遠只在他的倒影裡看到自己在他身邊……到頭來搞得自己與其說是伴侶，其實更像家庭僱傭。不，我一點也不想念這些。孩子不在的日子是有些孤單。現在我唯一花時間相處的就只有我的離婚律師。」

「我希望他們至少有點看頭。帶得上床。」

「以我付給他們的律師費來說，他們應該要俊美如希臘神祇。唉。可惜律師圈似乎還是矮胖禿頭型當道。」

「噢，太可惜了。我的建議是，」霏伊笑著說。「妳需要找個男人。這點不難辦到。」

「沒錯，守著翰里克那根奈米屌這麼多年後，也該是我重溫有東西在裡面的感覺的時候了，」阿麗思說。「乾杯。」

霏伊笑得激烈，紅酒差點從鼻孔噴出來。這個新阿麗思絕對是可以當朋友的料。

她倆舉杯互敬，敲得酒杯哐噹作響。翰里克和杰克老是訓誡她們杯子不要敲出聲。

「『眞難看』，」她倆同時以責備的口氣模仿道，然後一起笑倒。

「妳得找事情讓自己忙，阿麗思。不然一定撐不久。我對妳的離婚律師沒意見，但妳需要找到値得奮鬥的目標。每個人都需要。」

阿麗思緩緩點頭。她若有所思地望向水面。

「我很年輕就認識翰里克，從此只要和錢有關的事我都讓他全權處理。當個收入優渥的漂亮女傭是我這輩子唯一做過的工作。我們就打開天窗說亮話吧。我唯一擅長的事就是辦派對，對老公的客人微笑、讓他們感覺賓至如歸。這些年來我專做這件事。誰會想雇用我？」

霏伊搖搖頭。她懂。客觀來說，這段描述相當正確。但阿麗思漏掉最重要的一點。

「妳是個社交天才，阿麗思。妳了解那些有權有勢的男人的心理，因爲妳曾花了這麼多功夫宴請他們。妳也懂女人。那些富有獨立的女性。這些都不是可以在大學裡學到的知識。這知識價値連城。」

「對誰而言？」

「對我，對 Revenge。」

阿麗思瞠目看她，然後爆出長串響亮笑聲。

「說眞的，霏伊，我知道妳剛喝下一杯酒，但妳到底需要我什麼？妳的好意我心領了，但妳眞的不必出於同情賣我這個人情。我自知毫無用處，但習慣就好。」她握著酒杯的手一揮。

「何況，妳已經有夏思汀了——沒人比得上超級效率專家夏思汀。」

典型女性，霏伊自忖。看扁自己，看不到自己的價値。我們就是這樣被教養長大的。世界是這麼教我們的——在這個由男人主導的世界裡，女人最好就是繞著他們轉、只能在他們的影子中看到自己的價値。

她定睛看著阿麗思。

「不要這樣說妳自己。不要說自己毫無用處。反覆這麼講久了有一天就會變成事實。同樣的事情也會發生在妳女兒身上。夏思汀近來已經漸漸淡出 Revenge 的工作。她關注的焦點已經轉移到印度的一家孤兒院——以及孟買一位叫做班特的迷人男性。她現在一有時間就往印度跑。我不怪她。她値得一個幸福的機會。但我需要人。我需要妳。」

她舉杯就脣，目光始終停留在阿麗思身上。

「妳以爲我是靠著當好人建立 Revenge 的嗎？對朋友免費放送工作？我用人唯利，不能立刻爲公司帶來收益者我絕不錄用。妳沒上過大學，那又怎樣？學術教育在現實世界不値個屁。這妳很清楚。妳跟那麼多擁有美國大學閃亮文憑的男人交過手，很清楚自己比他們聰明。妳不懂數字，但妳懂這世界和在裡頭營運操作的人。所以妳不必再覺得自己毫無用處了。妳反正已經一腳踩在裡面了。妳可是 Revenge 最早的投資人之一。」

阿麗思挑眉看她。

「就挑明說吧，霏伊。妳到底爲什麼來找我？」

她雙手抱胸等待答案。霏伊以欣賞的目光回望她。阿麗思果如她預期的精明。

她深呼吸。「有人企圖從我手中奪走 Revenge。我眼看就要失去親手建立的一切了。」

「妳手上應該還有不少現金吧？」阿麗思皺眉道。「妳之前賣股的錢？」

「是的，錢不是問題。完全不是問題。但這不是重點。Revenge 是我——也是克莉絲。」

阿麗思點點頭。她啜飲紅酒，低頭望向水面。一片祥和寧靜，只有雜木林裡偶爾傳出鳥鳴。

霏伊讓話聲沉澱。一會後，阿麗思轉回頭來面對她。

「是誰在收購 Revenge 股票？」

「我們一開始也不知道。對方藏身在錯綜複雜的瑞典與國外買家群裡。但我們終於設法層層追蹤調查，找到了幕後主使者。」

「翰里克，」阿麗思說。

霏伊詫異地看著她。

「妳知道？」

「不，不，」阿麗思揮手說。「我如果知道一定會警告妳。我只是不意外。我想妳應該不知道他有多痛恨妳。我有陣子認眞考慮過要不要跟妳聯絡、讓妳知道翰里克有多氣妳，但妳……妳還有別的事在忙。另一個原因是我不覺得他會採取行動。翰里克向來很會放話，一直都是這樣。」

霏伊望向窗外，夕陽映照水面反射閃閃金光。但她卻對美景視而不見，一逕忙著斟酌衡量要對阿麗思吐露多少。最後，她決定對阿麗思掀出全部底牌，除了一張——阿麗思不知道茱莉安還活著、也永遠不必知道。

她為自己和阿麗思各又倒了酒。

「他幾乎要成功了。是我疏於防備。一開始我……我沈浸在悲傷與憤怒裡。後來也是我讓自己鬆懈下來，認定一切都塵埃落定了。」

阿麗思點頭，好一會沒說話。終於，她舉杯敬霏伊。

「我想妳是在徵求大幹一場的同夥。嗯，能夠破壞那個混帳自大狂的計畫感覺一定爽爆了。」

霏伊大笑，兩人開心地哐噹乾杯。或許女性情誼還是有希望的，即便有投資人選擇背叛她。

阿麗思邀她留宿，但霏伊想要回自己公寓和夏思汀腦力激盪下一步棋。然而，就在計程車駛過永弗街時，她突然要求司機靠邊停車。依琳．阿奈爾住在這裡。Revenge品牌正式推出後霏伊曾受邀來此出席慶功晚宴。她記得這幢建築。

霏伊突生猶豫。她腦海中浮現這位美麗熟女的影像。永遠沉著鎮定、永遠高貴莊嚴。但她怎麼可以。她付過車資開門下車。

霏伊按下大門門鈴。

電鈴響了很久，他以爲依琳或許不在家。她瞄了眼手錶：將近十點半。或許她不該這麼晚了還不請自來。就在考慮要不要再按一下門鈴的時候，她身後傳來快速的腳步聲，她立馬轉身。只是一個穿著彩色緊身褲的慢跑者，但她的心跳還是慢不下來。自從杰克脫逃後，她便避免入夜後單獨在外逗留。來找依琳完全是衝動之舉。突然間，眼角所及的大小動靜都顯得危機四伏。她用力按下門鈴。這回依琳總算回應了。

「嗨，是我，霏伊。我知道妳可能不想和我談……不過我可以上樓嗎？」

霏伊屏息。夏思汀警告過她暫時不要來找依琳談，畢竟她們手頭還有更迫切的問題得解決。但對霏伊來說，找依琳談本身就是件迫切的事。確實，她已經脫手持股、木已成舟，但她喜歡依琳。信任依琳。她不明白事情怎麼會變成這樣。她必須找到答案。這或許也能幫助她們看清大局，雖然夏思汀並不以爲然。

「依琳？」霏伊說。「拜託妳！」

門咻地開了，霏伊緊張地回頭瞄了最後一眼，快步入內。

古舊的電梯空間狹小且異常緩慢。終於抵達四樓後，她推開嘎吱作響的黑色柵門，看到依琳正等在門口。她穿著一套灰色家居服，沒有化妝，短髮用一條毛巾布髮帶固定住。油亮的皮膚透露她正在進行睡前例行的皮膚保養工作。

「請進，」依琳以低沉的聲音說道。

從她緊繃的表情不難看出她並不想和霏伊談，但她還是讓她進門了。

「來杯茶嗎？」

「不了，」霏伊臉一皺說道。

「我不怪妳。」

依琳走進廚房，拿來兩個杯子和一瓶冰過的夏布利白酒。霏伊跟在她身後走進當初在這喝過餐前酒的客廳。天花板挑高，灰泥粉刷。

她們落坐在沙發上，Josef Frank 設計的花布。霏伊還在考慮如何開口，依琳便幫她解決了這個問題。

「我……我一直想要聯絡妳。我知道事情看起來有多糟。但相信我，我將近一星期都無法闔眼。只是……」

「只是什麼？」霏伊說，還是讓話聲透露了自己受的傷害有多深。

依琳沒有立刻回答。她轉動手中的酒杯，放在大理石咖啡桌上，然後站起來調整燈光爲自己爭取更多思考時間。

霏伊沒有催她。她看到依琳的黯然憔悴的模樣，所有怒氣一掃而空。一定是發生了什麼事，而她必須讓依琳有解釋的機會。

終於，依琳再次落座，拿起酒杯。她靠坐在沙發一角，雙腿縮起壓在身下，然後深深吸一口氣。

「那是我們午餐約會隔天早上的事。一個男人站在樓下大門外的街上等我。他遞給我一個信封，交代我打開來看。他說等我看過信封內容後自會有人聯絡我。我一接過信封他就轉身走掉，我甚至來不及反應。我一開始只覺得好笑，這根本是三流間諜片的劇情。但等我上樓打開信封……」

依琳喝下一大口酒。

「裡面有什麼？」

依琳沒回答。她眨了幾次眼睛，終於迎上霏伊的目光。

「信封裡裝著我的祕密。」

「妳的祕密？我以爲妳一生的故事早已都攤開在公眾面前了。」

「這是眾人自以爲的。我設法爲自己打造了全新背景、一套讓眾人深信不疑的故事。妳知道嗎？這其實不難。這裡透露個軼聞、那裡再補個趣事。媒體自然會拿這些蛛絲馬跡把故事串起來。沒人會過問。」

霏伊點點頭。這點她比任何人都清楚。要是能讓依琳知道就好了。媒體的基本任務——除了報導之外——便是提出批判性的問題並緊追不放。但在瑞典，沒人會去質疑一個好故事。依琳和霏伊正好都是極佳的說故事人。

「我並非出身布洛瑪。我的父母也不是律師。我從小就只有我媽，一個名叫宋雅的酒鬼婊子。我恨她入骨。但我還是重複了她的錯誤。結交損友、酗酒嗑藥、最後搞大肚子。我不能也不想要孩子。孩子一出生就讓人領養，我對孩子後來下落毫無所悉。喏，原本毫無所悉。信封裡就是她的照片。她已經長大了。」

依琳意識到自己說了什麼後不禁失笑。

「她當然已經長大了。我說這什麼蠢話。她……她大約四十歲。是個檢察官，住在延雪平。結了婚，有兩個孩子。過得幸福快樂——至少從她ＩＧ照片看來如此。我從得知她的消息後便瘋狂地在社群媒體追蹤她。」

「而妳不想毀了她幸福快樂的日子……」

依琳迎上霏伊的目光。她眼裡承載廣袤如海的苦痛憂傷。霏伊的憤怒完全消失了。她懂。完全都懂。妳願意付出一切代價，保護自己的人。

「是的，我不想毀了她幸福快樂的日子。於是我犧牲妳。事實就是這樣，我無法隱藏。」

依琳在霏伊眼前瞬間蒼老。她倆還沒有親密到讓她可以握住她的手安慰她。霏伊於是放下酒杯，雙手緊握在大腿上。

她口氣冷靜平穩地對依琳開口。她要依琳把她要說的話一字字聽清楚了。

「我了解，我完全了解，換作是我也會做出相同的選擇。我猜想妳並不是唯一收到這種信封的股東。我承認我感到很受傷、很難過、很不解。我感覺背後被人捅了一刀。但我現在了解了，所以我要再說一次：換作是我，我絕對也會作出和妳一樣的選擇。妳剛剛給了我一塊重要的拼圖。謝謝妳。」

「我真的不覺得妳有什麼好謝我的，」依琳悶聲說道。

「絕對有，」霏伊說，隨而起身。「我該回家了。妳也該上床好好睡一覺了。」

依琳送霏伊走到門口。

「這些事情發生後，我四處去打聽過翰里克的公司，」她說。

霏伊挑眉。

「噢？」

「他們對待女人的方式，」依琳說，表情不屑。「女性員工被當做花瓶、輪不到升遷機會，甚至說話沒人要聽。整間公司彷彿從不曾與時俱進。」

霏伊嘆氣。依琳的話讓她想起了和杰克在一起的那些年。

「我並不意外，」她說。

依琳搖搖頭。

「我其實也是。但霏伊，跟妳談過後我感覺鬆了好大一口氣，」她說。「我一直覺得糟透了。」

霏伊雙手搭住依琳的肩膀。

「第一件事是：我已經完全釋懷。第二件事是：妳臉上塗的是 Revenge 的晚霜，還是妳偷用別家的產品？」

依琳露齒而笑。

「我偷用別家。我是老派人士。我只用妮維雅，像個老奶奶。」

「該死的妮維雅。」霏伊說，展臂擁抱她。

她踏進狹小的電梯，隔著柵門望向依琳。她倆對彼此揮揮手。霏伊背靠在電梯裡的鏡子上。依琳給了她一個答案，但她不確定這能幫得上什麼忙。★

費耶巴卡——昔日

我很可能是費耶巴卡唯一不喜歡航行的人。我怕海。所以我也很意外自己竟會答應瑟巴斯欽，要跟他、托馬斯和羅格一起出海。

雖然瑟巴斯欽後來又趁夜裡溜進我房間好幾次，但他有時還是對我蠻好的。就像從前那樣，我們兩個一起對抗全世界。

也許，我這麼告訴自己，這趟遠足是他表達歉意的方式。歸正一切。我想要這麼看待他的邀約，我想要忘記。想要回到我的房門被推開那晚之前的世界。

我們的目的地是一座叫做伊克桑的小島，島上沒有長住的居民。

我們的帆船叫做瑪力卡，是羅格爸爸的船。

那是一個星期五的早晨，我們九點在碼頭集合。托馬斯和羅格遲了十五分鐘才現身，拖來了一個大袋子、一頂帳篷和四箱啤酒。我們上船。羅格是個沉默的大個子。有人問話他才會開口，像個溫柔的巨人。溫馴但不聰明。他永遠跟在托馬斯身邊，像個保鑣似地守著他。

羅格遞啤酒給瑟巴斯欽，他拉開拉環連灌好幾大口。瑟巴斯欽從不曾在我面前喝過酒，但我不想指出這點害他在朋友面前沒面子。我保持沉默。我坐在船頭，雙腿曲起縮在胸前，望向海面。

我不敢看托馬斯。我感覺得到他在看我，但我假裝沒有發現。他身上帶著某種圓滑世故的氣質，總是讓人感覺他在大都市裡可能更如魚得水。這或許是因爲他父母有錢——至少以費耶巴卡的標準而言，而且母親相當注重外表、很肯出錢爲他治裝。他今天穿著白色 polo 衫搭卡其短褲，坐在我旁邊。他是我見過最漂亮美好的事物。

「來一罐嗎？」托馬斯說，遞給我啤酒。

「我們夠喝嗎？」瑟巴斯欽說。

他最近對我比較好並不表示他對我好。他站在那裡，手裡拿了根菸。我不習慣看他抽菸。

「沒理由瑪蒂妲不能來一罐，」托馬斯說。「我們帶超多的。」

我接過啤酒。微笑，依然不敢迎上他的目光。也許等我搬到都市後就會遇到像托馬斯這樣的人。

我在糕餅店打工存下的每一克朗都是爲了離開費耶巴卡。

啤酒很苦，我忍住皺眉的衝動。但強迫自己喝下半罐後，一股暖意開始從我胃裡蔓延開來，我也愈來愈放鬆。我喝愈多，這罐沒冰過的啤酒就愈好喝。

「對了，我要謝謝你，」我突然開口。我終於迎上托馬斯的目光，感覺到一股新生的勇氣。

「謝我什麼？」他說，露齒而笑。

「前幾星期有一次我書掉在地上，是你幫我撿起來的。」

「那又沒什麼。是那個智障史提方把妳絆倒的，對吧？」

我點點頭。托馬斯又遞給我一罐啤酒。

「不要理會那些白癡智障，」他說，眼裡有閃爍的海面。

我有點意外瑟巴斯欽沒有插嘴講一些自以爲是的閒話，轉頭看才發現他躺平在座墊上，雙眼緊閉看似睡著了。我突然覺得有些窘，感覺托馬斯還是一直在看我。

我的心因爲希望而砰砰急跳了起來。

黑色賓士在哥德街靠邊停下，霏伊付過車資開門下車。

陽光普照，映得索德馬爾姆的屋頂和遠方的巨蛋體育館閃爍美麗金光。一個街頭藝人的電吉他聲兀自哀鳴。

霏伊穿過人群往穆根咖啡走。她在一小段距離外停下腳步，望向咖啡館幽暗的內部。店裡擺著幾張舊沙發和許多椅面花色布料各有千秋的扶手椅，牆上嵌在鍍金畫框裡的古舊畫作並沒有特定主題或意圖。

正打算過街的時候，她瞥見咖啡館裡有張熟悉的面孔。不是伊娃，而是以馮・英格瓦森。她的心跳倏然漏了一拍：女警交談的對象正是伊娃。

霏伊快速走進一家小七，選定落地窗前的用餐區吧檯椅坐了下來，從那裡監看穆根咖啡的大門。

以馮的打聽行動愈演愈烈。雖然伊娃從霏伊身邊搶走杰克，但她最終還是贏回了他。她祕錄兩人交歡影片寄給伊娃，接著一舉擊垮兩人。伊娃手上並沒有任何傷得了霏伊的資訊，但光是既存的敵意便足以帶來風險。此時她尤其需要爭取伊娃的同盟。

以馮在五分鐘後離開穆根。霏伊閃到小七的貨架後方稍事躲藏，隨即過街走進咖啡館。

伊娃站在一臺古老的收銀機後方——這收銀機的裝飾目的顯然勝過實際用途，畢竟店裡掛了告示敬告顧客本店不收現金。她的長髮梳成髻，合身黑T胸前緊繃。霏伊前面還有兩名顧客，伊娃迅速而有效率地處理了他們的點餐。

終於輪到霏伊。伊娃抬眼，倒抽一口氣。

「一杯咖啡和一份起司火腿三明治，謝謝。」

伊娃點頭，動手輸入點餐。

「總共……」伊娃輕咳。「總共八十九克朗。」

霏伊拿出美國運通卡在讀卡機上碰幾下。

「我想過妳遲早會出現。」

「我們有一個共同的問題，」霏伊說。

伊娃點點頭，目光瞥向排在霏伊後面的顧客。

「先讓我處理完點餐。妳找個桌位坐下，我得空就過去找妳。」

霏伊點點頭，拿起她的咖啡和三明治，找了張靠窗的兩人桌位坐下了。

她瞄一眼手機。大衛來訊。每回看到他的名字出現在螢幕上她就心頭一喜。

她微笑著點開訊息。

我一看到這就想到妳。無論如何得買下來，賭妳會喜歡。

霏伊點出他送來的照片。她倒抽一口氣。大衛竟然一舉指認出世上這麼多攝影作品裡霏伊最想擁有的一幅。那是 Terry O'Neill 拍的費・唐娜薇，就在她贏得奧斯卡獎翌晨的比佛利山飯店的泳池畔。他怎麼可能會知道？他怎麼可能在這麼短時間內了解她如此之深？霏伊臉上不禁泛開一抹大大的微笑。

她放下手機，抽來一張餐巾紙，拿出鋼筆在上頭塗塗寫寫。她接著從手提包裡拿出筆電，壓在餐巾紙上點開電郵信箱。她的視線一直到伊娃落座在她對面時才離開螢幕上的電郵視窗。伊娃拍掉黑T上的食物碎屑，順了順上衣。她沒有迎上霏伊注視的目光。

「杰克有聯絡妳嗎？」霏伊問。

伊娃用力搖頭。

「沒有。我也不覺得他會。他爲什麼要找我？我對他而言什麼也不是。」

她平鋪直述，彷彿杰克沒有愛過她是顯而易見的事實。霏伊不願去想自己和杰克一起的那段日子又算什麼。

「他入獄之後就沒有聯絡妳了？」

「對。我想他根本沒有興趣聯絡我。或是諾菈。」

霏伊望向窗外。她很少想起這個事實：茱莉安有個將滿兩歲的妹妹。

「妳過得還好嗎？」

「妳自己看就好了，不是嗎？」伊娃說，雙手一攤。「離開杰克後，我失去了一切。沒有人願意雇用我。何況我還帶著孩子，怎麼可能做我以前的工作？但我還過得去。我們還過得去。」

霏伊啜飲一口咖啡。她相信伊娃確實過得去。她辦得到。她是那種無論如何都找得到出路的人。

「妳會怕嗎？」伊娃問。

霏伊緩緩點頭。

「會，我會怕。杰克殺了我們的女兒。他痛恨我。因爲我出庭作證，也因爲我繼續我的人生，事業成功。因爲我擁有了他曾經擁有的一切。」

伊娃看了一眼收銀臺。沒有顧客需要協助。

「對不起，」她說。「爲了過去的一切。爲了我們對妳做的事。爲了我好傻好天眞聽信了他。我尤其對茱莉安的事感到非常、非常遺憾。現在我有了諾菈，甚至無法開始想像……」

她話不成聲，霏伊明瞭自己對眼前這位女子感到同情。她倆都曾經受到杰克的欺瞞，也都付出了代價。過去已經是橋下水，都過去了。

「妳喜歡在咖啡館工作嗎？」她問。

伊娃有些坐立不安。

「這是我的工作。不特別糟也不特別好。」

「妳非常敬業，而且負責盡職，」霏伊說。「妳是老闆們可遇不可求的最佳員工。一個完美主義者。我在此對妳致上敬意。」

她抬起電腦，抽出底下的餐巾紙，推向桌面另一頭。伊娃傾身向前，一臉懷疑地檢視上頭的塗鴉。

「這是什麼？」她簡要問道。

「僱用合約。」

「噢，少來了，」伊娃說，漲紅了臉。「妳贏了，霏伊。妳不必親自跑來耀武揚威。我都懂。我輸了，我不該對妳做那些事。」

霏伊手放在筆電上，緩緩闔上。

「在我的收件匣裡，有將近一百五十封來自潛在投資人的電郵，大部分是男人，他們都想要在我們進軍美國市場之前入股Revenge。我需要一個財務專才來審查這些提案並調查投資人背景。我必須知道我開門是讓了哪些人進來。」

「為什麼找我？」

「因爲妳是最適合這份工作的人選。因爲我想我付得起這家咖啡館付給妳的薪水，輕輕鬆鬆就請到瑞典最頂尖的金融人才。」

伊娃愣住了，一時語塞。

「但……我搶了妳老公。」

「也對，我差點忘了謝謝妳，」霏伊說，臉上閃過微笑。「我後來又把他搶回來，雖然目的只是要把他的公司從他手上騙走。這些在我看來都無所謂了。」

「我還是不懂妳爲什麼需要我。」

「我來告訴妳爲什麼。這本應是公司機密，但我決定賭一把信任妳。」

「妳可以信任我，」伊娃正色道。霏伊相信她。

「Revenge 已經在遭到收購的邊緣。對方一開始祕密進行，現在倒也不掩藏了。」

「收購？但誰會——」

「翰里克．貝延道爾。」

「杰克的前任合夥人？」

「是的。」

伊娃點點頭。消化剛剛聽到的訊息。

「他一定很恨妳。」

「是的，甚至比恨阿麗思還恨。」

「阿麗思？」

霏伊手一揮，不想贅述。「說來話長。他們正在辦離婚，官司打得正兇。翰里克搞上了年輕保姆。」

「翰里克誰沒上過？」伊娃咕噥道。

門上的鈴聲響起，不過推門的人改變主意走掉了。

「問題是翰里克坐擁資金。雄厚的資金。雄厚到足以收購 Revenge。而且這顯然不是一時衝動——我相信他計畫已久。」

「妳應該還是可以採取一些行動不是嗎？妳檢查過所有簽訂的協議了嗎？跟股東談過？有沒有找到對方漏洞可以作爲妳的籌碼？」

霏伊笑得心滿意足。

「這正是我來找妳的原因，」她說。「我需要能夠問這些問題的人，循線思考並幫忙我找到答案等等。」

伊娃搖搖頭。

「我還是很難接受妳竟然要雇用我。」

門鈴再次響起。這回推門的年輕女子進了門，朝點餐櫃檯走去。伊娃起身。

霏伊也站了起來，略爲收拾並遞給伊娃一張名片。

「想通了就跟我聯絡。不過我有一個前提條件。我要你草擬一個阻止公司遭到收購的計畫。就當是入門考試吧。」

她拾起餐巾紙，放到伊娃手中。

「這是完全有效的文件。簽了名，妳就是 Revenge 的新任財務長。如果妳能交出計畫書的話。此外，如果杰克找上妳也馬上聯絡我。我們都必須提高警覺。他是危險人物。」

她揮揮手，轉身踩著高跟鞋走出咖啡館的大門。★

她其實知道自己在做夢，霏伊卻無法把自己從夢境中抽離開來。這種情況愈來愈常發生。未必是同一個夢，但感覺都是一樣的。不愉快而眞實。

她剛從產科病房抱著茱莉安出院返家。全然活在自己的泡泡中，全神貫注在懷中這個她從第一眼就深深愛上的小人兒身上。

她勞頓、脆弱、疲憊。自從返家後，她一直是獨自擔負夜裡照料茱莉安的責任，一覺從來不超過一兩個小時。

然而，杰克卻逕自決定在家設宴款待主要投資人。一如往常，她乖乖順從。

連著幾天，她一邊照顧茱莉安、一邊籌備晚宴。她想要亮麗出席，但衣櫥裡的衣服卻沒一件合身。新手媽媽的小腹柔軟突出，乳房碩大漲滿乳汁。她滿頭大汗，終於勉強擠進一件當年爲海島度假購入的罩袍。她在罩袍底下穿了孕婦緊身褲和墊了溢乳墊的哺乳胸罩。

杰克見到她時，帶著嫌惡的表情從頭到腳打量她一番。

賓客紛紛抵達，霏伊和杰克站在門廳迎接。男客身邊帶著常年不曾吃飽的嬌小女伴。身穿超小號尺碼卻得在雙頰打入玻尿酸以免形容枯槁。杰克的視線掃過她們再望向她，她看得出來自己沒有達到他想要呈現在公眾面前的理想標準。

前菜才剛上茱莉安就醒來了。霏伊即刻起身，但杰克一手按住她的手臂硬要她坐回去。她用眼神哀求他，但他絲毫不爲所動。

霏伊對滿桌賓客露出僵硬微笑，任由女兒在育嬰房裡哭得聲嘶力竭。部分女客同情地看著她，男客則蠻不在意地笑稱「讓小孩練練肺活量是好事。」

終於，杰克認輸了。他進房把茱莉安抱出來。她哭腫了臉，睡衣上淚痕斑斑。杰克氣得表情僵硬，彷彿是霏伊要茱莉安哭的。他一言不發，把女兒遞給她，霏伊滿懷感激地把茱莉安小小的身體摟緊在胸前。杰克怒氣正盛，她感覺得到那股震顫。男性賓客絲毫不受影響，豪邁笑聲在他們美麗的餐廳四牆裡迴盪。但女客滿懷同情的目光卻在已深深烙印在她靈魂上。

她做了什麼事？她怎麼會淪落至此？

霏伊坐起在床上，大口喘氣。這只是一場夢。但杰克的熊熊目光依然如火燒炙著她。她緩緩躺下，耳裡充斥隆隆脈搏聲。杰克永遠都在。她永遠無法把他驅趕出她的夢境。他永遠都會在那裡，已經是她永遠無法切割的一部分。

霏伊把手機放回包包裡，看著殷勤的店員展示在她面前的多款腕錶。剛剛是警方打來的每日安全查勤電話。

她看上的是一支百達翡麗，價值三十五萬克朗。霏伊明白送給一個才認識幾星期的男人這樣的大禮未免瘋狂，但這感覺如此之對。她臉上泛開微笑，想起掛在客廳牆上那幅費・唐娜薇的照片，朝店員點點頭，回應他對她是否已做了最終決定的詢問。

「就這款，」她說，指向百達翡麗，遞出她的美國運通黑卡。

男店員輕輕鼓掌。

「絕佳的選擇，」他高呼道。

大衛和妻子尤漢娜的膠著局面愈來愈讓她在意了。她無法忽視大衛受這狀況影響的程度，雖然他始終默默承擔。尤漢娜顯然無法接受大衛已經放下過去的事實，還一味想要留下他。她依然拒絕在離婚協議書上簽字，即便大衛同意對分財產——他們其實簽署過婚前協議，大衛大可一毛錢都不給她。霏伊為此更是欣賞大衛。

霏伊拒絕了刻字服務。店員將整疊購買證明文件一張張遞給她簽名的時候，她包包裡的手機突然開始震動。她原本不打算接起這通陌生號碼的來電。可萬一是杰克呢？

她突然對自己生起氣來。她不可以讓恐懼佔了上風。她接起電話：是一名《晚報》記者。霏伊嘆氣。她定時更換手機號碼以躲避媒體追蹤，但他們似乎總有辦法找到她。記者自我介紹名叫彼得．荷貝里。霏伊依稀記得在網上的撰文記者介紹欄裡看過他的照片。他是那種特約寫手，寫過無數篇關於阿麗思和翰里克離婚的報導。

「我們開門見山：我是爲妳前夫驚險大脫逃的新聞而來的，」記者朗聲說道，彷彿打電話來做草莓口味的市調。

霏伊皺眉。她知道自己不該繼續這通電話，但就是遏抑不了好奇。記者手中常常握有一些基於職業道德不能公開的消息，但他們倒樂於在電話中與人分享。

「他跟妳聯絡了嗎？」彼得．荷貝里探問道。

「沒有，」霏伊如實應道。

「妳會害怕嗎？」

「我不想回答這個問題。」

「沒問題，我了解。」

電話裡沉默了幾秒。她聽到背景裡有人在窸窣耳語。

「還有別的事嗎？」她問。

「是沒有。等等，有件事。妳聽過這個名字嗎……」

記者的聲音被男店員過度殷勤的探問聲蓋了過去。店員沒發現霏伊戴著耳機正在講電話。她指指自己耳朵，他立刻舉起雙手致歉。

「抱歉，剛剛沒聽到。」

「喏，我只是問妳有沒有聽過約斯塔·貝里這個人。」

她彷彿遭到利刃穿腹，整個人霎時凍結。她迎上櫃檯後方鏡面裡自己的目光。她看到驚恐。

「爲什麼問？」她設法擠出幾個字，雙手扶住檯面支撐自己。

「杰克和這個人一起脫逃。我主要想問妳，他倆是不是舊識。不過我猜想應該只是巧合——剛好機會來了，兩人就一起跑了。」

霏伊結束對話，雙手劇烈顫抖。

她機械性地完成剩下的購買程序。她頸後大爆冷汗。終於買成後，她跌撞地走上圖書館街，把太陽眼鏡推回鼻梁上。她以虛軟雙腿所能的極限快步前行，打算直接回到公寓打電話給人在義大利的母親。她會有什麼反應呢？得知她那個爲她的謀殺案被判有罪、在獄中服無期徒刑的丈夫竟然脫逃了？

霏伊轉進公寓一樓大門前緊張地四下張望。突然間，遭到監視的感覺如此強烈。她快閃入內，用力關上大門。

她擠進電梯，傾身向前檢視鏡中的自己。她深呼吸。脈搏總算慢下來了，心跳也漸趨平緩。電梯在六樓震顫幾下停了下來。霏伊推開柵門踏出去。下一秒鐘，她赫然發現自己不是一個人。★

費耶巴卡——昔日

我屈身抱住小腿縮在瑪力卡號船頭凝望海面時，對即將發生的事一無所知。瑟巴斯欽清醒坐了起來。男孩們在抽菸。喝啤酒。他們偶爾朝我這看一眼，邊說話邊打量我。我不知道他們在說什麼。

托馬斯走向我，遞給我一罐打開的 Pripps Blå 啤酒。酒只剩半罐，而且還溫溫的。

「謝了。」

我灌下一大口，屏息以避免聞到那氣味。

「妳留著喝吧，」我把酒遞還給他時他說道。「還有很多。」

之後他就沒來找我了。我翻開我帶來的書。《白鯨記》，因爲我們在海上，我袋子裡還有一本《魯賓遜漂流記》。那是外公留下來的舊書。我喝著溫啤酒一邊讀書。

大約一小時後，男孩們嚷嚷說我們到了。我抬起頭來，第一次看到伊克桑島。布滿礫石與樹林的島嶼，彷彿漂浮在藍色汪洋中的綠洲。我們把船停在岸邊的石塊旁，放下橡皮艇，把背包和補給放在裡頭。羅格邊划邊點了菸。

我手壓在胸口，感覺我的銀淚墜子。我用手指輕撫，感覺它如此脆弱，雖然媽跟我保證鍊子非常牢靠。眼前島嶼隨距離縮短愈發龐然。我感覺脊背竄過一道冷顫。

霏伊瞪視站在她門外的女子。她幾乎就要驚呼出聲。她深呼吸，看著伊娃．藍朵夫舉手招呼。

「不好意思，我嚇到妳了嗎？」

「有一點。」霏伊掏出鑰匙。她把鑰匙插入鎖孔開了大門與安全鐵門。「請進。」

她踢掉鞋子的時候身體還微微顫抖著。伊娃一踏進公寓裡，霏伊立即轉身鎖門。

「好漂亮的家，」伊娃低聲說。

「謝謝。我在這裡住得很開心。來吧。我今天遇到太多爛事，所以管它現在幾點我都要開喝了。也來杯葡萄酒嗎？」

伊娃不甚自在地微笑，點了點頭。

「很好，」霏伊說，領她一起走進廚房。

她拿出一瓶夏多內白酒、兩只酒杯和開瓶器。老天，再這樣下去，等事情塵埃落定後她大概也成了酒鬼。她的葡萄酒消耗量已經超過合理範圍，但此時此刻她需要酒精或是煩寧才能撐過去。話說回來，她還是寧可來杯冰鎮夏多內。事情結束後她可能得果汁排毒一下，或是乾脆參加瑞士 La Prairie 水療中心的一週排毒課程。她拉開冰箱，拿出一袋冰塊倒入金屬桶內遞給伊娃。

「我們到陽臺坐吧。」

霏伊倒了酒。她倆就這樣坐著，沉默地眺望奧斯特馬爾姆區的屋頂，啜飲白酒。

「妳不想問我爲什麼來找妳嗎？」伊娃試探地問道。

「不想，」霏伊說，依然眺望著遠方。「我相信妳來是因爲妳想通了。這個機會不容錯過。」

伊娃點點頭。

「如果妳還願意用我的話，我很樂意接受 Revenge 的財務長一職。妳要的計畫書我也準備好了。」

霏伊感到期待，但眼前有更急迫的問題得先跟伊娃討論。一個如烏雲籠罩萬物的問題。

「杰克還是沒和妳聯絡嗎？」她問。

伊娃很快搖搖頭。

「妳呢？」

「沒有。」

霏伊的手機鈴聲大作響徹陽臺，兩人驚跳起來，隨而不好意思地相視而笑。霏伊以爲一定又是記者打來，於是把她的蘋果手機翻面朝下放在桌上。不一會，手機再次響起，這回是提醒有新的語音留言。霏伊決定聽取。

「嗨，霏伊，我的名字是尤漢娜・席勒，大衛・席勒的妻子。麻煩請妳打這個號碼給我。我們得談談。」

她聽起來很緊張，甚至有些神經質，霏伊心想。伊娃以疑問的眼神看著她。

「還好嗎？」她口氣謹慎地問道。

霏伊衡量該怎麼回答。她應該可以告訴她大衛的事，畢竟他算是離婚了……要不是尤漢娜百般拖延阻撓的話。她並不以當第三者爲傲，但伊娃應該比任何人都能理解。

她簡單交代了過去幾星期發生的事，伊娃聽得專心入神。

「妳會有罪惡感嗎？」霏伊終於說完後，伊娃問道。

霏伊啜飲白酒，思考答案。

「我眞的很在乎他，他對我也一樣。我們都是成年人了。當然，他如果已經正式離婚會是更理想的狀況，問題是她不肯放手。大衛和我得因此避開對方嗎？所以我的答案是不，我並沒有罪惡感。」

霏伊拿來酒瓶，爲兩人各自倒滿。

「妳打算怎麼辦？回電話給她？」

伊娃朝手機點點頭。

「不了。這問題不該由我來解決。那是大衛的事。我不知道他到底跟她說了多少。很不幸，大衛還來不及告訴她、她就從別人口中聽說了我們的事。不過我不覺得她知道大衛的女友就是我。無論如何，跟她談能有什麼好結果？說不定只會把局面搞得更僵。」

她好奇地望向伊娃。

「妳呢？妳那時會有罪惡感嗎？」

伊娃喝了一口酒。霏伊欣賞她的冷靜、她散發的自信。霏伊口氣平緩，但她眞的想知道答案。她壓抑伊娃和杰克裸身在她臥房的回憶。而今她卻和同一個女人坐在這裡討論那永遠改變她一生的時刻。

「有，也沒有，」伊娃沉思道。「我的意思是，杰克口中的妳有時像頭怪獸、有時又像塊踏墊。而我當時深愛著他。對，我這白癡。但我深深愛著他。然後，就在不知不覺中，他一步步改變了我，就像他改變妳一樣，而我甚至沒有發現。我彷彿是一件玩具——一個空心玩具士兵——而我存在的唯一目的就是取悅杰克‧阿德罕身體裡面那個小男孩。

霏伊緩緩點頭。

一臺警用直升機經過她們頭頂、往南飛去。

霏伊起身，走到陽臺邊緣的欄杆前。伊娃加入她。

「我認爲他從來沒有停止愛過妳，霏伊。即便是在我和他關係最火熱的階段。即便是在我們正式同居、或是我懷上諾菈的時候。內心深處，我其實一直知道這個事實，這個事實也一直困擾著我。我只是個替代品。替代妳。我想他試圖在每個交往過的女人身上尋找妳的影子，妳擁有的一切。妳是杰克對愛的概念的原型。在這一團亂中，這點尤其諷刺，不是嗎？」

霏伊屏息聆聽伊娃這一段話，而此刻她清了清喉嚨。她感覺胸口緊繃。她不知道爲什麼伊娃這段話對她的影響會這麼強烈。或許是因爲她其實一直都知道，只是從不敢說出來——對自己或是對別人都一樣。而今這個感覺終於得到另一個人的證實。這個人不是別人，正是除了霏伊以外對杰克了解最深的那個人。

夢境的感覺又回來了。關於杰克。關於他的嘲諷，嘲諷她的體重、她的脆弱。但同時浮上心頭的還有他的微笑，那可以讓她深深感覺被愛的微笑。在夢中她依然想念他，而這正是最糟糕的一部分。她討厭自己這樣。但此刻她沒有餘暇去面對這些情緒。

她倆再次坐下，霏伊轉頭面對伊娃。

「告訴我妳怎麼想收購的事。我們還能怎麼做，或者妳覺得已經太遲了？」

伊娃把腳翹在欄杆上。她轉了轉脖子，喀喀聲響讓霏伊起了雞皮疙瘩。

「抱歉，家族惡習，」伊娃笑道。

她把腳放下來，直視霏伊。

「我是有些想法，不過都還不算太具體。有幾件事我必須先問清楚，這幅拼圖還缺了幾塊。但我掌握了一個重大優勢：我和翰里克共事過。我知道他做事的方法。妳應該比誰都清楚翰里克並不是康沛爾背後的腦袋。」

霏伊輕蔑哼聲，響亮無比。伊娃露齒而笑。

「是的，我現在知道是妳了。當時我並不知道。那時候我以爲是杰克，因爲顯然不是翰里克。在我眼中，他竟然能東山再起、而且甚至比康沛爾時期還成功，完全就是個奇蹟。不過事實如此，有許多成功企業的創辦人並不是什麼太有天份的商業奇才。人脈、運氣、時機三者同樣都是關鍵……」

「噢，是的，」霏伊說，一邊啜飲白酒、一邊興味盎然地聆聽伊娃說話。

她發現自己愈來愈喜歡她。每個人都值得重來的機會——喏，或許不是所有的人，但伊娃絕對值得。

「我對翰里克的了解其中很重要的一點，就是他做事邋遢。他看不到細節，這意味著他也看不到大局。他落東落西。杰克不時爲此對他大發雷霆。他常常漏接球，導致我們必須跟在後面做許多傷害控管的工作。不要誤會，翰里克不是笨蛋，我說這些並不是在暗示這點。低估他絕對會是一大錯誤。他是那種會不顧一切設法達標的人，光這點就足以讓他成爲一個危險對手。我要說的是，如果要在他身上找到弱點，那絕對就是他的粗心大意。我大致讀過 Revenge 的合約，但我需要再二十四小時的時間再次逐行檢視過。我也會請我叔叔釐清幾處細節。他是頂尖的合約律師，我想不通的部分他應該可以幫上忙。」

「夏思汀和我也都讀過合約了，我的律師也都從頭複審過。妳還能找到我們錯過的東西嗎？」

「這我們就等著瞧了，」伊娃說。

她先前已經站起來，在陽臺上邊說邊來回跨步。

「絕對會有翰里克遺漏的地方。合約裡有上千條款——他不可能全面顧及，絕對會有什麼是足以打亂他的陣腳的東西。再不然我們就得……」

「就得怎麼樣？」霏伊露出會心微笑。

伊娃說話的時候彷彿活了過來。她的臉色不再發灰，那層憂鬱面紗消失無蹤，雙眼閃閃發亮，身體語言充滿自信。

「妳有什麼想法？」霏伊追問。

伊娃停下腳步，倚在欄杆上。風吹得她頭髮翻飛。她微笑。笑咧了嘴。

「我在想，再不然我們就得設法讓翰里克遺漏了什麼⋯⋯」

霏伊回報以微笑。《愛麗絲夢遊仙境》裡那隻柴郡貓式的微笑。長久以來第一次，她感覺自己終於可以放鬆了。她深吸一口氣，然後緩緩吐出來。她明白自己已經完全原諒伊娃。該是開啓新章的時刻了。★

餐廳內燈光昏暗，但她依然看得到大衛對她微笑時眼裡的閃光。他們已經太多天沒有見面了。Revenge 的問題和尤漢娜阻撓在他倆中間。

「妳得跟我多說點美國擴展的事，」大衛說。「我們幾乎沒有時間討論到這件事。」

他用筷子夾起一片火炙生牛肉送到她嘴邊。

「不過在那之前妳得先嚐嚐這個——眞的是入口即化。」

霏伊細細品嚐柔嫩無比的牛肉。

「天啊，眞的太好吃了。喏，這給你。」

她從餐盤旁的特製金屬架上夾起龍蝦塔可餅，小心翼翼地送進他嘴裡。

「打從 Revenge 成立之初，美國市場就一直在展望之內。只是我想要按部就班來。瑞典、挪威、然後歐洲，等實力夠雄厚、勝算在握了再一舉前進美國。我非常清楚外國公司要打進美國市場是何等艱難的任務。障礙重重，競爭對手公司各個龐大而經營穩固，更不用說美妝向來是廝殺最激烈的市場之一。但這正是這個產業吸引我的主因。挑戰。美國市場只是這個想法的延伸。」

她擦擦嘴。

「對了，我這個週末要和伊娃和阿麗思去趟阿姆斯特丹。」

「噢？我還以爲妳們三個不太熟？」

「所以才要一起出遊改變這點——而且你說你這週末和女孩們有計畫。」

「是的，」大衛說。「我覺得出遊是個很好的主意。」

他放下筷子。

「我必須承認，我深深佩服妳以及妳成就的一切。」

霏伊臉紅。這句話她常常聽到，但從大衛口中說出來更是意義非凡。

她聳聳肩。

「克莉絲在遺囑中把她的公司留給我，這大大提升了 Revenge 的實力。我為此永遠感激她，也會盡全力護住她留給我的一切。」

「我懂。也知道妳會永遠說到做到，」大衛聲音充滿暖意。

菜餚上桌打斷了對話。

「老天爺。妳跟我說妳食量大如伐木工人時，我還以為妳只是在開玩笑！」

「吃肥一點比較不容易被綁走，」霏伊微笑道，用筷子夾起一塊生魚片。

大衛正色看她。

「不管妳吃到多胖我都愛妳。」

霏伊的筷子停在半空中。她盯著他看。

「你剛剛說什麼？」

大衛抬起下巴朝向一側。

「妳聽到我說什麼了。」

「再說一遍。」

他以某種她前所未見的方式對她微笑。霏伊融化在他一雙藍眼的凝視下。

「我愛妳，霏伊。」★

費耶巴卡——昔日

上岸後，托馬斯說樹林裡有一間小木屋。我們走了一小段路，在一塊林間空地找到了木屋。屋外有前人留下的柴火堆，瑟巴斯欽開始準備生火。和朋友在一起的他看起來比在家裡時開心、自信多了。他的頭抬得更高，動作看起來也更果斷。

我也感覺不太一樣。更輕盈。我讓自己沉浸在被接納的感覺裡。那時正好是午餐時間，我們於是烤了熱狗、吃得津津有味。男孩們繼續喝啤酒，我則喝著我的可口可樂。

托馬斯跑來坐在我旁邊。我感覺得到他身體散發的暖意，必須努力抗拒靠坐過去的衝動。

「妳記不記得小時候遠足的時候，大家都會自製麵糰跟熱狗一起烤？」他說。

「天啊，我記得。就是用麵粉、鹽巴還有水揉出來那種？」

「那種麵糰叫什麼？黏土麵糰？」

「黏土不是拿來玩的嗎？」

「說不定真的是同一種東西。」

「噁！」

我笑了。我可以感覺笑意往下流竄到我的胸腔下緣。

「妳不喜歡啤酒嗎？」托馬斯問，指著我的可樂。

「喜歡啊，只是我覺得有點暈，」我說，感覺有些窘。我把可樂罐藏到背後。可樂打翻了。我立馬跳開。

托馬斯也跳起來，四下搜尋可以爲我擦乾裙子的東西。他找不到任何紙張，於是抓起地上一團灰色的苔蘚開始幫我擦乾裙子上的水漬，結果是把水漬擦成了污漬。

「你對家事顯然不太在行是吧？」我咯咯笑道，托馬斯怯怯地聳肩。

「有這麼明顯嗎？」他說。

閃光回到了他的眼睛裡。

羅格和瑟巴斯欽遠遠盯著我們看。他兩個靠頭竊竊私語。一道冷顫竄過我的背脊，但我想應該是風。

吃完午餐後，我們走向木屋。鎖孔裡插著一支生鏽的鑰匙。我轉動鑰匙開了門，大家一起走了進去。屋裡空蕩蕩的。

「稱不上什麼豪華度假套房，」托馬斯說，瑟巴斯欽用拇指戳了戳他背後。

「又不要錢，有什麼好計較？不要因爲你習慣睡絲床單……」

「嘿！放尊重點，」托馬斯說，揮出一記空拳。瑟巴斯欽輕易往後跳開。

眼睛終於習慣黑暗後，我開始四下打量。外頭陽光耀眼，裡頭卻一片漆黑。所有窗子都被木板條封死了。屋裡唯一的家具是牆角那張床和髒兮兮的床墊。羅格朝果醬空罐狠踢一腳。我嚇一跳，心跳得比蜂鳥還快，但我很快又鎮定下來。

不知道這裡以前住過什麼樣的人。木屋看來至少有一百歲了。真的有人能住在這裡嗎？長年住在這裡？或許吧。我知道不少家庭選擇住在離島。也許這間小木屋也曾有過很多孩子住在裡頭。

我有時會幻想一個人住在強風吹拂的孤島上。與我為伴的只有海鷗、蜀葵、忍冬花，還有在石縫間鑽進鑽出的螃蟹。

我用手輕撫木板牆，順著木頭紋路愈往屋內深處去。木屋有兩個房間。我走進最裡頭那間，但強烈的霉味讓我立刻又走了出來。

「哈囉？」

我喊道。沒有回答。男孩們已經回到外頭。我走向關起的大門，壓下把手。一道冷顫再次竄過我的背脊。門鎖住了。

在機場由禮車接了直奔飯店後，霏伊、阿麗思和伊娃下午就待在飯店的屋頂泳池畔避暑。席捲瑞典的熱浪和阿姆斯特丹又乾又熱的空氣比起來根本不算什麼。她們躺在躺椅上，拿著扇子搧風，一邊啜飲瑪格麗特一邊討論晚上的計畫。霏伊心頭掛念還是很多。她告知警方連絡人她要來阿姆斯特丹渡週末。杰克還是下落不明。

「妳還是沒把話說清楚，伊娃，我們週末跑來阿姆斯特丹到底有什麼要事得辦。現在實在不是離營的好時機。」

「我們來這是爲了B計畫。安全網。救生衣。隨妳怎麼說。」

「我才不鳥我們爲何而來咧，」阿麗思說，啜飲一口瑪格麗特。「我們躺在阿姆斯特丹某飯店的屋頂喝瑪格麗特。誰需要理由啊？」

「今天我們只管放輕鬆，」伊娃說，把架在頭頂的太陽眼鏡摘下來戴好，轉頭面向陽光。「明天我自會把計畫說清楚講明白。妳們盡管灌我酒，反正明天之前我都不會洩漏一個字。我們今天只管好好享受就對了。」

「贊成贊成，」阿麗思說，又灌下一大口調酒。「是說，既然我們今天的計畫就是好好放鬆享樂……妳們去過阿姆斯特丹的咖啡館嗎？」

「妳是說那種有賣大麻的咖啡館？」

霏伊腦袋還是轉個不停，想不透伊娃到底要她們在這裡做什麼事。她只是一味堅持事關保險，此外就三緘其口。霏伊無能爲力，只能暫時滿足於這個答案。眼前她的選擇不多，只能信任這個她設法組成的三人小組。

阿麗思微笑。「正是。」

「妳以前抽過嗎？」霏伊質疑道。

「于什霍爾姆*誰沒抽過啊，」阿麗思說。「不是我跟人家混太妹，是真的每個青少年都這樣。」

「我不知道……」伊娃猶豫道。「我們明天頭腦必須很清楚。」

「不要做個膽小鬼啦。」阿麗思用沒拿酒的手輕蔑地一揮。「來嘛，伊娃，過去這幾年妳有過多少機會可以這樣玩？妳有多常請保姆幫妳看孩子？」

「我真的很謝謝妳的住家保姆願意一起照顧……」

「我不是這個意思。霏伊——妳可以吧？」

霏伊啜飲一口酒，動了動沐浴在陽光下的腳趾。

「我不知道我想不——」

「老天爺，我們是三個身在阿姆斯特丹的漂亮女人。妳們覺得我們該做些什麼？待在飯店房間裡看電視？才怪！我提議我們在這裡再待個一小時，曬曬太陽、畫飲一番，晚點再轉戰夜

* Djursholm：斯德哥爾摩的富裕郊區。

店。去夜店的路上我們可以先去一下咖啡館。就這樣，可以嗎？」

伊娃和霏伊各自咕噥了些聽似同意的字眼，但伊娃看來不放心的程度和霏伊不相上下。阿麗思毫不浪費時間，揮手招來一名服務生，請他推薦飯店附近的咖啡館。他說最好的幾家都位在紅燈區，並提醒她們要記得多喝水。部分因爲熱浪，但更是因爲初次抽大麻的人很容易出現脫水症狀。

「這沒問題。我以前抽得可兇了，根本是于什霍爾姆的巴布．馬利。」阿麗思咯咯笑道。雖然想念大衛，霏伊還是很高興自己來到這裡。和兩個聰明風趣的女性一起來到五光十色的阿姆斯特丹恰恰是她目前最需要的。

她開始覺得阿麗思的計畫或許是個好主意。放膽體驗人生。暫時把煩惱拋到腦後。服務生爲她們端來三杯現調瑪格麗特。霏伊一口乾掉手上這杯，然後接過新的一杯。她們身處暴風眼。在一團混亂與焦慮中偷得片刻放鬆的機會。一如阿麗思所言：她非常需要這。

五小時後，她們坐在一家咖啡館裡，每人幾乎各吃了一塊大麻餅乾，卻什麼也沒發生、一點感覺也沒有。她們又失望又熱又無聊，而且因爲咖啡館不賣酒，她們已經叫了三輪難喝的卡布奇諾。下午在泳池畔下肚的酒精已經漸漸代謝殆盡，阿麗思忍不住抓住一個女服務生——這已經是她第三次出手——問她到底還要等多久。

頂著一頭長髮綹和全身刺青的女孩重複她前兩次的答案。

「再等一下。」

她走開後，阿麗思大搖其頭。

「不了，我不想再等了，」她說，說完便大口把剩下的餅乾全部吞下肚去。

兩分鐘後，霏伊感覺自己指尖有些刺刺的。她眨了眨眼，然後帶著探問的目光望向伊娃。

伊娃嘴巴開開的，正盯自己的手指看。整個世界都在顫動。彷彿她們都被送進水族館裡，四周都是在迪斯可球裡面梭游的魚群。

她動動眼皮，看著阿麗思。

阿麗思的嘴巴在動，但霏伊搞不清楚是自己聾了還是阿麗思啞了。她四下張望。所有東西彷彿潮水忽起忽落、搖搖擺擺。她想說話，但張口瞬間卻猶豫起來，不確定自己想說的話到底說過了沒有。她苦思不得，到頭來竟連原本想說什麼都忘了。

伊娃咯咯在笑，用手指組合成各種形狀宣稱是動物、舉高高要她們看。

「妳看，是猴子——霏伊，妳看得出來嗎？是猴子吔。」

她倏然站起來，霏伊朝她伸長手臂。

「妳最好不要亂跑，」她想要這麼說，但她的舌頭不肯聽話。阿麗思爆出長串笑聲。

阿麗思一隻手放在霏伊手上。

「對不起。」

「對不起什麼？」

「對不起我以前是個臭婊子。對不起一切。」

她們互相擁抱。

「那些都不重要了。」

「我好高興妳遇到那個大衛，」阿麗思大舌頭道。

她用指尖戳戳霏伊的前臂。

「我也是。」

霏伊感覺好極了，前所未有的好。早先的恐懼都不見了。萬事美好、溫暖而友善。她微笑，對，對亞洲觀光客揮揮手。

阿麗思吐出一長串字眼，霏伊只聽得懂一兩個字。

「霏伊？」

阿麗思拍拍她的肩膀。

「霏伊？」

她視線終於從亞洲觀光客身上挪開。

「伊娃在哪裡？」阿麗思問。

「我就是伊娃。我也是阿麗思。我掉啊掉啊掉進仙境。妳是一隻小兔子！」

她的嘴巴好乾，乾得像砂紙。霏伊伸手拿水。

阿麗思的頭一直在轉圈圈，好像在聽歌一樣，但霏伊再怎麼努力也聽不到。

「我覺得我們得去把伊娃找回來。」
阿麗思起身，倚靠桌子站著。
「伊娃！」她大叫。「伊娃！」
霏伊也想站起來，卻一個踉蹌差點跌倒，還好阿麗思即時扶住她。有那麼幾秒鐘，兩人差點一起歪倒在地上，最後還是阿麗思設法撐住了。
「我們去找她。我們這就出發長征去！去把我們的朋友找回來！」
「出發！」
她倆緩緩走下臺階，搖搖晃晃地朝門走去。但這道門竟是後門，門外是一條無人的窄巷，而伊娃就仰躺在幾個垃圾桶旁邊的地上。霏伊看到伊娃的眼睛，大吃一驚——她只看得到眼白，而且伊娃全身不停抽動，顯然是痙攣發作。
她霎時清醒。霏伊腦霧全消、不假思索跪到伊娃身邊，試圖想喚醒她卻徒勞無功。
霏伊感覺得到恐慌來襲。
「伊娃！」她尖叫。「伊娃，妳醒醒！」
她聽到阿麗思的聲音從她後方傳來。
「快叫救護車！她快死了！麻煩快點叫救護車！」
她推動伊娃的身體、讓她側躺成復甦姿勢，拍拍她汗濕的額頭，阿麗思則跑進咖啡館裡求救。

「伊娃，不要死。求求妳不要死！」

霏伊抓起她指甲啃到底的一隻小手，緊緊握住。陪伴克莉絲度過生命最後幾個小時的回憶湧上心頭。她們爲麼要來？爲什麼要吃大麻餅乾？霏伊根本痛恨毒品，痛恨失去控制的感覺。如今伊娃將爲這場冒險付出生命代價。她爲什麼非得體驗不可？他媽的蠢，蠢透了。罪惡感壓得她幾乎無法呼吸。

「人在這裡。」霏伊再次聽到阿麗思的聲音從後方傳來，緊繃而高亢。「救救她！快救救她！她快死了！」

霏伊轉頭。一個大塊頭男子好整以暇朝她們走過來。

「快一點！」霏伊絕望地嘶吼。

老天，他動作好慢。他似乎根本沒把這當回事——他看起來一點也不擔心。

他在霏伊身邊停下腳步，彎下腰來。

「沒事，各位女士。這狀況常常發生。她血糖太低。我會先給她吃點糖。然後妳們扶她上計程車回飯店，讓她吃點東西喝點水就沒事了。」

伊娃突然睜開眼睛，霏伊霎時鬆了一口氣，不住啜泣出聲。

「你確定嗎？」阿麗思說，展臂擁抱大塊頭男子。

「我非常確定。這在我們店裡一天至少發生十次，」他說，朗聲笑開。

他接著從短褲口袋裡掏出一小包糖，撕開後吩咐伊娃張嘴伸舌。伊娃暈沉沉地照做了。她的身子依然微微地抽動痙攣，還一邊低聲咕噥沒人聽得懂的話。

「乖女孩，」男子說，拍拍她的頭。

霏伊幾乎喜極而泣。伊娃沒有被她們害死。

半小時後，她們坐在霏伊床上，除了眼睛發紅以外並無大礙。她們剛剛點了客房服務菜單上的所有品項。敲門聲傳來，阿麗思跳下床前去開門。兩名穿著白色制服的飯店職員推進來一車又一車的食物。漢堡、義大利麵、大塊肉、魚、炸雞、薯條。幾大瓶冰水。

慶祝大餐一盤盤排開在起居區的桌上。兩名服務員會心一笑──他們大概心知肚明這一大頓餐點的緣由──祝福女士們用餐愉快，退出了房間。

霏伊、阿麗思和伊娃朝食物蜂擁而上。裝了滿盤後端回床上享用。霏伊從來不曾吃過比這餐更美味、更迫切需要的食物。她們灌下一杯又一杯的冰水。

終於吃飽後，三人躺平在大床上，心滿意足地撫肚喟嘆。

「我得把長褲脫掉，」阿麗思咕噥道。「不然食物就要從我喉頭滿出來了。」

「好主意，」霏伊說。

她倆追循阿麗思的示範，紛紛踢開長褲，三人就這樣只穿內褲並躺在床上。

「剛剛在後巷我們真的差點被妳嚇死，」霏伊說。

「到底發生什麼事？」阿麗思問。

伊娃緩緩搖頭。

「我也不是很清楚。我記得站在那邊跟人說話，然後我就癱倒在地上爬不起來。我像隻翻不了身的蟲子躺在那裡好一會兒，一開始還努力想爬起來，後來就放棄了。下一件記得的事就是看到妳們兩個的臉。」

她們打開電視，隨意轉臺。

伊娃率先睡著，接著阿麗思的眼皮也愈來愈重。終於，兩人一左一右各踞霏伊一側輕輕打起呼來。她悄悄下了床，從包包裡摸出手機，走向陽臺。夜裡的空氣涼爽多了。她享受一陣陣涼風吹拂過裸腿的感覺。在她下方，車輛走走停停，緩慢移動。她坐在小桌旁，看到一通來自大衛的未接來電。她突然掛心起來，立刻回電。

「嗨，親愛的，我剛剛沒事，開始思考一些關於Revenge和美國擴展的事，」他說，霏伊彷彿能看到他的微笑。「我想了很多——我深受妳的啓發，眞的。我手上有很多資金需要投資對象，所以我寫了一份投資提案要請妳看看。當然，如果妳有意願的話。」

霏伊自己的微笑也愈發加深。

「當然。」

「妳不會覺得是我越界了？」

「當然不會。女孩們還好嗎？尤漢娜那邊情況如何？」

「她想要我們再試試，但我已經明確告訴她，我想和妳在一起。」

「她聽了有什麼反應？」

「不太好。不過我們先不談這吧。我不想毀了妳和阿麗思與伊娃的週末。」

「我好想你，」霏伊說。

「我也好想妳。」

掛掉電話後，霏伊看到一則來自夏思汀的簡訊。她點開，好心情霎時蕩然無存。以馮·英格瓦森今天又去公寓找她了。她緩緩放下手機。她必須想辦法處理以馮。她在玩火，她倆遲早有人要被火燒傷。霏伊完全沒有引火上身的意願。★

「天啊，我怎麼會被說動去做了那些事？」伊娃說，雙手捧頭。

「妳不會還宿醉未退吧？」阿麗思口氣輕快，揮手請服務生再給她一杯飲料。飯店酒吧客人愈來愈多，嗡嗡話聲讓伊娃不停按摩自己的太陽穴。

「我昨天人還躺在暗巷地上不省人事。在阿姆斯特丹。在咖啡館吃過大麻餅乾之後。我想我今天有權利宿醉一下。」

「喏，我倒是一點事也沒有，」阿麗思朗聲說道，對著剛爲她又送來一杯柯夢波丹的服務生微笑。

「那還眞是恭喜妳，」伊娃咕噥道。「恭喜極了，」霏伊皺眉看她。

「是妳說我們在這有事要辦的，」她說。「阿麗思和我完全不知道到底是什麼事。妳還打算告訴我們嗎？」

「給我幾小時，還有阿斯匹靈和普拿疼，我應該就可以開始辦事了。我只是先得解決頭痛到快抓狂的問題。」

「妳才不需要天殺的普拿疼——妳需要的是狗毛*，」阿麗思直指道，再次對服務生招手。

* Hair of the dog：英語俗話，泛指為減輕宿醉症狀而飲用的酒精飲料。

他快步靠近，欠身致意。

「一杯長島冰茶。還有一口杯龍舌蘭。給她，」阿麗思以英語說道，指指伊娃。

她發出呻吟。

「我會被妳害死，阿麗思。」

「親愛的，我是利丁厄的家庭主婦。治療宿醉我在行。」

兩杯調酒送上桌後，伊娃帶著破釜沈舟的表情望向阿麗思，把酒兜攏到自己面前。

「我就決定信任妳了。」

「妳永遠可以信任我，」阿麗思說得寬宏大度。

霏伊興味盎然地看著伊娃苦著臉一口灌下那杯龍舌蘭。

「乾杯。好，現在我想知道妳到底爲了什麼原因，把我們大老遠拉來阿姆斯特丹。尤其是在這存亡危急之秋。」

「瑞典專利暨註冊局，」伊娃說。

阿麗思剛剛喝進一大口柯夢波丹、差點噴到桌上。

「瑞典專利暨註冊局？」她說，一邊擦嘴。

霏伊也正盯著伊娃看。伊娃端起長島冰茶。她臉上還眞開始有些血色了。

「他們這週末在這裡舉辦會議。就在這家飯店。今晚是他們的派對之夜……」

「然後呢？」阿麗思不耐煩地說道。

「是啊——我也沒聽懂妳的意思，」霏伊說，舉起雙手做不解狀。

「Revenge。權利。專利。B計畫？」伊娃試著提示。

霏伊搖搖頭。

「還是聽不懂。阿麗思妳呢？」

阿麗思也搖搖頭，順勢對鄰桌男子眨眨眼。

「阿麗思，專心一點，我來解釋，」伊娃說。

霏伊發現伊娃似乎很享受這種領先一步的感覺。她對此沒有異議。

「說眞的，伊娃……專利暨註冊局整局室的人也在這飯店裡，這跟我們有什麼關係？」

伊娃神祕微笑。她四望，然後壓低聲音簡單解釋她的計畫。阿麗思聽完放聲大笑。

「太天才了，伊娃！妳太棒了！」

「妳也是，阿麗思。今晚就看妳了。」

霏伊挑眉。

「妳知道妳召喚了什麼的可怕力量嗎，伊娃？」

「這正是我們成功之鑰，」伊娃露齒笑道。

一小時後，她們三人都有些醉了。伊娃指向吧臺。

「就他們。肯特、波耶、艾溫德。」

她看著霏伊和阿麗思。

「妳們知道該怎麼做吧？」

「妳解釋得很清楚了，」霏伊說，灌下加利亞諾一口酒。

「我們又辣又風趣又聰明，」伊娃說，視線依然鎖定吧臺的三人。「這根本輕而易舉。我們只能希望他們不會認出妳，霏伊。」

「他們在專利暨註冊局上班。我不覺得他們會知道霏伊是誰，」阿麗思粗聲粗氣說，伊娃趕忙要她小聲一點。

「他們不是唯一飛來這裡的員工。整個專利局的人都來了。但大部分的人可能得等到兩小時後的晚餐時間才會現身。我們還有時間。」

阿麗思站起來，身子晃了一下。

「打起精神，準備上場了，」伊娃說，扶住她。

阿麗思從包包裡掏出一支深紅色口紅開始補妝。

「**女士們**，」伊娃說，作出請上場的手勢。

阿麗思邁開長腿大步走向肯特、波耶和艾溫德。

「不好意思，我好像聽到你們說瑞典語？」

男人驚喜地望向阿麗思，接著更驚喜地發現伊娃和霏伊也一起加入。三杯調酒——當然是記專利局的帳——下肚後，六人決定上樓去霏伊的豪華套房喝點餐前調酒。

伊娃挑中肯特，霏伊則對波耶施展魅力，艾溫德則像條小狗似地守在阿麗思身旁。

伊娃先前已經在霏伊房裡安排好一桌各式烈酒與調配用的飲品。進房後三名男子齊聲發出驚喜歡呼。

「媽呀，這裡未免太棒了！波耶，咱可沒住過這種房間！」

「老天爺，肯特，這才叫做飯店房間嘛！這就是人說的**套房**是吧？」

「**套房**，是的，」阿麗思說，拖著艾溫德一起落坐在沙發上。「霏伊，親愛的，幫我和這位小可愛調兩杯琴湯尼吧？」

霏伊忍笑。阿麗思眼看要生吞活剝了可憐的艾溫德。

她爲兩人調了酒，然後把注意力轉回波耶和肯特身上。波耶一臉焦慮地頻頻看錶。

「離晚餐不是只剩一小時了嗎？」

「別擔心，」肯特很快應道，開心地接受伊娃爲他準備的超大杯調酒。「我們在這和女士們享用幾杯餐前酒，等晚餐開始了再下樓就好。反正遲到是一種時尚，不是嗎？」

艾溫德咕噥地表示贊成。他的目光聚焦在阿麗思領口。她一手摟住他，另一手爲他撫平太陽穴的髮絲。

伊娃和霏伊交換眼色。她們調的酒裡面幾乎全是烈酒——三個男人在樓下酒吧已經喝了不少，早已醉得不可能還分辨得出來。

霏伊悄悄確認手機就在手邊。她看到伊娃也做了同樣的事。

不久，波耶和肯特雙雙醉倒在沙發上，阿麗思貼近艾溫德，舔舔他的耳朵。霏伊拿出手

機。她拍照的時候還特別注意不要把阿麗思拍醜了。她向來對這點很在意。★

費耶巴卡——昔日

我用力敲門一邊大叫，但他們沒有理會我。他們的聲音穿透木牆，一如烤熱狗的氣味。他們心情很好，大聲談笑。我背靠門，滑坐在地上。托馬斯的臉浮現在我眼前——友善的微笑，閃爍的眼睛。我眞的有看懂嗎？

瑟巴斯欽在想什麼？這是他的主意嗎？他爲什麼帶我來？他從一開始就計畫這麼做？還是因爲我做錯了什麼？

時間過去。我沒有錶，但我想至少兩三個小時過去了。我站起來，再試一次。我大聲敲門。

「求求你們，讓我出去，」我哀求道。「我好渴。」

他們沒有回答。

「瑟巴斯欽？我想出去。我想回家。」

外頭的對話繼續下去。他們大笑。我想他們是在笑我聽來如此可悲。我感覺可悲而愚蠢。光線自門縫裡灑進來——還是白天。

我像條狗。一隻憤怒、壓抑的狗。一條害相思的愚蠢雜種狗。只消一點點善意，我就在地上打滾、連肚子都翻出來、放下所有防備。托馬斯閃爍的眼睛和深深的微笑讓我拋下所知的一切：沒有人值得信任。

我體內的怒氣漸漸甦醒。我氣自己勝過一切，氣自己的天眞。我握拳，再次重重捶打門板。我感覺得到門上的木頭碎片刺進我手的皮膚裡。我歡迎疼痛。我捶打得更用力。嘶吼到喉嚨發疼。終於，我再次背靠門滑坐在地上。

更多時間過去。我已經失去時間感。

他們改成壓低聲音說話。話聲粗嘎、竊竊耳語。我體內竄出一股不安感。

我爬起來。把耳朵壓在門上，試著聽清楚他們的交談。我開始恐慌。如果他們丟下我走了，我又能怎麼辦？我會活活渴死。沒有人找得到我。恐慌感愈發高漲，我再次開始捶門。

出乎意料地，我聽到朝木屋走來的腳步聲。我往後退，垂臂站在那裡。鎖孔裡的鑰匙轉動。瑟巴斯欽走了進來。

羅格和托馬斯跟隨在後。

他們不發一語，只是用陰沉的醉眼死盯著我。我往後再退一步，背頂著牆，試著想讓自己縮小。

我無路可逃。

有人試圖闖進我在奧斯特馬爾姆橋的公寓。深色的木頭大門被刨出了清晰可見的白色傷疤。霏伊放下手提行李，彎腰檢視。她的心臟在胸口劇烈跳動。會是她父親嗎？不，更可能是杰克。他一定來過了，試圖潛入未果。這是一個警告：他盯上她了。霏伊飛快地回頭看一眼，把鑰匙插入鎖孔裡，轉動，推開黑色鐵門，進門，反身鎖門。

她靠在牆上，閉上眼睛試圖理出頭緒。她寧可他來找她而非找上茱莉安。確實，杰克現蹤或許反而對她有利。他出手了，清楚昭示他無意遠走。

霏伊從手提包中找出手機，撥了警方聯絡人的號碼，解釋發生了什麼事。十分鐘後，兩名便衣警察出現在她公寓門口。他們檢視大門、記了筆記、問了一系列問題，而霏伊也盡她所能詳細回答。

「你們必須找到他，」問答結束後霏伊說。「他打算傷害我。他已經殺死了我們的女兒。」

警員鎮定地看著她。

「我知道事件背景。我們目前沒有足夠警力可以提供妳二十四小時保護，但我們會盡全力緝捕他歸案。我們現在知道他人在斯德哥爾摩了。妳的警方聯絡人會繼續每日與妳聯繫。」

「明知他鎖定我，我要怎麼如常進辦公室、如常過我的日子呢？」

「在他落網之前，妳有沒有別的地方可以暫住一陣子？」

門廳傳來動靜，霏伊應聲轉頭。大衛的身影一出現，霏伊隨即飛奔展臂抱住他。

「我看到大門被破壞的痕跡了。杰克來過了嗎？」他問，擁她入懷。

霏伊點點頭，嗅聞大衛熟悉的氣味，淚水湧入眼眶。大衛轉身面對警員。

「你們打算怎麼處理？」

「我們能做的不多。一如我剛剛跟阿德罕女士解釋過的，我們無法提供全天候的保護。或許可以考慮暫時搬去旅館？」

警員離開，留他倆在屋內。自從相識以來，這是霏伊第一次看到大衛這麼激動。他在廚房中島旁來回踱步，手裡拿著一杯蘋果汁。

「他憑什麼就這樣毀了妳的生活、限制妳的自由。我認識一家保全公司的負責人。我們可以爲妳安排保鏢。妳必須要如常生活工作，不必時時刻刻提心吊膽。那個該死的王八蛋。他以爲他是誰？」

「我不要保鑣，大衛。」

「費用我來付。他不能阻止妳過日子。他造成的傷害已經夠多了。老天，我痛恨像他這樣的傢伙。」

他的關心讓霏伊感到心頭暖暖的。

「跟錢無關。如果我眞的請了保鑣，那就表示他眞的嚇到我了。威嚇到我。何況天知道這個狀況會維持多久，他說不定一躲就是幾個月。運氣好的話他很快就會被逮到。至少警方現在知道他人在斯德哥爾摩了。」

大衛在她面前停下腳步。

「我知道妳才剛剛返家，但我想要我們兩個一起離開這裡——幾天就好。讓事情稍微平靜下來。」

霏伊愛憐地摸摸他的臉頰。是的，她想和他一起離開這裡。

「你覺得馬德里如何？」她問。「我得去那裡開個會。我們可以提早飛過去，在那邊慶祝仲夏節？」

他握住她的手，把她拉向自己。

「妳知道嗎，我正好是超級熱愛仲夏節的那種人。Schnapps 酒、鯡魚、Västerbotten 起司、仲夏柱。但爲了妳，親愛的，我非常樂意犧牲一切。我愛馬德里。」★

霏伊握住大衛的手，和他並肩沿著斯壯德大道漫步而去。她想起他們闖入他朋友的汽艇第一次做愛那夜。從很多方面來說，她和大衛是她有過的所有關係中最直截了當、最自然而然的一段。

和杰克在一起的時候她常常感到很不確定，常常感覺自己必須取悅他。她內在不時交戰，一方是自己的直覺，另一方是害怕失去杰克的恐懼。和大衛在一起的時候，她從不需要考慮放棄任何自己。他非常清楚而眞心地表示想要她做她自己。或許是年紀？或許是她和大衛契合的程度原來就勝過她與杰克？

「妳在想什麼？」他問，充滿興味地打量著她。「妳在微笑……」

「事實上，我在想我們。」

「我們在一起很棒，」他說。「我喜歡妳在想我們。」

陽光普照，暑氣熱情散發。

他們路過新橋灣的碼頭，來回于高登島的渡輪還等著滿載遊客。向右看，貝澤利公園在他們眼前豁然展開，人們半躺臥在草地上吃著他們的午餐。

終於抵達布拉西島的格蘭德飯店後，霏伊留在大廳，大衛則搭了電梯上樓。飯店大廳涼爽宜人。霏伊閉上眼睛，享受在石牆間回音嗡嗡的人聲。

她非常期待馬德里之行。這將是他們第一次一起出遊。她有一場會議得出席，此外就是她和大衛獨享的美好時光。

她的手機在包包裡震動起來。她拿出來接聽。

「翰里克剛剛跑去辦公室，」夏思汀說。

「跑去 Revenge？妳在開玩笑！」

「恐怕不是。我不在場，是公關部的珊卓通知我的。」

「Revenge 還不是他的，他無權……珊卓說他在那裡做什麼？」

霏伊激動到從扶手椅上站了起來。

「他四處走動，跟職員自我介紹。查看辦公室。根據珊卓說，他一副 Revenge 已經是他的的模樣，要大家送履歷給他，好讓他『決定誰對公司而言算是資產』。」

「那個無恥的混帳。依琳跟我說過他是怎麼對待他公司爲數本來就不多的女員工的。徹頭徹尾的沙豬！」

「不好意思。」

霏伊差點和一個穿著金吉拉皮草大衣、頸上掛著多圈珍珠項鍊的貴婦撞個滿懷。

「啊？」夏思汀說。

「沒事，不是說妳。他以爲他在玩什麼把戲？他這麼做只有一個目的，就是要激怒我。看來他算成功了。」

「妳打算怎麼辦？」

「我要保持鎭定，不逞一時之快，照伊娃的計畫走。」

「聽起來妳們阿姆斯特丹之行相當順利？」

霏伊回想起阿姆斯特丹之行的幾個關鍵片刻，但決定夏思汀還是不要知道太多的好。

「超越預期。」

「嗯，很好。我們暫時不要管翰里克，專心做我們該做的事就好。」

「是的，不要管他，」霏伊說，結束了對話。但她還是感覺得到自己牙關咬得緊緊的。

激動的話聲引得她循聲回頭。一個深色長髮的女人正在和飯店櫃檯人員據理力爭。霏伊一眼就認出她。她當然google過她，也從照片發現了她對香奈兒洋裝的偏好。尤漢娜．席勒，大衛的妻子。霏伊再次拿出手機，貼在耳邊假裝講話、彎腰低頭快步走向出口。要是讓尤漢娜看到她說不定會鬧起來。她應該是來這裡找大衛的。霏伊從旋轉門走出去時聽到尤漢娜繼續和櫃臺職員爭論：

「這話什麼意思？不能給我鑰匙？房間是我先生的。大衛．席勒。我當然可以要我自己先生房間的鑰匙吧？」

霏伊雙手握拳、既生氣又挫折地快步步下階梯、朝水岸走去。尤漢娜所作所為在在不擇手段，就是不放過大衛。甚至不放過這裡。連兩個女兒都成了她勒索的工具，自私至極。

霏伊最後駐足碼頭邊。她遲早得面對這個無可避免的衝突，但不是現在。現在就先交給大衛處理吧。她找到一張無人長凳坐下。她還是沒有跟大衛提尤漢娜找上她的事。她也不知道自己為何遲疑。他倆在一起的時候她只想假裝尤漢娜不存在。她不想提到她。如果大衛想說她不會阻止。但她還是寧可尤漢娜不要侵入她的泡泡裡。

她還握在手裡的手機突然響起。是伊娃。

「嗨，伊娃，從週末之旅恢復過來了沒？」

霏伊察覺異狀。伊娃喘不過氣來，明顯在哭。

「他來過了。杰克找上我了。」★

費耶巴卡——昔日

托馬斯和羅格試圖把我抬到床上，但我拚命掙扎尖叫、張口狠咬，他們不得不把我放在地上。他們接著決定拉著我的腳、拖著我走。我驚慌四望，看到瑟巴斯欽那張殘酷無情的臉。不知爲何，這一幕讓我安靜了下來——至少安靜片刻。他們有三個人，我毫無勝算。我體悟到這點。他們把我放到床上，扯掉我的長褲和內褲。

「不要，」我哀求。「我不想要。」

但我沒有掙扎。那只會讓情況變得更糟。我的身體彷彿麻痹了，再也不聽我使喚。他們的眼裡只有黑暗，在我哀求他們停下來時完全沒有浮現任何情緒。羅格緊緊抓住我的手。托馬斯掏出陰莖，用力掰開我的雙腿。他眼底依然有光，完全不一樣的光。

他穿刺我。

好痛。好痛好痛。

他推進衝刺，動作愈來愈快。我咬牙閉眼。他身上都是啤酒和燒烤油脂的味道。大約一分鐘後，我感覺托馬斯身體抽搐，隨而把熱呼黏稠的種子播撒到我體內。

然後輪到羅格。

他聞起來像香菸。他動作粗暴。我發現他暴力推刺我的時候似乎喜歡看著我的臉。我抽氣。他兩眼始終盯著我的臉。緊盯著我，想要看我如何反應。我感到無助。無力。我撇開頭，至少他們看不到我的臉。這爲我留住了最後一絲絲的自尊，至少我是這麼想像的。

瑟巴斯欽點了菸，倚牆而立。我恨他。但我更恨我自己竟像個多愁善感的愚蠢少女，哥哥一開口邀約就不假思索地欣喜接受。瑟巴斯欽發現我在看他，立刻轉開頭望向窗外。就在那一刻，我才發現他和爸有多相像。

我記得我五歲時發生的一件事。我沒發現爸媽吵過架，沒有聽到哭喊。我在睡夢中醒來，抓起我的泰迪熊，半睡半醒地走進爸媽的房間。我有時會這麼做——爬上床蜷縮在媽懷裡，讓她背對爸用雙臂圈住我、保護我。

我一直走到床腳邊才發現他們沒有睡著。一開始我以爲他們在玩摔角。爸抓住媽的兩隻手臂，媽赤裸著身子。我之前從沒看過媽的裸體。我不知道發生了什麼事。但我記得看到媽在哭。

此刻，我看著站在窗邊的瑟巴斯欽，他臉上的表情和那晚的爸一模一樣。

在這幢位於斯德哥爾摩外圍郊區的灰色公寓建築裡，鄰居刺耳的話聲和電視聲響穿牆而來。伊娃坐在廚房椅子上，頭埋在雙手裡。

她全身顫抖。她無聲哭泣。霏伊輕拍她的背，希望能稍稍安撫她。

警察早先已經來過了。他們表示遺憾，記了筆錄，承諾會盡全力緝捕杰克。杰克給了伊娃一個手機號碼，說她自會知道何時聯絡他。他並聲明這是一支拋棄式手機，他每天只會偶爾開啓。**所以請警方不必白費功夫追蹤手機了**，他離去前扔下這句。

「但他什麼也沒做，」伊娃說，揩去淚水。「他只是交給我這個號碼，然後轉頭走人。他甚至沒有要求看諾菈。我想他……他這麼做是爲了把妳引出來。」

霏伊聳聳肩。

她聽到臥房傳來孩子哭聲。諾菈奇蹟式地睡過了杰克硬闖以及警方到訪。現在她總算醒來了。

「我去抱她出來，」霏伊柔聲說。

伊娃不置可否。

霏伊起身。鋪得工工整整的單人床旁擠著一張折疊小床。她小心翼翼地接近。她只在電視和報刊上看過諾菈，杰克的女兒。

她其實想要更多孩子，但當她再度懷孕時，杰克卻說他只要茱莉安就好。回想起來，他那時應該已經和伊娃在一起了。

杰克強迫霏伊去墮了胎。她記得在醫院裡暈眩嘔吐的幾小時只有克莉絲守在她床邊，杰克甚至懶得現身。他那時是和伊娃還是別人在一起？

那都不重要了。

諾菈仰躺著，睜著一雙藍色大眼注視霏伊。她毫無疑問是杰克的骨肉，茱莉安的同父異母妹妹。她完全是她父親的翻版。霏伊目不轉睛地看著她，蹲下去，伸出雙臂把她抱了起來。她把孩子緊摟在胸前。

「乖乖，乖乖，」她哄道。

諾菈停止掙扎，接受霏伊的擁抱。霏伊抱著她走向廚房，哭聲漸漸平歇。

霏伊抱著諾菈，站在伊娃面前。伊娃不能留在這裡，她明白。杰克隨時會出現並且成功闖入。隔壁公寓再次傳來尖銳聲響。樓下停車場有人在發動一輛電單車。

「我們就這麼辦，」霏伊說。「妳可以跟我借錢在城裡買一間公寓，多少錢都沒問題。等妳有能力時再還我就可以。」

伊娃抬頭，視線從女兒身上掃到霏伊，然後張口打算提出異議。霏伊沒給她開口機會。

「這不容討論，對我而言純粹是生意上的決策。妳如果繼續住在這裡，工作的效率和品質都會下滑，始終得提心吊膽害怕杰克隨時現身。而既然妳的職責包括審查 Revenge 的投資人，這會直接影響到我。妳已經證實了自己的實力。妳爲我提供所需並且非常忠誠。」

伊娃虛弱地微笑。

「謝謝妳。」

「在妳找到公寓之前，我想阿麗思不會介意讓妳和這位小淑女搬去和她暫住。孩子不在她身邊那幾星期，她一個人守著利丁厄的大房子挺孤單的。最重要的是杰克不會想到要去哪裡找妳。」

伊娃揩掉最後的淚水。

「聽起來很不錯，」她說。「這表示我可以靜下心來繼續完成投資人的審查工作。」

霏伊眉頭深鎖。她一直沒跟任何人提起大衛有意投資 Revenge 的美國擴展計畫。伊娃警告過她不要再次犯下公私不分的錯誤，所以她們很可能會爲她考慮讓大衛入股一事針鋒相對。大衛的投資提案將會和其他投資案一視同仁，依序經過同樣嚴格的審查——這對霏伊非常重要。他最晚提出，所以也最後接受審查。如果到得了那一關的話。在那之前還有很多事情得先處理。

「簡單收拾一些必需品，我們搭計程車去阿麗思家。我現在就打電話給她，」霏伊說，抱著諾菈在餐桌旁坐下。

她渴望馬德里。她會在那裡休生養息補充能量，然後帶著對付杰克和阻止翰里克的計畫回到斯德哥爾摩。★

第三部

奧斯特馬爾姆區一處住宅公寓週二晚間發生一起不明事故。「聽起來好像有人被殺了，」根據一名打電話報警的女性居民表示。員警據報趕抵現場後卻發現屋內空無一人。警方發言人拒絕針對本起事件發表進一步評論。

《晚報》，六月二十六日

大衛的手機響了。再一次，螢幕顯示是尤漢娜來電。他嘆氣，把手機面朝下放在桌上，試著假裝不受影響。

霏伊對大衛微笑，大衛還之以微笑。

他們坐在離太陽門不遠一個鵝卵石廣場邊的 tapas 餐館裡。

太陽已經下山，但氣溫還是居高不下。街頭藝人的悅耳樂聲在泛白的建築表面間迴旋往復。霏伊穿著一件輕薄的白洋裝，大衛身上則是淺藍亞麻襯衫搭配薄料棉長褲。

一盤蒜油大蝦上了桌，擺在他倆中間。霏伊的右手邊那瓶斜插在冰桶裡的夏多內白酒頻頻呼喚著她。

「想談談嗎？」霏伊問，朝手機點點頭。

大衛搖頭。

「不想。我不想談和我倆無關的任何事。」

「那我們就不談。」

「那些事情可以等我們回去後再面對。在這個歐洲最美的城市裡，我們只管專注彼此，好嗎？」

霏伊舉杯。

「說得好。」

「我眞的好愛好愛妳——妳知道嗎？」大衛說。

雖然尤漢娜雜音不斷，他們確實在馬德里度過了美妙的兩天。和大衛度過的每一分鐘都讓她愈是深陷愛河。他體貼而善良。他爲她開門、拉椅子、堅持付帳、買巧克力和花送她。但他也對兩性平等議題抱持進步看法，不時以最坦蕩直白的方式表達出來；他理解女性相較於男性每每受到次等公民待遇的現況，在董事會上、在街上、在教育機構裡。他對她說的話感到興趣，悉心聆聽並提問。不是基於義務，而是眞心想要知道她的意見與看法。她說話時他兩眼閃閃發亮。他讓她以前所未有的方式感覺受到尊重欣賞與寵愛。

霏伊臉上泛開微笑，大衛用眼神發問，但她只是搖搖頭，揮手作罷。她無法將這樣的情緒化爲語言文字表達出來。

「告退一下。」

大衛起身，往洗手間走去。餐館的盥洗室位在環繞小廣場的其中一幢建築裡。霏伊目送他。他的手機被留在桌上。有那麼幾秒鐘，她考慮拿起他的手機，翻看他和尤漢娜的對話，看看她到底想要什麼，看看他是怎麼跟她說的。他曾經在她面前輸入密瑪，她就這麼把密碼記下來了。她終於決定不去碰那隻手機。她要展現對大衛的信任。

偸看大衛的對話記錄等於侵犯了他的隱私。就算他不會發現，她卻淸楚事情發生過。她決定把注意力轉移到鄰桌客人身上。霏伊發現很多一起用餐的情侶或夫妻幾乎不曾交談，只是坐在那裡顧自滑手機、眼神呆滯。浪費時間也浪費生命。大樹下，孩童彼此追逐，笑聲不斷。霏伊憂傷地微笑。她希望茱莉安也在這裡，和大衛見面。他可以擔起杰克拋下她們後就空缺出來的父親角色。

她的思緒被他的聲音打斷了。

「霏伊……」

她坐到她對面，神色突然有些焦慮，她霎時也感覺胃部打結。發生不好的事了，她從他的表情看得出來。她抓住桌緣穩住自己，準備接受打擊。

「霏伊，我在想……」

她嚥下口水。不管他說什麼，她都要維持尊嚴，不要展露弱點。

「我一直在想，我們如此熱愛彼此的陪伴，」大衛繼續道。「喏，至少我能爲自己這麼說。我熱愛和妳相處，希望妳也有一樣的感覺。」

他用詢問的目光看著她，帶著一抹他很少坦露的脆弱神情。霏伊鬆了一口氣，伸手橫過桌面握住他的手。

「我也好愛和你在一起。」

大衛湛藍的眼睛霎時閃熠更勝以往。他捏捏她的手。

「我知道我們認識沒有多久，但我已經無法忍受和妳分開。我提議我們開始看房子——一個專屬於我們的家。一個嶄新的開始。我希望妳不要覺得我操之過急了。」

他有些窘，望向他方。

服務生送來更多餐點放在他倆面前的桌上：香煎小青椒、馬鈴薯烘蛋、火腿、可樂餅、肉丸。

霏伊聽到自己笑出聲來。由衷笑聲融入黑絲絨般的西班牙之夜、在鵝卵石與古磚牆間迴盪。再過去一點，也許是附近許多餐館其中一間，有人在拉小提琴，眞摯動人的琴緩緩流竄進了蜿蜒的窄街間。

「我很想和你共享一個家，大衛。你要不要考慮搬進我現在租住的公寓裡？暫時先這樣，我們再慢慢一起看房子。我正巧剛剛被問到續租意願，而你確實給了我多留一些時間在瑞典的理由。」

「當然。」

大衛再次捏捏她的手。

「就當作是試試看，」她說，對他微笑。「我搞定擴展美國的事之後，你隨時可以搬進來。」

大衛從長褲口袋掏出一個小方盒，上頭綁著漂亮的白緞帶。

「別擔心，」他苦笑道。「不是戒指。」

他眨眨眼。

「還不是。」

霏伊手捧方盒，試著猜出裡頭到底是什麼，不過這當然是不可能的事。她慢慢拆掉緞帶、掀開盒蓋。裡頭是一條鍊子，墜子部分是一個精緻漂亮的小銀匣。

她小心翼翼地拿起來。

「我好愛，好漂亮！」

「妳提過曾請凱特．戞波爲你們拍全家福……在事發之前。所以我找上她，解釋我是誰又爲什麼需要她的協助。打開匣子，霏伊。」

霏伊盯著手中的銀匣子，用微顫的手指動作輕柔地打開它。她和茱莉安的合照，是她最喜愛的一張。母女之間的愛意如此強烈——她溫柔地輕撫著女兒的頭髮。霏伊看著照片，然後望向大衛。她眨去淚水。

小提手拉起了俄羅斯民謠卡林卡。黑暗的夜色包圍他倆，霏伊領悟自己已經很久不曾像此刻這麼快樂滿足了。然後她想起自己有東西要給大衛。她拭去淚水，拿出那個裝著百達翡麗腕錶的盒子。她一直在等待拿出這份禮物的時機。她一邊看著他拆開包裝，一邊爲自己戴上項鍊。她愛憐地碰碰頸間的小銀匣。

也許，只是也許，她準備好組成新家庭了。★

霏伊和大衛都不想今晚就此結束。他們點用菜單上的每一道小點，結了帳，然後攜手漫步馬德里街頭。這城市如此迷人，彷彿有魔法，比霏伊記得的任一個地方都還充滿生氣。每個街角都有樂師演奏美麗悠揚的旋律。孩童踢玩足球，或是沈浸在熱鬧的遊戲中。熱戀情侶佔據公園長凳。年輕人坐在草地上抽大麻喝酒。

一切浸淫在街燈撒下的金黃光暈中。

大衛和霏伊沒有多說話。此時此刻，言語顯得如此多餘而不足。他們只是偶爾駐足，四目相視，滿足地微笑。

終於，大衛提議喝些睡前酒。他們挑中路邊一張有些搖晃的小桌，面對街道並肩坐下，點了一瓶葡萄酒。

霏伊看著大衛。

她的心臟在胸腔裡砰砰急跳。

「和你在一起的時候我感覺百無禁忌，」她說。「我想告訴你我所有弱點、那些我羞於啓齒的種種，講出來釋放它們。除了克莉絲以外，我從不曾對任何人有過這種感覺。」

「我也有同感。我想那是因爲我們知道彼此都沒有隱藏的動機。那些弱點與失敗都不會被當成武器反過來對付我們。」

一名穿著白襯衫黑背心與領結的侍者爲他們開了酒，並讓霏伊試飲。她點點頭，他隨即爲兩人各倒了酒，把酒瓶放到冰桶裡，然後欠身離去。

霏伊想告訴大衛關於自己的一切，但她明白自己不能這麼做。遲早有一天，她終究得告訴她茱莉安的事，否則共同生活只會是個不可能的夢。很多事可以藏一輩子，但女兒不行。

「大約在我們第一次見面的一星期前，我人在羅馬，」她說。「我一個人在街頭閒逛散步。我偶然闖入一個派對。我在那裡遇到一對年輕愛侶。我們聊了一下，後來就一起回到他們的住處。」

大衛挑眉，摘下眼鏡咬鏡腳。一輛電單車高速經過他們。街道散發汽油味。遠處有狗兒吠叫。

「和兩個深愛彼此的人如此接近、近到成爲他們的愛的一部分，是一種美妙至極的經驗。那是我經歷過最親暱的經驗。在一個女人的注視下和她的男人做愛。你能了解嗎？」

大衛專注地看著她。

「我想我能。」

一對愛侶經過他們桌邊，手牽著手。他們穿著運動服。

「他們這麼做顯然是爲了彼此。我只是他們愉悅的載具。一個能夠取悅對方的方式。那是一種嶄新而特別的感受。幾乎像靈魂出竅。」

霏伊嘆息。手錶在大衛腕上閃閃發亮，他不時滿意地瞥上一眼。但她心裡就是有股止不住的憂傷。雖然知道該要開心，傷懷之感卻如此強烈。

「我們女人從小就被教育要提防自己的男人——我們的伴侶——被搶走。我們於是戰戰兢兢、時時擔心遭到背叛。我拒絕再活得像那樣了。杰克背叛了我，但我決定信任你。這是我的選擇。否則我就是戕害了自己的生命，限制了它。我希望你永遠不要讓我失望，但事情在你手中，不是我的。」

他摸索她的手，密密包住它。

「我不會讓妳失望的，霏伊。」

桌上蠟燭的火光反射在他腕錶的鏡面上。霏伊緊捏他的手。她想要他成爲她的安全港灣，一個可以讓她暫時歇息、不必想起外頭解決不完的威脅與問題的庇護所。但，如果她眞的決定讓他進入自己的生活，他就必須知道正在發生的事。

她深呼吸。是時候了。

「有人試圖收購 Revenge。而且那個人離成功已經只剩一小步了。」★

費耶巴卡——昔日

我的鞋子掉在木屋裡了。他們終於把我放出來時我只想盡快離開，於是我赤著腳，在暮光中蹣跚走過層疊的岩石。

羅格、托馬斯和瑟巴斯欽拖著行李——比來時輕了大半，因爲最重的啤酒差不多都喝光了。我走在隊伍最後面。他們曬黑的肩頭在我前方隨腳步起落。他們起初計畫趁天還亮時早早啓程返家，後來卻又決定多留一會。我被關在木屋裡，做決定反正沒我的份。

在過去四十八小時裡，他們隨性所至跑進木屋來找我。永遠都是三人同行。從來不會一個一個來。第三次之後我就不再抗議了，只是躺在那裡，任由他們做他們想做的事。

我渾身疼痛。身上沾了血，滿是精液、汗水與啤酒的臭味。我必須強忍住嘔吐的衝動。

「她不掙扎就不好玩了，」羅格發現我自願張腿時曾這麼說。

他們從不直接對我說話。強暴我時是這樣，事前和事後也一樣。他們總是彼此交談說到我，彷彿我是一隻長期陪伴他們的忠心寵物。

他們放我出來告訴我要回家了時，我幾乎感覺不到開心。

他們已經把東西都收拾妥當。我只需跟在他們後面走。

橡皮艇還在原來的地方，他們把東西一股腦放上去。氣氛已經和來時大不同了。一觸即發。我保持沉默，以免激怒他們，惹禍上身。

在小屋裡忍受兩天的惡臭後，再次呼吸到海邊的空氣感覺彷彿重獲新生。我坐在小艇尾端，望著島上的岩石與樹林。我不禁想，它們和來程初見時看來如此不同。光線不一樣，觀者——也就是我——也已經是不一樣的人了。

我們爬上帆船，托馬斯隨即啓動引擎。他作勢要我過去。我站起來，慢慢走向他，身上裹著一條剛剛找到的毯子。

我雙臂環抱自己，耐心等候。

一陣冷風襲來。

「妳不可以說出去。永遠不可以。聽到沒有？」

我沒有回答。

托馬斯放掉船舵，抓住我的手臂，盯著我的眼睛。

「聽到沒有？妳就是一個爛婊子。妳要是敢說出去，我一定打死妳。」

然後他微笑，眼底閃光再現。

「不過妳爲什麼要說出去？妳喜歡得很——我看得出來。」

托馬斯摟住我，而我沒有反抗。雖然他的碰觸讓我厭惡至極。我在船頭感覺他的目光在我身上那一幕彷彿已是無限久遠以前的事。懷抱希望已經是無限久遠以前的事。

「她不會說出去的，」瑟巴斯欽說。「我保證讓她不敢說出去。畢竟，她從頭就是我訓練出來的。」

我凝望海平線，一隻手按住前胸，僵硬地站在那裡讓托馬斯摟著我。媽送給我的項鍊不見了。美麗的銀淚墜子和鍊子都掉在木屋裡了。我轉頭。伊克桑島已經消失在視線範圍裡。項鍊永遠不見了。

「我可以去找你吧？」托馬斯問。「你會跟我分享她，對不對，瑟巴斯欽？」

托馬斯捏捏我的肩膀，然後伸出舌頭舔我的臉頰。慢慢地，濕糊糊地。

「我當然可以去找妳吧，瑪蒂妲？妳畢竟喜歡我。」

我緩緩點頭。我聞到他口鼻噴出的啤酒味、感覺上臂傳來被他掐住的痛感，體內突然起了變化。一生頭一次，我明白有時候殺人是必要的。

「我聽說妳在羅馬大有斬獲……」

「好消息傳得眞快，」霏伊說，對著亥米·達·羅薩，一家西班牙美妝用品公司的CEO露齒而笑。

他們不是西班牙最大的美妝公司，但一如義大利的喬瓦尼和他的公司，他們塡補了Revenge在當地製造、銷售、以及物流管理上的缺洞。在大舉揮軍前進美國市場之前，這些是必須先處理好的前置作業。他們剛剛小聊了一下、品嚐人間美味的tapas，現在咖啡上桌，該是談正事的時候了。

「壞消息傳得也一樣快。」

亥米英語說得很好、表達與用字俱佳，只是帶著濃濃的西班牙口音，不過這絲毫不妨礙他們的溝通。霏伊義大利文已經學到很高階，因此大致聽得懂西班牙語對話，只是使用西語表達恐怕力有未殆。於是他們選擇說英語。

「這話什麼意思？」她說，等待回答的同時，拿起隨咖啡送來的巧克力送進嘴裡。

「我在瑞典有很好的朋友。謠傳有人企圖收購Revenge。」

那一片巧克力在她口中彷彿漲大了。霏伊擔心的一刻終於還是發生了。截至目前爲止，她還能設法擋下媒體的報導，而她猜想翰里克也不想要消息外洩——他等著收購成功後再一次投下震撼彈。但斯德哥爾摩不大，商界更是小。她並不意外消息已經走漏到海外。

她接下來怎麼回答將決定一切。她已經爲美國市場投入這麼多時間精力與期望，如果就此腰斬，那麼她乾脆全盤認輸。而如果她眞的這麼做，那麼她根本不配擁有 Revenge。

「謠言滿天飛，從來沒停過，亥米。這你比我還清楚。我猜西班牙這裡也一樣吧。如果我在馬德里打聽一圈，你覺得我會聽到多少關於你和你公司的傳言？尤其，像你這麼有魅力的男人……這些年來關於你的流言一定不少吧？那些八卦雜誌說你交往過多少女友？」

她對他微笑，挺直脖子，眼睛閃爍得比手上的鑽戒還亮。他得意大笑。

「妳說的沒錯。確實有不少指控。」

他身子前傾，對她眨眼。

「不過老實說，大部分都是眞的……」

「這我早就猜到了。你壞壞，亥米，」霏伊咯咯笑道，心裡卻不住嘆氣。

男人。有時她還眞是想不透，父系制度何以在人類歷史上維持得了這麼久。

「很高興知道收購的消息只是無稽之談，」亥米說。「我們很期待能和 Revenge 合作。據我了解，正式合約只剩幾個小細節釐清後就搞定了。我的律師說一星期內就可以簽約。」

「我的律師也是這麼說的。」

亥米喝掉他的 espresso，雙肘撐在桌上，從那頭濃密的亂髮底下凝望霏伊。她很清楚接下來的戲碼。她曾和許多男人開過會、打過這套拳。他們要的都是一樣的東西。先談生意，然後上床，彷彿是既定的流程。

霏伊展露笑顏。過去這些年來，她早已練就處理這種情況的一身功夫。

「我在想……」亥米壓低嗓音，直視她的雙眼。「如果妳今晚沒有別的計畫的話，我可以帶妳去我的一些私人景點看看。我知道所有最好的餐廳，主廚也都是我的好朋友。我在城裡有間公寓，因爲我常常工作到很晚，趕不回我在山區的漂亮別墅。也許我們今晚最後一站可以過去，喝點咖啡然後……」

她招手請服務生送來帳單。

霏伊在腦袋裡大聲嘆氣。這些男人甚至連一點創意也沒有。去他們的獵豔公寓「喝咖啡然後……」。

「太好了，」她說。「不過我這趟還帶了好友順道來度週末，還有她小女兒也一起。她今年五歲，是好動了點，但非常可愛。我當然不能把她們丟在飯店裡，所以我想或許……」

霏伊甜美微笑，看著驚恐在亥米臉上散播開來。

「唉呀，我剛想起來我今天答應太太要回家吃晚餐。實在很抱歉。不過我很樂意爲妳們推薦餐廳，當然是適合孩子那種……」

「噢，太可惜了。那就麻煩你推薦一下餐廳囉。你眞是太好了。」

亥米掏出現金放在桌上，起身頷首。

他伸出一隻手。

「我們下星期再聯絡。」

「好的，」霏伊說，握住他的手。

她看著他走回辦公室的身影，好一陣沒有移開目光。

她輕笑，看了看時間，拎起包包往飯店走。她在瑞典事先查好的店家就位在回飯店的路上。大衛即將得到另一個驚喜。

她拎著兩大包採買物資回到房間時，大衛正在講一通公事電話。他的臉色一亮，以手勢告訴她再五分鐘就好，而她回之以飛吻。這意味著她正好有時間準備給他的驚喜。

在外頭的大陽臺上，她吹著口哨從袋子裡拿出剛買的東西。馬德里的屋頂在她面前豁然展開、延伸到遠方，而她暫時忘卻所有煩惱思緒，專注在這個事實上：她和她心愛之人在她心愛的城市裡。她，這個曾經以爲永遠無法再信任男人的女人。大衛似乎即將結束電話，霏伊趕緊加快速度完成佈置。他終於踏入陽臺那一刻，她應聲轉身面向他，雙手指向桌面。

「請看！」

「這是怎麼回事？」大衛睜大眼睛問。

「既然我把你從仲夏節拉走了，所以我就想，何不把仲夏節帶來給你？我行前就先 google 找好這家離飯店不遠的瑞典食品專賣店。你看！鯡魚、脆麵包、Västerbotten 起司、Schnapps 酒、酸奶油、蝦夷蔥……應有盡有。唯一辦不到的是仲夏柱，我想我們也只能將就一下了。對了，我還做了花圈！」

她咧嘴笑開，拿出她在花店店員協助下快速完成的兩個花圈。她把其中一個戴在自己頭上，然後爲大衛也戴上。他看起來呆萌中帶著性感——一個令她難以抗拒的組合。他擁她入懷，吻了她。

「妳這個瘋狂的小東西。好吧，按照傳統，我建議我們開始圍著仲夏柱跳舞。」

「那我們還等什麼？」霏伊說，拉著大衛走向床、口中哼唱著《小青蛙之歌》。★

大衛建議他們可以去貴賓室，但霏伊堅持要在皇家馬德里隊紀念品專賣店旁的小咖啡館找張桌子坐下來，好觀察匆匆來往的旅客。

霏伊喜歡機場。馬德里的巴拉哈斯機場自不例外。來自地球不同角落的人們川流不息地走過他們面前。偶爾她也會聽到完全無法辨認的語言。父母數落孩子、抱起他們、鼓勵他們、對他們吼叫。空氣中瀰漫著一股期待感。人們終於要見到闊別的心愛之人，或者在忙了幾個月後總算得以休幾天假。

也許她對機場的熱愛源自於她遲至二十多歲才第一次搭飛機。

以馮．英格瓦森的號碼出現在來電顯示螢幕上。霏伊很快按下拒接。

霏伊當天早上和夏思汀通過電話，她告知她以馮又一次不請自來——這回甚至是在仲夏節的前一晚。霏伊嘆氣。她的忍耐已經到了極限。以馮的調查行動似乎完全出自她的個人動機。她不知道她是怎麼查出她過往的身分的，但警方在杰克被定罪後就不曾針對茱莉安一案和她聯繫過。

以馮顯然沒有把自己的調查發現和警局的同事分享。她只是出於嫉妒想要搞垮她，如此而已。霏伊不想再爲這件事擔任何心了。一回到瑞典，霏伊就要著手處理這件事。一勞永逸。她和大衛即將展開同居生活，她也有信心杰克和約斯塔很快就會落網。然後她就要設法把翰里克伸入 Revenge 的髒手趕出去。

大衛正專注地在筆電上工作，偶爾也會接幾通公事電話。他總是一邊來回踱步一邊大動作擺出各種手勢。她喜歡看他工作。喜歡看他的專注和展現的熱情。他偶爾也會沒頭沒腦對她射來問題要她快答。他會問她對於DNA科技應用在健康管理上的商機潛力的看法、或是英國退出歐盟對歐元的影響。她有時能回答，有時不能。她似乎每天都會爲他多折服一點，爲他的知識、專長與專心致力的決心。他是一個有深度的人，而杰克從來就不是。

他終於闔上電腦轉頭向她。

「妳在想什麼？」他問。「收購的事？」

「不，不，我沒在想那件事。我在想……什麼也不想。」

他拿起牛角麵包咬了一口，麵包屑紛紛掉落在他褲子上。霏伊微笑。她再次感到不可思議，他倆竟找到了彼此。

「妳有空看過我的投資提案了嗎，親愛的？」大衛問，擦了擦嘴。

她搖搖頭。

「還沒。」

「好吧。我只是想知道妳的看法。」

「伊娃負責審查所有投資人。這工作應該很快可以完成。我不想讓她們覺得我給你特殊待遇，你知道的。此外就是我昨天告訴你的事——我手頭還有更急迫的狀況得先處理。」

大衛點點頭。

「當然。那倒是。妳這麼做是應該的。我只是好奇妳的看法。」

他移開視線，但霏伊感覺得到他有些受傷。讓伊娃先看看大衛的投資計畫又有什麼關係？他爲她做了這麼多。她何苦死守原則、也不願讓一個對她意義深遠的男人開心一點？她畢竟是信任他的。就算此刻 Revenge 的未來看來有些不保，但往前先想一步又何妨？

霏伊一手放在他大腿上。

「我會交代伊娃優先處理你的提案。」

「沒這必要，」大衛說。「妳說得沒錯。我們不該公私不分，而且妳手頭確實有更重要的事得處理。

霏伊傾身向前，強迫他直視她的眼睛。

「你是一個出色的生意人，你願意出手幫助 Revenge 我再高興不過。對我而言，和一個我本來就熟識且信任的對象合作是最好的事。尤其是現在。我從來沒有現在這麼需要信任與忠誠。」

大衛微笑，額頭的深溝也平復了。他是在害怕遭到拒絕嗎？被她拒絕？或許吧，她暗忖，大衛身上似乎有一絲她之前不曾注意或忽視的男性自負。從另一個角度想，他是個生意人。一個贏家。每回受挫——無論是生意或生活上——在他眼中都是失敗。

「妳確定嗎？」他問，口氣已然平復到幾分鐘前的輕鬆。他愛憐地輕撫她的手。

「完全確定。」

他加重手勁，引導她的手沿著他的大腿往上、直搗他的鼠蹊。她感覺他的堅硬抵著她的手掌。她握住他。

「要我幫你處理一下嗎？」她問。

他點點頭。

他倆在機場從容漫步尋找無人的地點。他們找到一間殘障廁所，快速張望後閃身入內。門一鎖上，大衛即刻掌握局面。

「跪下，」他說，指向自己跟前。

他拉下褲子拉鍊。她含住他。

「看我的眼睛，」他說，她點點頭，開始抽吸。

地板很硬，她的膝蓋疼痛。但霏伊喜歡這種痛感。大衛射在她嘴裡的時候，她直視著他，一口吞下了。★

以馮．英格瓦森一頭亂髮，佈滿血絲的眼睛充滿敵意地瞪著她。隔壁公寓窗子開著，孩童的打鬧吼叫聲清晰可聞。樓下中庭狗吠不斷。

霏伊欣賞警官臉上詫異的表情。她原本打算等她開口，最後決定先發制人。

「我可以進去嗎？」

「妳來這裡做什麼？妳竟敢直闖我家！」

霏伊沒有回答。她倆沉默地打量對方，直到以馮終於讓開一步。門廳一片漆黑，牆邊到處堆著報紙、紙盒和瓶瓶罐罐。屋裡瀰漫菸臭和陳年的塵垢味。霏伊跨過雜物，沿著狹窄的通道往裡走，完全沒打算脫鞋。以馮聞風不動，直挺挺站著。從臉上表情看來她是刻意不招呼她，但霏伊沒多理會。

她經過一間臥房和廁所，終於抵達昏暗的客廳。百葉窗拉了下來，電視兀自無聲播放。霏伊打開電燈開關燈卻沒亮，她於是一個箭步上前拉起百葉窗。光線進入室內，混亂一覽無遺。

牆上到處貼著希臘的圖片。土耳其藍的洋面與白色建築沐浴在燦爛陽光中。沙發後面的牆上掛著全客廳最搶眼的裝飾：一張裱框的《媽媽咪呀》電影海報。

霏伊的心砰砰急跳。她知道接下來幾秒鐘將決定一切。

她必須阻止以馮繼續四處打探。她不能讓她毀了一切。霏伊不能冒這個險——現在尤其不能。

「妳到底來這裡做什麼？」以馮再次問。

「感覺很奇怪嗎？」霏伊對她露出一閃而過的冰冷微笑。「妳來找過我好幾次，我現在只是回敬妳而已。」

「那不一樣。我是警員，我在調查案件。那是我的職責所在。」

她聲音不帶情緒。

「不，妳不是在調查案件。我的前夫早已因爲這個妳相信是我幹的案子被定了罪。妳就是衝著我來的。根本沒有所謂調查，一切都只存在於妳的腦袋裡。除了妳以外，沒人覺得還有值得調查的事。妳從頭就是單獨行動，對吧？」

以馮沒有回答。

「我就當妳默認了。」

以馮嚥下口水。她嘴唇微顫。她在自己家中和找上霏伊時相較起來，神情氣勢竟像不一樣的人。她的意外來訪似乎讓她動搖了。

「妳幾歲？五十五？」

「五十九，」以馮應道。

沉默再次降臨。霏伊開始感到洩氣。雖然以馮願意回話了，她卻不覺得自己的話讓她聽到了。眞的聽到。她一副等著瞧的模樣。

「妳的夢想是什麼？」

以馮換條腿站，沒有開口。

「妳工作了許多年。薪水很爛，工時很長。沒人感謝妳維持斯德哥爾摩的安全。妳沒有自己的家庭，下班後就是回到這個老鼠洞看妳的電視。妳嚮往希臘。妳還有六年退休，如果他們沒先炒了妳的話，畢竟妳和眾人格格不入。可退休後妳也只是慢慢等死而已。」

霏伊意味深長地嘖了一聲。「不過我偏偏喜歡和人格格不入的傢伙。」她自言自語道。

她望向牆上的圖片，視線最後停留在《媽媽咪呀》電影海報上。白沙。碧海。碼頭。遠方的遊艇。開心微笑的人們。突然間她明白自己要怎麼打動以馮．英格瓦森了。人人都有價碼。而她剛剛頓悟了以馮的價錢。★

費耶巴卡——昔日

風變強了。我坐在船頭，凝望海面暮光，手緊抓欄杆以免落海。在此落海必死無疑。海流會把我往下捲走，我的屍體恐怕永遠見不了天日。然後惡夢與恐懼也將煙消雲散。這想法吸引著我。但除了知道媽會傷心欲絕外，我也明白自己永遠不會這麼做：世界可以淒慘黑暗，卻也可以光明美麗。像媽。她是我的光。我們必須遠走高飛離開這裡。

到處都有快樂的人。報刊裡、電視上、廣播中。我看到他們的臉，聽到他們的笑聲、他們的故事。我讀的小說裡也都是他們。我們在費耶巴卡的鄰居有些看起來也很快樂，雖然他們離地獄僅一門之隔。我們的黑暗似乎不會浸透過院子的邊界。但誰知道呢？我看到的只是表面。就好像他們也只看得到我們的表面，透過他們的廚房窗子和隔著矮叢交換的那幾句關於草坪保養的閒談。

我不幸生在錯誤的家庭。一個從頭就已經破損失能的家庭。我必須脫逃、撥正、修補。媽沒有那種力量。都靠我了。

羅格和托馬斯不可能閉嘴。他們以爲我會說出去，但我知道他們才是會四處張揚炫耀的人。那些我一直維持沉默的事，那些在我們關起的家門後方發生的事。家庭的祕密。一切都將被攤開來。我不能讓這樣的事情發生，媽撐不過去。這也是她的祕密。

我想起瑟巴斯欽站在窗邊那一幕。在他們強暴我之後。在他們強暴我之時。他的臉和爸的好像。噩夢不會停。一切都會繼續。突然間，事情變得無比清晰，我知道我必須採取行動。

瑟巴斯欽？我對他只有恨，但媽愛他。我可以爲媽饒了他。試著饒了他，我無法保證。再也無法保證。至於其他兩人……他們死定了。

霏伊拿出手機，撥了她在英國的律師喬治·威斯伍的號碼。電話接通時她心臟砰砰急跳。一切都取決於此了。

以馮皺眉看她。

鈴響四聲後律師接起，霏伊簡短致意後立刻切入正題。

「我要在希臘買房子。在島上。想像《媽媽咪呀》。一切處理好後我要你把產權轉移到我一個朋友的名下。」

以馮睜大眼睛，嘴巴微張。她很快閉上嘴。霏伊明白自己成功了，霎時放鬆下來。

「我要你盡快處理這件事——這是一個對我非常重要的朋友，喬治。」

「**當然**。」

以馮開始在客廳裡來回踱步。她看來彷彿在和內心的自己爭戰，但霏伊剛剛捕捉到的表情與情緒變化告訴她：她已經贏了。

「讓我告訴你這個朋友對我有多重要。轉移產權的時候，請你一併轉進三百萬克朗到相關帳戶，用以支付後續可能的開銷。」

以馮停下腳步，瞪著霏伊。她眼中的敵意已然消失。此刻的她臉上只剩下震驚。

「從開曼群島的帳戶轉出嗎？」喬治問。儘管這段對話內容並不尋常，他依然維持一貫的專業與冷靜。甚至有些饒富興趣。

「是的，就這麼辦。我晚一點會送更多細節給你。謝了，喬治。事情辦好了請通知我。」

霏伊站起來，把手機放回包包裡。

「妳這是在試圖賄賂我嗎？」以馮說。

「不。我剛剛做的只是為一個我覺得值得的朋友在希臘買了房子。就當作是來自一位感激的市民為妳多年來貢獻治安的謝禮吧。」

以馮看著她。霏伊微笑。她了解像以馮這種人。心懷不甘與苦澀，嫉妒霏伊到非要毀掉她不可。但霏伊現在為她提供了展開新生活的可能，她知道以馮的自保本能將會勝出。霏伊提供給她的遠遠超過她毀掉霏伊所能得到的。一項危機解除。現在她可以專心處理 Revenge 的危機了。

回到家的時候，霏伊看到夏思汀正在她的公寓裡等著她。雖然她們擁有彼此公寓的鑰匙，卻鮮少真的用到，除非是替對方看家時進去檢查公寓狀況。她已經跟大衛說明自己一年只會在他們共同的家住半年，但他還是不懂她為什麼要花那麼多時間待在義大利。她給了他和之前給過媒體的同一個理由：她需要在另一個國家的另一個家，一個不會處處讓她想起茱莉安的地方。他並沒有被完全說服，反過來試著說服她、要她留在瑞典和他一起製造新的回憶。她明白自己在不久的將來就必須對他坦承一切，到時他就能了解。她不明白的是自己為何一直找理由拖延開口。她信任他，所以這不是信任的問題。她害怕的是等他發現她的真實面目後，又會怎麼看待她。

「哈囉！妳怎麼跑來了？」

夏思汀開了一瓶酒，備妥兩只酒杯。她拍拍自己旁邊的沙發座位。

「我訂了明天飛孟買的機票，想跟妳討論看看有沒有必要改期。在這種多事之秋，我實在很擔心妳。我感覺自己是在妳最需要我的的時候拋下妳。」

霏伊坐下，拿起酒杯讓夏思汀爲她倒酒。確實，霏伊心裡有很多事。她已經決定不要告知她母親關於約斯塔脫逃的事，她猶豫了一下要不要讓夏思汀知道。但夏思汀知道了又能怎麼樣？她已經讓朋友爲她擔太多心了。她啜飲一口酒，嘆了長長的一口氣。

「確實是多事之秋啊，夏思汀。不過沒什麼是我處理不來的。妳已經盡了全力，帶我們一起走到這一步。現在該是換伊娃和阿麗思上場的時候了。妳在印度的時候，伊娃會接手股權異動的記錄。此外，大衛給了我很多力量，讓我可以繼續戰鬥下去。他對我愈來愈重要了。」

「妳和他在很短時間內就變得這麼親密。妳對他了解到底有多少？比我找到的多嗎？」

霏伊一隻手放在夏思汀手上。

「我知道妳過往和男人的經驗並不愉快。喏，其實也只是一個男人。天知道我也一樣。但這次的感覺不一樣。我在他身邊感覺很安全。」

「嗯。」夏思汀表情依然持疑，緩緩啜飲紅酒，閃避霏伊的目光。

霏伊搖搖頭，改變話題。她們聊起茱莉安，聊起那個油腔滑調的亥米。她們如以往聊天大笑，卻似乎無法找回曾有的那種親暱感。★

伊娃與霏伊在霏伊的辦公室裡。透過窗子，斯德哥爾摩美景一覽無遺。天空覆著一層薄雲，陽光偶爾破雲而出揭露洗窗工人遺漏的角落。

「妳在阿麗思家覺得安全嗎？」霏伊問。

「是的，而且我覺得阿麗思就像妳說的，很高興有我們的陪伴。」

「很好。我們要互相支持打氣。有杰克的消息嗎？」

伊娃渾身一顫。一如每回提到杰克的名字時。

「沒有，」伊娃說。

「希望他們很快就會逮到他。」

伊娃點點頭，把筆電螢幕轉向霏伊。

「我盡了所有我想得到的辦法阻止收購。但太多股東出售持股了，我們離接收已經不遠了。我想我們遲早必須啓動阿姆斯特丹計畫。」

霏伊不安地搖頭。

「我不知道，伊娃。我真的不知道。杰克入獄、Revenge 起飛，我以爲這場仗已經打完了，我終於可以放鬆享受人生。可現在，我卻感覺自己彷彿在玩蒂沃尼樂園的打地鼠遊戲，敵人不斷從不同地洞冒出來。打了一個另一個又冒出來。我不知道自己還能繼續玩多久。這甚至值得嗎？」

她推開筆電。

「我不缺錢，至少可以這麼說。我其實不需要工作。我大可把時間花在其他事情上。比如說大衛。誰知道結果會怎樣？而阿姆斯特丹……阿姆斯特丹是一步險棋。稍有閃失就引火自焚。」

伊娃看著她，緊抿雙唇。

「妳說這些話的模樣，我幾乎認不得是妳了。我們還有方法可以試。妳可以自己買回那些股份。妳不缺資金。妳還有戰力，卻打算不戰而降。這不是我認識的霏伊。妳眞的打算就這樣讓翰里克贏了？」

她嘆氣。

「妳怎麼說我就怎麼做。妳畢竟是老闆。」伊娃聳聳肩。「但我必須要說，我認爲妳如果沒有全力反擊，將來一定會後悔。」

霏伊沒有回答。她用手指在桌面胡亂塗鴉。她的手機震動了一下。是大衛傳訊來。霏伊臉上不住泛開微笑。

伊娃傾身靠近她。

「妳看起來很快樂。」

霏伊點點頭。

「我從來不曾和一個男人在一起這麼快樂過。我想我愛上他了——我聽起來像個靑少年。我們兩個都是。」

「很好。妳比誰都值得。我期待早日可以見到他。」

「我們會安排。只是他現在很忙，還有他那個離不掉的前妻。」

霏伊動了動身子。她對自己接下來要對伊娃提出的要求感到有些不自在。尤其是在她們剛剛的討論之後。她對她的前任情敵了解夠深，知道她一定會覺得不以爲然，竟讓自己的個人感情凌駕專業。另一方面來說，Revenge 是霏伊的公司。伊娃是她的員工。霏伊想怎麼做都可以。但無論如何，疑慮還是啃噬著她。

提出這樣的要求同時也暴露了她自己，透露了她的不全之處。她透過大扇玻璃門環視整間辦公室——玻璃門她當初堅持裝上的，她在的時候好讓員工隨時看得到她。身兼執行長與董事長二職，大部分員工都是她親自面試僱用的。她在她們身上投注了時間與金錢，期待她們在個人與專業上都有所成長。她不能讓她們失望。

去他的，她想。

「說到大衛，他想要投資我們，」她盡量以不帶感情的口氣說道。

伊娃表情嚴肅地點點頭，沒看霏伊。

「很好。」她話聲謹慎。

「我想要妳盡快審查他的提案和財務狀況。」

「妳要我優先處理他？」

霏伊點點頭。

「好的。沒有問題。我剛說過，妳是老闆。」

兩人沉默了一陣。霏伊靠躺在椅背上，打量著伊娃，而伊娃則鐵了心緊盯筆電螢幕。

霏伊深呼吸。「妳以爲我會不管他的提案好壞、堅持讓他入股嗎？」

伊娃抬頭。

「不，我不覺得妳的專業程度會允許自己這麼做。我敬仰妳，也相信妳知道怎麼做對Revenge 最好。我才加入 Revenge 幾星期，我怎麼想會很重要嗎？」

「對我很重要。」

伊娃嘆氣，闔上筆電。她一手撫過額頭。

「你們才認識多久？一個月？你們陷入熱戀，打算同居。這一切都很好。但把 Revenge 扯進去？我不知道。我覺得這是開啓了麻煩的大門。不要重複妳先前犯過的錯誤。還有，妳似乎不太擔心自己是不是還有公司可以讓人投資。所以老實說，我覺得妳剛剛的要求只是問問。畢竟這間辦公室很可能明天就不再是妳的了。」

霏伊怒火漸漸燃起。

「他打算做個被動投資人。他坐擁大筆資金，而他正好相信 Revenge 將在美國大放異彩。他**相信**我。他是我遇過最好的男人。他和其他人不一樣。」

伊娃舉起雙手，手掌面對霏伊。

「我剛說過，妳愛怎麼做就怎麼做。」

「但是？」

「沒有但是。」

「我覺得妳話沒說完。」

霏伊這下被激怒了。氣自己竟然生氣、氣自己就是忍不住要問伊娃的意見。也氣伊娃多管閒事，雖然根本是霏伊堅持要她說出想法的。

「我不能說我認識尤漢娜．席勒，」伊娃說。「不過我在幾場飯局上見過她。她看似個講理的人，不像妳描述的那樣瘋狂好鬥。也許妳該聽聽她的說法。如果妳和大衛眞的打算同居的話。」

霏伊嗤之以鼻，大搖其頭。她傾身靠近伊娃，伊娃冷靜地迎上她的目光。

「人是會變的。很久很久以前，杰克也曾是個講理的人。但妳和我都再淸楚不過他變了，且深受其害。尤漢娜不計代價要把大衛留在她身邊。她甚至搬出女兒對付他——臨時改變計畫帶她們出國玩。拒簽離婚證書。」

「妳是怎麼知道這些的？」

「我是怎麼知……」

霏伊住口。

她爲伊娃做了這麼多，而且是不計前嫌。此刻她竟坐在這裡，指控大衛說謊。她深呼吸，平靜自己、穩住聲音。

他。」

「因爲他這麼告訴我。因爲我看得出這一切幾乎毀了他。她試圖利用他們的孩子來擊垮

伊娃雙手一攤。

「妳說的或許沒錯，」她話聲低沉。

霏伊繼續盯著伊娃，而伊娃的視線始終落在桌面上。霏伊餘怒未消，但在接下來的話出口前她就已經後悔了。

「我比誰都了解這種折磨。事實是，這局面似曾相識不是嗎？妳藉著成爲茱莉安最好的朋友來打擊我。這就是妳當初的計畫不是嗎？在我失去一切的時候和杰克扮演起完美父母。目的在擊垮我。」

「妳這麼說並不公平，」伊娃低聲說道。「妳自己很清楚。」

霏伊雙手顫抖。

「從現在開始，妳對我的私人生活有什麼意見都不干我的事。專心做好妳的工作。股權再有變動隨時通知我。」

她抓起包包，起身動作快到翻倒了椅子。她冰冷地看了伊娃最後一眼，轉身離去，狠狠甩上門。其他員工應聲抬頭，但很快又收起視線回到各自的電腦螢幕上。★

霏伊漫無目標地沿著利丁厄的窄街駛去。美景如畫的市郊，成蔭綠樹與小咖啡館自窗外往後退走。一切如此完美。精心設計過而少了人味的完美。

她永遠不可能住在這裡。

霏伊後悔對伊娃發脾氣。畢竟是她自己想聽她的意見。強力要求。把自己朋友放進兩難的局面裡。但伊娃也越界了，指控大衛說謊。大衛為什麼要說謊？霏伊親眼看到每回和尤漢娜通過話後，大衛失魂落魄的模樣。親眼看到她是如何不計代價要毀了他的生活。把伊娃雇進Revenge會是一個錯誤嗎？她是否錯估了她？也許她心懷嫉妒？會不會她偷偷地把自己一切不幸全部怪罪在霏伊頭上？怪她害她和杰克分手、害她被逐出業界？

霏伊把她從陰溝裡撈出來，即便她還背負著伊娃加諸在她靈魂上的傷疤。就像用遺落的夢想織成的隱形補綴。而今霏伊終於開始痊癒、終於找到了真愛，伊娃卻不肯讓她享受這一切。多虧霏伊，她住進了阿麗思家。多虧霏伊，她有了份好工作。最重要的是：她有女兒陪在身邊。而霏伊卻被迫和茱莉安分離兩地。她思念她思念得心都碎了。

霏伊駛過利丁厄購物區，差一點輾過一隻突然衝出的橘毛貓。她拿出手機打電話給大衛。她需要聽到他的聲音。電話響了卻無人接聽。

「媽的。」

電話接到語音信箱時，霏伊失望地把手機扔到副駕駛座上。她深呼吸，駛上利丁厄大橋。她踩下油門，一路蛇行。儀表顯示她的時速高達一百二十公里。她享受速度的快感。她沒有走通往市區的新開隧道，而是直駛向雅德區。她放開油門，緩緩駛過將近二十年前她和杰克的初吻之處。一個飛快的淺吻。然後他就轉身走開，留她在原地。那個吻，那一夜——她的人生就此改變。種下茱莉安來到人世的機緣。

她喉頭一緊。淚水刺痛眼皮。

「振作起來，」她喃喃自語。

她繼續前進，朝于高登島駛去。她感覺自己平靜多了。

霏伊把車停在一條離卡納斯電視塔不遠、穿過樹林的小徑上。她關掉車子引擎，享受那份寧靜。她伸手拿來手機，思考片刻，然後編造假名再從一個美國女人的臉書頁面偷了幾張照片，在IG註冊了一個新帳號。

她隨機加了幾個陌生人爲好友，接著搜尋尤漢娜．席勒的名字。她的帳號設定爲私人。一千四百八十九個追蹤者。「蓓特拉．卡爾松」希望成爲她的第一千四百九十號追蹤者。★

費耶巴卡——昔日

我們航經的小島與礁岩在暮光中成了一抹抹沒有形狀的暗影。這裡是修班南，一個由沼澤、崎嶇岩岸與荒原組成的區域。偏遠而荒涼，導致附近水域尤其詭譎莫測。

自古水手便視修班南爲畏途。缺乏外圍列島屏障意味著此地完全暴露在險惡的天候之中。

托馬斯從船艙裡爬出來，睡眼惺忪地揉揉眼睛。他和羅格交換了幾句話，我認定他們是在說我。也許他們還是擔心我會把事情說出去。瑟巴斯欽不見人影。如果他們決定把我推下船去，他會抗議嗎？不，我了解我自己的哥哥。他害怕挨揍——能讓他敬重的只有力氣和恐懼。

橡皮艇被收在船尾。我往那邊走去。強風吹襲拉扯我的身上的衣物。船尾水面有許多引擎葉片打出來的浮泡。船槳被收放在小艇裡。

羅格和托馬斯懷疑地打量我，盯著我往船尾走去、坐定在離他倆不遠的地方。

「小心點，」托馬斯說。「風很大。妳應該也聽過人們是怎麼說修班南的吧。」

「沒聽說過，」我說，雖然我其實非常清楚。更讓我訝異的是他竟突然關心起我來了。

「如果在這裡落水注定屍骨無存。會被水流捲下去，懂了吧。」

他轉向羅格，從木箱裡拿出最後一罐啤酒打開了。

我慢慢不動聲色地探出手去、搜索船槳。一道浪打來，船身震跳了一下。我環抱自己以免撞上欄杆。幾秒後，我再度嘗試。

船行至近外海處，一艘貨輪進入視線範圍。大船燈火通明，彷彿橫倒的摩天大樓。

我感覺手指碰觸到木頭粗糙的表面，悄悄把木槳往自己拉近。我輕輕地把它放置在腳邊，瞄了一眼托馬斯和羅格。他倆站在海圖前低頭研究，神情嚴肅。

我深呼吸。第一滴雨落下來，沾溼我的額頭。我張嘴吐舌，閉上眼睛。蓄足力氣。

我站起來，手扶著欄杆。下一秒，我張嘴吸氣讓肺部灌滿氧氣，然後死命放聲尖叫。叫聲如此淒厲迴盪，或許是過去幾天被囚禁在木屋裡的恐懼也一併釋放了。托馬斯與羅格往我直衝而來。

我無言地指向水面。

「在那裡，」我喘氣道，然後深吸一口氣、再次開始尖叫。

他們和我錯身而過走向船尾、探頭望向海面，就在那一刻，我往後退一步抓緊船槳。我舉高，然後使勁朝他倆揮過去。我知道我必須同時擊中兩人。船槳落下的瞬間，托馬斯正好回頭了。但他沒有時間反應或做任何事保護自己。船槳擊中兩人胸部，他倆雙雙翻過船緣欄杆。海面水花聲傳來之前，我聽到一記哀嚎。

我放掉船槳，蹣跚向前，想要親眼目睹他倆消失、死去。

托馬斯竟抓住了欄杆，死命抓緊不放。我迎上他的目光，只看到滿滿驚駭。我注視著他，不發一語。

「求求妳，救救我，」他哀求道。

他的手在發抖，關節發白。他試著用兩手抓住欄杆把自己撐上來。我默默傾身向前。我張嘴，對準他的手指狠狠咬下去。

我的牙齒深深陷進他的血肉裡，直抵骨頭。他終於放手了。他尖叫，墜落，撞擊水面。他的身影倏地消失在水面下，只剩寂靜。

大衛打電話來時，霏伊剛把車停妥在地下停車場、搭上電梯。他解釋他會晚點到。又是尤漢娜。她跟他要錢，威脅要打電話給他投資金融圈的同事詆毀他。

「前幾天，她說要去報警說我攻擊她。我一忍再忍都是爲了女兒。但我等不及這一切終於結束、終於只剩我和妳的時候了。」

「我也是。」

大衛口氣如此認命。要是伊娃聽得到這通電話就好了，她至少會重新考量她的態度。至少。

沒錯，她是和尤漢娜吃過幾頓飯。然而在社交場合上，人們總是拿出最好那一面——他們寧可捐出一顆腎臟也不願自己的完美表面出現裂縫。人類是群居的動物，最大的噩夢就是遭到群體的驅趕與排擠。像尤漢娜・席勒那種人當然可以壓抑個幾小時、只展現自己最溫暖人性的一面。更何況天知道她是不是一直都像大衛現在描述的她一樣。人是會變的，她說過很多次了。這一點她比誰都清楚。

杰克剛離開霏伊的時候，她一度陷入瘋狂。她完全忘記自己是誰。或者自己爲什麼落到這步田地。

她和大衛說了再見——他承諾九點會到——電梯正好也抵達她的樓層。電梯門打開後，她左右張望，確認杰克或她父親沒有在門口等她，然後拿出鑰匙火速打開家門與安全鐵門。

公寓內部空蕩無人。美麗卻沒有家的感覺。一個家需要生活、需要其他人和故事。

霏伊放下包包，推開通往陽臺的落地窗讓新鮮空氣進來。她好想念茱莉安和她母親。她拿出一只 Revenge 檔案夾，裡頭是等待她最後批准的美國產品清單。她了無生趣地跳看幾行，嘆口氣，把檔案夾放到咖啡桌上。

她做不到。今晚做不到。如果連公司都快不保了，她又何苦花這麼多時間處理產品在美國上市的計畫？

她拿來手機，給阿麗思發了簡訊。

我今晚得出門透氣。一會斯壯德橋餐廳見。我會把大衛也叫來。★

斯壯德喬餐廳裡的派對氣氛已經非常高昂了。一名DJ正在播放艾維奇的電音作品。一艘掛著餐廳標誌的遊艇正緩緩駛離碼頭，甲板上二十幾個二十來歲的年輕男女正開心地隨樂音蹦跳。

「我感覺自己好老，」霏伊咕噥道。她倆正站在隊伍中等待入座。

「我不會。事實上還正好相反。我正在吸取他們的年輕活力，」阿麗思說。「對了，這是妳和大衛決定同居後我們第一次見面。恭喜。」

她們互擁，霏伊深深吸進一口阿麗思身上溫暖的香草香水味。

阿麗思美麗出眾更勝以往。她穿著一件白色短洋裝，搭配高入雲霄的高跟鞋，吸引了所有年輕小伙子的目光。霏伊不住微笑。換作幾年前，她只會對她贏得這麼多關注感到惱怒和嫉妒。

阿麗思對著兩個臉上有刺青的男子微笑。阿麗思最獨特的一點是她無入而不自得，到哪都很能融入環境。來自各種社會階層、各種背景與年紀的男子全都被她迷得團團轉。

延攬她加入Revenge眞是神來之筆，霏伊心滿意足地暗忖。

餐廳領班是個穿著白色polo衫和短褲、頂著一頭油亮棕髮的年輕男子。他認出了霏伊。

「老實說，我們今晚其實客滿了，但爲了兩位超級大美女，有什麼是我不願意做的呢，」他說，揮手把她倆引到一張空桌邊。

阿麗思大方笑開，霏伊則猛翻白眼。

「有夠浮誇的傢伙，」她低聲咕噥。

領班站在桌邊，爲她們拉開椅子協助入座，然後交代一名服務生：

「先爲女士們送兩杯飲料來，待她們慢慢決定今晚想吃什麼。」

不消時，兩人手中都多了杯香檳。

「馬德里之旅如何？」阿麗思問。

霏伊微笑。

「這麼棒？」阿麗思說，舉起酒杯。

她們讓酒杯撞得哐噹作響，然後同時爆出笑聲、裝腔作勢道：

「『眞難看』！」

她倆再次大笑，然後大口飲酒。

「大衛呢？」阿麗思問。「我等著見到他本人、問問他是怎麼把到妳的。」

「他晚點到。會讓妳見到的。」

「終於。」

霏伊過去幾小時的惡劣心情在阿麗思陪伴下即刻蒸散無蹤。生命感覺一點也不複雜，充滿樂趣與刺激。

她們點了帕瑪森起司烤蝦佐酸糰麵包和一瓶白酒，然後往後靠躺在椅背上。一艘滿載好奇遊客的船緩緩駛過，激起的水波讓她們桌位所在的木碼頭愉悅地上下震盪。

她終於不再想大衛和尤漢娜的事了。阿麗思告訴她翰里克最近發動一波追求攻勢想要挽回她。他承諾他會改變、會去做夫妻諮商、還會減少工作量。

阿麗思細數這一長串承諾時，雙手緊緊握拳。

「妳打算怎麼辦？」霏伊問。

「沒怎麼辦。一個女人的忍耐是有限度的，耐心用光就是用光了。何況我現在日子有趣多了。我以前喜歡當專職媽媽、心力都放在家庭和孩子身上，因爲那樣的日子舒適又安穩。但我永遠不想再依賴男人了。永遠不想再在自己生命中當個臨演。更不用說我絕對不接受那種小老二加爛技巧的組合。」

霏伊大笑出聲。然後她說：

「阿麗思，我有事想問……」

「等等，」阿麗思說，舉起一隻手指。「我得去洗手間。這酒直進直出的。」

阿麗思推開椅子站了起來。

霏伊看著她的背影，聽到包包裡傳來手機鈴聲。是ＩＧ的即時通知。尤漢娜．席勒接受了她的追蹤。正要回到個人頁面時，霏伊看到大衛走上碼頭，正在張望。她收起手機，稍稍起身對他揮手。★

大衛親吻霏伊後落坐在她旁邊。阿麗思幾分鐘後回來，和大衛幾乎是一見如故。霏伊注意到大衛和所有男人一樣，多少也受到阿麗思在場的影響。

阿麗思頭一仰，被大衛說的什麼話逗笑了。他身子前傾跨過桌面比手畫腳，阿麗思又是大笑。

他們顯然投緣。會太投緣了嗎？霏伊感覺大衛的手在她大腿上，聽到他倆笑聲卻彷彿隔著濃霧。她對大衛到底多了解？她該不該認真看待和伊娃的對話？也許她該和尤漢娜見面聽聽她的說法？

「霏伊？」

交談中斷。她轉頭來回看著兩人，一臉不解。

「妳覺得如何？這樣很棒吧？」

阿麗思雙眼閃閃發亮。

「抱歉，我可能喝多了。我覺得什麼怎樣？」

大衛關心地看著她。

「妳還好嗎？」

她手一揮。

「頭有些暈，要怪也只能怪我自己。和酒。」

她盡責地加入談話，雖然依然心不在焉。她把手放在大衛的手上。

和某人在一起並不意味著不會再受其他人的吸引。大衛顯然覺得阿麗思很迷人。他並沒有因爲即將和霏伊同居而變成沒有血肉的機器人。就像霏伊一樣，大衛當然可以覺得別的女人很性感、可以幻想她們、可以想到她們就血脈賁張、可以看到一個女人就很想要她。

這其實是很健康的一件事。不管腦中浮現的是什麼畫面。知道自己的伴侶很迷人讓人不敢掉以輕心。讓人更努力爲這段關係付出。爲自己付出。如果霏伊不必擔心失去大衛，她還會受他吸引嗎？人們尋找伴侶時的動力大致也是同一回事。這也是有些人就是比其他人更富魅力的緣由。

但如果霏伊知道，大衛除了她不會再有別人，她還會想要他嗎？

杰克不也正是因爲知道霏伊別無選擇，才會肆無忌憚一次又一次出軌？她無處可去，完全離不開他。她被困在籠子裡。經濟上，情緒上。在她的世界裡，杰克是神。但在杰克的世界裡，霏伊只是一個玩具，一個別人搶不走的玩具。

禁止和壓抑一個人的念頭，只會讓那些念頭迴盪得更響亮、更拚了命想要衝破藩籬。虛構的想像終於變成事實。如果大衛幻想和阿麗思上床，又有何妨？何苦讓他苦苦想像？爲何不丟下一句「嘿，你們倆一起回家，我們明天見」？

理論上來說，這或許行得通。霏伊在過去幾年間對情緒與性愛的理解足以讓她避免陷入無謂的嫉妒。足以讓她理解打炮就只是打炮。但她同時也知道自己想要加入。

這個領悟彷彿當頭棒喝：她也想要阿麗思。不是想要她作爲伴侶、不是想要和她分享生活，只是現在此刻想要她。她想要吞噬阿麗思，她的身體、她的靈魂。想要被反映在她的美麗裡。因爲阿麗思如此迷人。因爲她是女神。

遙不可及，高不可攀。

她望了一眼阿麗思。然後轉移視線到大衛身上。

她緊捏大衛的手。

她感覺這個念頭在她身體裡生了根。搔刺著她。愈來愈壯大。

「你們不覺得這裡太吵了嗎？」她說。「要不要一起回我公寓去？」★

壁爐裡的柴火劈啪作響，橘紅火光映得阿麗思和霏伊舞動的身軀成了白牆上兩抹閃爍的影子。通往陽臺的落地窗開著，阿巴合唱團的《Dancing Queen》樂音流洩，和清朗夏夜融合成爲一體。

她們雙手握拳、高舉過頭，然後又把拳頭當作麥克風，揚聲高唱副歌。

大衛坐在一張扶手椅上啜飲威士忌。他鬆開了襯衫領口。他的眼神迷濛帶著醉意，嘴角掛著一抹微笑。霏伊喜歡看他微笑——他的微笑令她興奮，腿間濕潤。

「跟我們一起跳，」她喊道，揮手邀他加入。

她感覺大權在握，看著他起身、朝她們走來。局面由她們掌握：她和阿麗思。是她們邀請他，主動權不在他。她們決定事情進展的節奏與旋律。帶領這支舞的人是她們。

那一刻，霏伊想起她從不曾看過大衛跳舞。他放鬆，隨樂音踩踏舞步往一側去，然後又搖擺著回到她們身邊。

「我從高中畢業後就不曾喝得這麼醉了，」他說。

「我也是。我也從來不曾跳這麼多舞，」阿麗思喊道。

跳舞和酒精讓霏伊拋開一切煩惱憂慮。唯一重要的是此時此刻、在這個房間裡。和兩個對她意義重大的人，在斯德哥爾摩這個清朗的夏夜裡。

其他一切都可以等。世界可以等。

阿巴一曲終了，接之以急救包樂團*的《Fireworks》。

他們身子後傾，手往前伸再收回，握拳當作麥克風開始唱和。

阿麗思一頭金髮放了下來，身軀隨旋律搖擺，如此性感，卻又如此隨性、蠻不在意——雖然她理應知道自己有多麼美麗迷人。霏伊一把抓住阿麗思拉向自己，吻了她。

她的嘴唇柔軟濕潤。她的舌頭帶著薄荷與酒精的氣息。她倆緊貼彼此，而當阿麗思用鼻子輕輕撫弄霏伊的下唇時，她感覺一道電流竄過身體。

霏伊轉頭。大衛已經回到扶手椅上，一言不發，著迷似地看著她倆。隔著兩人身上的輕薄衣料，她感覺得到阿麗思硬挺的奶頭。她倆身軀交纏，挑逗地望向大衛。

她感覺得到阿麗思和她同步了。她倆的親吻由戲鬧轉爲飢渴，訊息明確不容錯讀。

她和阿麗思一起走向大衛，在離他咫尺之處停下腳步。霏伊站到阿麗思背後，緩緩勾起她的洋裝肩帶往下推。白洋裝滑落在她腳邊。她赤裸地站在大衛與霏伊之間。大衛抽氣，沒有移動。他聞風不動地坐著，手握威士忌酒杯擱在大腿上，視線定在阿麗思身上。

「你喜歡她嗎？」霏伊問，一邊揉捻阿麗思的奶頭。

阿麗思呻吟，頭往後靠在霏伊肩膀上。霏伊的雙手慢慢往下探索，停駐在阿麗斯腿間。一

---

* First Aid Kit：成軍於二〇〇七年的瑞典創作民謠二重唱。

片濕溽。她開始用自己最喜愛的撫弄方式撫弄她。

「你喜歡她嗎？」她再問。

大衛緩緩點頭。他解開褲頭，掏出堅挺的陽具，用右手由上而下輕輕搓弄。霏伊繼續愛撫阿麗思，看著大衛的手上下移動。

阿麗思朝大衛走近一步。她跨騎在他身上。她隨著音樂節奏前後摩挲他的大腿。她刻意忽略他的堅挺，甚至撥開他的手。然後她開始磨蹭它，卻不接納它。霏伊繞到扶手椅後方，解開大衛的襯衫。她用手指繞著他的奶頭畫圈，進而揉捏。霏伊的手接著轉移陣地到阿麗思胸前。她身子前傾、跨過大衛，阿麗思濕潤的舌頭迎上她探索的舌尖，摩挲大衛陰莖的動作不曾停過。

大衛彷彿癱瘓了，完全任由她倆控制。

「摸她，」霏伊在他耳邊低語，抓起他的手碰觸阿麗斯的胸脯。

霏伊挺直身子，褪去衣衫，把阿麗思拉到面前，親吻她，然後壓住她的頭往下、塞向自己腿間。她呻吟，靠牆穩住自己。

大衛用眼神對霏伊發問，霏伊點點頭。他火速扯掉身上衣物，站到霏伊身邊，正對阿麗思。霏伊對阿麗思點點頭，回應她沒有出口的發問。她並不嫉妒。她是在分享大衛。分享阿麗思。此時此刻沒有任何人擁有任何人。

阿麗思跪在地上，輪流滿足兩人。霏伊迎上大衛的目光，淺淺微笑，咬唇抓緊阿麗思的頭髮。

「輪我們來了。你可以看。來吧。」

霏伊握住阿麗思的手，拉她起身走向沙發。阿麗思仰躺在沙發上，霏伊從相反方向趴上去，讓阿麗思的唇抵在她雙腿間。她開始緩緩舔拭阿麗思。她從眼角看到大衛落坐在一旁，手上下緩緩反覆移動。

她雙眼迷暗，感覺阿麗思的舔撥揉捻。她感覺高潮來襲，嘶喊出聲。她停止動作，翻身滾到巨大沙發的一邊，意味深長地看著大衛。

「我要看你和她，」她說。

他起身走過來。

阿麗思趴跪在地上，屁股朝向大衛。他推進她的體內。霏伊看著大衛戳刺的動作愈來愈激烈，感覺快感一波波竄過身體。她開始撥弄阿麗思的陰蒂，同時感覺到大衛的堅挺推動她的手。她愛撫他的陰囊——它們垂掛在那裡，鬆弛而溫暖。

「喜歡嗎？」她聲音粗嘎，雖然答案早已清楚寫在他的臉上。

一會後，霏伊再也忍不住了——她要他。她的腿間陣陣脹痛，因慾望而濕溽火熱。她趴跪在阿麗思身邊，他立刻轉向她。酒精迷濛了她的視野，一切彷彿隔著層濃霧：燈光、他們赤裸的身體、劈啪作響的爐火。

話聲與喘息。

恍如在夢中。
她的頭開始旋轉。
阿麗思的嘴含住她的奶頭。阿麗思的手指在大衛穿刺她的同時撥弄著她，甜美的痛感在她體內瀰漫開來、直達每條神經的末梢。
她說了從不曾說過的話，想了從不曾想起的念頭。
事後，他們三人癱軟在沙發上。他們笑了，氣息凝重。脆弱敏感、汗涔涔而黏呼呼，卻還意猶未盡，可以再來。
在生命中的某些時刻裡，人們會忘了自己是人，但這一點本身即深植在人性中——霏伊心裡想著，緩緩閉上眼睛。然後她感覺阿麗思的嘴唇沿著她的身體往下而去。她愛阿麗思。她愛大衛。★

費耶巴卡——昔日

托馬斯和羅格的身體消失在海面的浮泡下。上一分鐘還存在著，下一分鐘就成了回憶。魚食。此處海流複雜強勁。他們的屍體可望永遠不被發現。

我穩住舵，維持羅格設定好的航路。

瑟巴斯欽從船艙裡爬出來。他喝多了躲在裡頭睡覺。他睡眼惺忪地四望。

「羅格和托馬斯在哪裡？」他問，有些意外。

他走近，盯著我看。

「發生什麼事了？」他說。「妳嘴巴旁邊都是血。」

我是刻意不把血擦掉的。我必須讓瑟巴斯欽害怕到不敢說出去。

他高喊托馬斯和羅格。我面無表情地看著他。

「他們落水了，」我靜靜說道。

「妳說什麼？」

我的目光定在他身上，他應該是在我眼中看到了什麼不一樣且令他心生畏懼的東西。他蹣跚後退。

「我用船槳打中他們，他們翻下船去，」我說，朝還躺在被我拋下的原處的船槳點點頭。「羅格直接落海。托馬斯抓住船緣，我只好咬他的手，直到他終於放開。所以我才會滿嘴都是血。」

瑟巴斯欽睜大眼睛，朝我走近一步。

「你我心知肚明，你沒了伴壯膽根本什麼都不敢，」我冷靜道。「以前的日子結束了。」他停在離我半公尺的地方。我舔舔嘴唇，嚐到托馬斯的血的鐵鏽味。

「你膽敢再碰我，我就殺了你，瑟巴斯欽。你聽懂了沒有？我不再是可以讓你爲所欲爲的對象。如果你敢跟任何人提起這件事，我就會說是你把他們推下船的，還會把你們對我做的事全部說出來。我有證據可以證實你們強暴我。」

最後一句當然是假的。

瑟巴斯欽低聲咕噥。我沒理會他。

「你還活著的唯一理由是媽很愛你。」

我努力感覺自己對所做的事是否有任何感覺。我殺了兩個人。但我終究領悟到我只是做了必須做的事。爲了活下去。也許，我就是在那一刻變成了大人。

瑟巴斯欽瞪著我。但他眼中的怒意早已不再。他看似認命了。認輸了。

「我現在要告訴你，等我們回去後你要怎麼說，」我說。「你要跟警方說他們是自己不小心落海的。說我們開船回去找他們，但海況實在太差了。聽懂了沒有？從此只要有人問，你就這麼說。這輩子剩下的時間都要這麼說。」

「妳還好嗎，親愛的？不後悔昨天的事吧？」

大衛在她臉上搜尋答案，用手指輕輕拍撫她的手。霏伊心領他的顧慮與關心；要是全無顧慮也未免奇怪。她的回答倒是眞心坦然：

「不後悔。我們是三個行使自由意志的成人，而且我愛你也愛阿麗思。喏，不太一樣的愛就是了……」她笑道。「總之。昨晚很棒。是愛，也是尊重。」

「妳眞的太不可思議了，」大衛說，而她可以從他眼裡看出這是肺腑之言。

「噢，你只是說說罷了，」她說。顯然是在討拍。

「妳應該知道我覺得妳是全世界最美麗的女人吧？還是我需要再說得更清楚一點？」

「我想你得說得再清楚一點，」她說，傾身吻他。

不知爲何，大衛總能讓她特別期待來自他的讚美。他的喁喁愛語、他的吻，如此美妙超凡。昨夜之後她再無疑慮。大衛和她倆做愛，態度卻始終清楚：他愛的是她。

「對了……」他口氣遲疑。「我們說到要見面吃午餐，但我今天臨時得去趟法蘭克福。無聊的公事。我寧可和妳見面，但……」

「當然，」霏伊說，輕撫他的手。「我應該比任何人都能了解。我之後也會常常不在，要是還埋怨你未免太過自私。」

「妳確定？」

他頂著一頭亂髮凝望著她，她好愛他的貼心。在她年輕的無知歲月中，曾經以爲杰克就是她夢想中的眞命天子。但大衛不一樣。他不是杰克。

大衛拉起她的手，輕吻一下。

「妳眞的是獨一無二，妳知道嗎？今晚回家後我帶妳出門晚餐。弗蘭澤恩*。好嗎？」

霏伊點點頭，大衛深吻她、讓她一時幾乎忘了呼吸。老天，她好愛這個男人。

霏伊一邊用毛巾擦乾頭髮一邊走向臥房。她繫緊晨袍的腰帶。今天如果不能和大衛舒服地吃頓午餐，那她就打算好好享受一個人的早晨時光。

就在那一刻，她床上的手機響了。來自伊娃的簡訊。霏伊點開。

快來辦公室。翰里克在這裡。他剛剛呈報先前藏了一手的持股。他現在是最大股東了。

霏伊踉蹌，手機幾乎掉在地上。這不可能是眞的。這是怎麼發生的？

她火速著裝、用更短的時間化好妝，跳上計程車。她走進辦公室，在場員工沒有人敢迎上她的目光。阿麗思在接待區等她，兩人交換簡短微笑。

「他在妳辦公室裡，」阿麗思說。「我就不陪妳上去了，理由不必我說。但伊娃在妳辦公

---

* Frantzén：位於斯德哥爾摩的米其林三星餐廳。

室外面等妳。」

霏伊點點頭，緊抓住她的香奈兒包、深呼吸，然後踏入往頂樓的電梯。伊娃就在電梯門外等她。

「一宣布掌握多數股立刻跑來，」她說，「眞是瘋了。」

「不要讓他看到妳眞正的感覺，」伊娃說。「我會繼續努力補救。記住：我們還有B計畫。」

「好，」霏伊神色肅穆，拍拍伊娃的肩膀。

伊娃鼓勵地點點頭，轉身回到自己的辦公室。霏伊從眼角瞥見她埋頭處理散落在桌上的各種文件。

霏伊刻意放慢腳步，從容不迫地穿過開放式辦公區、往另一頭的執行長辦公室走去。透過玻璃窗，她可以看到翰里克，也看到他看到她了。她下巴一揚，強迫自己維持呼吸平穩。她不能發脾氣。此時此刻，她負擔不起情緒失控的代價——雖然一部分的她只想大步走到他面前，拿起她皮面鑲有鉚釘的香奈兒Ｂｏｙ包、精確瞄準後一舉砸掉他臉上那抹自鳴得意的詭笑。

但她終究只是冷靜而自制地踏進她寬敞的辦公室。

「哈囉，翰里克，」她說，朝他點頭致意。「看來你在這裡還挺自在的。」

他沒有點頭，反而咧嘴笑開來。

「我第一件要做的事就是把這裡全拆了重新裝潢。老天爺，妳的設計師是誰？納尼亞的冰后？白色、白色、白色。冰冷無趣。跟妳一樣。」

霏伊落坐在其中一張訪客椅上。撫平身上的 Dolce & Gabbana 絲裙，然後十指交叉放在大腿上。

「是的，我必須承認這裡缺乏你喜歡的那種舒適風格。所以你打算怎麼做？角落弄個吧檯？牆上掛些足球隊旗？再弄個你宣稱是打獵獵到、但其實是在布考斯基拍賣會上標來的超大麋鹿頭？不過要怎麼掛上去可能是個問題，這裡到處都是玻璃牆，弄個吸盤啥的或許可以？」

她嘴角一彎，看到自己的話成功激怒了翰里克。在沒見到他的這兩年間，他髮線明顯後退了不少。

「你知道嗎，光線從這個角度打在你頭上時實在令人不敢恭維。不過我認識好幾個人去波賽頓診所治療禿頭對成果都很滿意。他們先剃掉你的頭髮，然後從後頸部取出一些毛囊，移植到禿髮部位。效果眞的很不錯。」

她舉起兩根大拇指，翰里克抓緊桌緣。他看似快要爆炸了。霏伊從她坐的位置看不到背後的開放式辦公空間，但她猜得到每個員工一定都竭盡所能地想搞清楚她辦公室裡頭的狀況。這間很快即將爲翰里克所有的辦公室。她心驚，突然一陣想吐。

「我知道妳在做什麼，」翰里克皺著臉說道。「妳試圖把我逼到牆角，就像妳對杰克做的那樣。妳毀了他，霏伊。妳奪走他的一切。是的，我聽過妳說的那些關於他的謊言，我一個字都不信。杰克不是像妳說的那樣。杰克是……總之我知道妳在說謊。」

他整段話說得咬牙切齒。霏伊頻頻吞口水。她極力控制自己，才不致吼回去說他無權也無能判定杰克是什麼樣的人。尤其是關係到他自己女兒的部分。但其實也無所謂了。翰里克不是來這裡聽她說話的。

「妳不只奪走杰克的一切。妳也奪走了我的一切。」

「你看來是挺過去了，」霏伊口氣尖刻，打量他身上的訂做亞曼尼西裝和百達翡麗Nautilus系列腕錶。

「不關妳的事，」翰里克說。

霏伊聳肩。

「你向來喜歡扮演受害者角色，翰里克。從在大學的時候就是這樣。千錯萬錯都是別人錯。」

「妳覺得以妳的處境有資格用這種態度跟我說話嗎，霏伊？」

「我用什麼態度有差嗎？能改變任何事嗎？」

翰里克微笑，往後躺靠在椅背上，雙腳翹上桌。突然間，他饒富興味地打量起她。

「不能。什麼也不能改變，事實上。我執行了我的計畫。現在完成了。我現在是最大股東了。我打算盡快組成全新董事會。一個沒有妳的董事會。」

霏伊舉起雙手。

「喏，那就先恭喜你了。Revenge很快就會是你的了。這辦公室也是，現在就拿去吧。但你有任何願景嗎？你知道如何經營一間像這樣的公司嗎？」

翰里克坐直了。

「霏伊，妳的問題是妳只是一個空殼。妳光有外表，外表底下一文不值。杰克知道這點。我知道這點。妳身邊的人只要多認識妳一點也會發現。妳可以暫時騙過人，但時間久了人們就會發現妳的本質。沒有人會愛妳，霏伊。」

他顧自輕笑。他的眼睛發亮。霏伊再一次在腦中想像鉚釘撕裂他發紅的皮膚的景象。

但她只是緩緩站了起來，然後靠坐在桌子一角。他顯然覺得不太自在，身體愈往椅子裡縮。

「我能體諒你非得這樣證實自己不可的原委，翰里克。阿麗思都告訴我了。不過你知道嗎，現代醫學這麼進步，你的狀況已經可以經由開刀改善了，增長個一兩公分不是問題。你或許可以考慮。因爲你不能把我的公司當成你的陰莖增長器……」

她對他嘲諷地微笑，站起身，拎起她的香奈兒包，一陣風似地走出她的前辦公室。

她聽到身後傳來碎裂聲。翰里克把什麼東西砸碎在玻璃牆上。她微笑：她一比零暫時領先。她穩住脾氣，他沒有。她只希望這不是用重大犧牲換來的勝利。★

熱氣遲遲不散去。霏伊離開畢爾耶．尤爾街的辦公室，朝司徒廣場走，打算在那邊吃午餐。剛剛發生那些事後，她必須好好想想，整理一下想法。Revenge 落入他手，希望只是暫時。伊娃似乎對B計畫寄望很深。

霏伊向來無法呆坐在四壁之間思考。她需要外來的刺激——需要看到人，聽到人聲。適逢觀光旺季，成群結隊的亞洲觀光客在城市裡四處走動。她能懂。斯德哥爾摩如此美麗，她深愛這裡。但她似乎失去了剛從費耶巴卡初來乍到時的那種感動。她的眼睛已經習於美景，敏銳度早已不復當初。

霏伊來到司徒廣場，在巨型水泥蘑菇下呆立片刻，考慮何去何從。

司徒霍夫餐廳的戶外座位區已經客滿。她並不反對坐在室內，只是不想遇到任何熟人。她失去 Revenge 的消息應該已經如火如荼地傳開來了。她決定朝斯壯德大道走，對一路經過的精品店視而不見，只感覺大腦因爲走了這段路終於漸漸甦醒。沐浴在陽光下的尼博維肯灣水閃閃熠熠，碼頭擠滿了人。她站定在行人穿越道前，等待過街。

她感覺空虛。剛剛成功讓翰里克情緒失控的欣喜已經褪去，此刻的她沒有任何感覺。她搜尋她的憤怒，那股黑暗，那混濁的黑水。深處一片空蕩。她大感意外，不知所措。她知道如何面對怒意，但她不知道如何面對空無。

她習於戰鬥。她從小戰鬥到大。她逾越了所有人類劃下的界線，司法系統，邏輯。法律與道德。從無顧慮，一腳跨過。但此刻的她迷失了。她感覺不像自己，她不知要拿這個少了那一把火的霏伊怎麼辦。

她的手機在口袋裡響了一聲。應該是伊娃。但霏伊還沒準備好和任何人談。翰里克剛剛說的話裡有什麼啃噬著她。但她想不出到底是什麼。就在那裡，在渾沌的水裡，捉摸不到。他的話裡的某一句，她應該要聽出來的某一句。

燈號轉綠。過街的時候，她偶然瞥進一輛停下來等紅燈的車子裡。一輛計程車。透過擋風玻璃，在司機後方，她看到兩張熟悉的臉。大衛與尤漢娜。霏伊火速移開視線，快步過街，在對面的人行道上停下腳步。燈號又變了，計程車絕塵而去。她的心臟在胸口砰砰急跳。

他看到她了嗎？

霏伊離開辦公室前曾傳訊給大衛，問他有沒有可能可以提早一點點回來。她想告訴他接收的事、翰里克的事，想要問他的意見自己該如何繼續。她想要倚著他，把臉埋在他胸前，親耳聆聽他鎮定自信的聲音。

但他回訊說他不能，說他事情沒辦完，說還是今晚晚點見了。他完全沒提到尤漢娜。是她看漏了什麼嗎？

霏伊用顫抖的手掏出手機，很快地翻看先前的對話。她沒有漏看，他說得一清二楚，他要今晚晚一點才會回到斯德哥爾摩。也許是緊急狀況？也許是他的女兒生病了、受傷了，導致他必須臨時趕回來……所以他才會和尤漢娜出現在同一輛計程車裡？

霏伊看到伊娃的臉浮現在眼前，伴隨話聲：

妳對大衛的了解有多深？

去他的伊娃。去他的大衛。去他的翰里克。

她緊緊握拳，指甲刺進掌心的皮膚裡。

可能的狀況有很多。現在還不是爆炸的時候——她至少必須等事實都到位再說。她愛大衛。和他一起時一切如此直接了當。他們想要一起享受人生，也說好絕不阻止彼此的發展。所以她是被愛與夢想蒙蔽了雙眼？她快瘋了嗎？

她在恍惚中繼續前行，終於在貝澤利公園找到一張無人的長凳。她可以看到貝恩斯開心用餐的客人。

她的手機又響了。她掏出手機。大衛來訊。終於。一切都將得到解釋。一定就是發生了緊急狀況。

她點開訊息，感覺自己彷彿腹部中刀。

想妳。等不及今晚見妳。真不想離妳這麼遠。想念斯德哥爾摩，想念妳。

就這樣。這些她曾讀過且深信不疑的字句。

在她的四周，人們行色匆匆，往某地而去，和其他人一起。她突然強烈希望自己是他們其中一員。她突然希望自己不是霏伊。

她的手抖個不停。她點開ＩＧ，搜尋尤漢娜的頁面，開始翻看她的照片。一個酒鬼坐到她旁邊，打開一罐啤酒喝了一大口。

「天氣不錯，」他說。

「是嗎？」霏伊斷然應道。

他呵呵笑開。

她往下滑，找到她和大衛初識那星期。花了點時間。尤漢娜很常貼照片，有時一天貼三四張。不少是大衛的照片。在碼頭上、在晚餐桌前、在餐廳裡、在烤肉檯旁。微笑、大笑、摟女兒、親吻尤漢娜的臉頰。開心的孩子。落日。精心烹調擺盤的一餐。

霏伊瞠目結舌。

和我的小可愛們一起的晚餐。

老公親手做了千層麵給我驚喜。

一家人的烤肉小確幸。

迷你假期：西海岸是最棒的海岸。

每條圖說後面都加上至少六個表情符號。

霏伊拿出筆電，打開後叫出行事曆，比對日期。大衛沒有提過去西海岸的事。那天他是說他要出差。照尤漢娜的ＩＧ看來，他們根本不是在一場噩夢般的離婚裡，相反的，他倆的關係顯得閒適自在、快樂無憂。當然，社群媒體常常說謊，呈現出並非事實的假象。粉飾太平、美化一切。但這？

她心臟在胸腔裡狂跳。她的肚腹打結。她想起和杰克最後那段日子。

她在手機上點出大衛的號碼。她必須和他說話、聽到他的聲音、得到一個解釋。這其中一定有誤。

電話直接接進語音信箱。

她留言要他盡快回電。

她到底有多盲目？

她爲什麼不回尤漢娜的電話或是把伊娃的話聽進去？或者早一點來看尤漢娜的ＩＧ？她怎麼會這麼又瞎又聾？又一次？

她從長凳上站起來。她知道大衛的辦公室在哪裡——至少知道他宣稱是在哪裡。他的公司眞存在嗎？她快步穿過貝澤利公園，轉過貝恩斯餐廳所在的街角，朝布拉西島走去。斯德哥爾摩幾家最著名的金融投資公司總部都在那裡。她的手機響起，嚇了她一跳。她趕忙掏出來希望是大衛來電。是伊娃。

「什麼事？」她說，口氣不耐。

「我必須跟妳談談。」

「我現在沒心情談 Revenge 的事。給我幾個小時消化一下。」

「是的，講到 Revenge，我們得趕緊見面計畫下一步，看看能採取什麼行動避免失去公司的控制權。但我要說的不是這個。」

「拜託妳，伊娃，現在眞的不是好時機。」

「是大衛。妳會想親眼看過。妳或許不相信我，但妳要我審查他的投資提案、他的財務狀況等等。所有資料都在這裡。數據不會騙人。數據沒有偏見。」

霏伊停下腳步。她望向隔水彼岸那些優雅的十九世紀建築。如此美麗。它們怎麼可以這麼美麗、而她卻身處惡夢之中？

「妳在哪裡？」霏伊問。

「翰里克來過後我不想繼續待在辦公室裡——誰知道他什麼時候要把我們全部踢出去。所以我就回來阿麗思家。」

「我現在過去，」霏伊說。

「妳還好嗎？」

「我不知道，」霏伊黯然低語。「我不知道。」

「妳在哪裡？」

「貝澤利公園。」

「妳在那裡不要動。我過去接妳。」★

阿麗思書房桌上散放著一疊疊資料文件。伊娃搬進來後這書房就歸她使用了。她拉出一張椅子，要霏伊坐進去，然後自己落坐在她旁邊。

她倆在計程車中完全沒說話。

「謝謝妳，」霏伊喃喃說道。

伊娃深深看進她眼裡。

「沒有什麼好謝的。換作是妳也會爲我這麼做。到底發生了什麼事？喏，除了早上在辦公室裡我們目睹的那場大屠殺。應該還有其他事。想談談嗎？」

霏伊嘆氣。「可以把窗子打開嗎？我需要空氣……」

伊娃點點頭，走向窗邊。霏伊緩慢而遲疑地開口道：

「我開始覺得妳說對了。我不知道……天哪，我什麼都不知道了。」

伊娃皺眉，細細打量她。

「這話什麼意思？」

霏伊用中指的指甲畫過桌面。她不知道要從哪裡開始說。她羞愧得無以復加。

她清清喉嚨。

「這些日子以來，大衛一直若無其事地維持和尤漢娜的關係。老實說，我甚至不知道他到底有沒有離婚的打算。那些關於他爲我倆所做的努力的故事、關於我倆的未來種種，全部都是謊言。他宣稱全都耗在家裡跟她吵架的那個週末，他們其實去了馬斯特蘭德。他跟我說去塔林出差那天，他們一家在哥德堡的里瑟本樂園玩雲霄飛車。」
霏伊止不住眼淚。
「請妳原諒我，伊娃。妳試圖告訴我，我卻對妳說了那些話。我知道妳是爲了我好，妳是想要保護我。」
伊娃挪得更近，把她的頭壓在自己肩膀上。
「沒有人想聽到那樣的話、去懷疑愛自己的人，」她說。「何況我也不確定。我唯一知道的是他對妳誇大了尤漢娜的瘋狂程度。」
「我不懂我怎麼可以這麼盲目。這麼愚蠢。」
霏伊哭到停不下來。伊娃摸摸她的頭髮安慰她。
終於，霏伊揩去臉上的淚水。她嘆口氣，一隻手放在面前的那疊文件上。
「所以說，這些資料證實了什麼？我知道應該是壞消息。」
伊娃清喉嚨。霏伊從她的表情看得出來，她擔心會傷到她。
「就直說吧！」她說。「我挺得住。」
「大衛．席勒基本上算是破產了。妳和 Revenge 是他最後的希望。可最糟的不止於此。一切層層相連。」
她開始解釋。

費耶巴卡——昔日

港口有一座公共電話亭。瑟巴斯欽繫船繩的時候，我跑去電話亭、拿起話筒撥了九〇〇〇〇的緊急報案專線。半小時後碼頭就擠滿了人。有人通知了地方報社，來自《布胡斯日報》的一名記者和攝影師徘徊不去，等待機會要跟我們說話。

他們像鯊魚圍捕獵物般繞著我和瑟巴斯欽打轉，但警方要他們等等，先讓我們把事發經過交代清楚再說。我看起來一定又小又害怕。但我內心其實很驕傲。瑟巴斯欽臉色蒼白如紙。我一直依偎在他身邊。警察和其他人一定以爲我是因爲害怕才黏著他不放，但我唯一目的是要確保他照著我教他的版本說。

「你說他們不小心落水？」其中一名警員問道。

瑟巴斯欽點點頭。

「我們開船調頭回去找他們，但完全看不到他們的蹤影，」他低聲說道。

警員交換幾個疲憊的眼神。沒有懷疑，只有遺憾與認命。

「這種天氣實在不該出海，」警員說完轉身離去。

「對不起，」我低聲說。「但我們都開始想家了。是托馬斯堅持要走的。」

終於輪到報社記者了。他選中我而非瑟巴斯欽。我想是因爲我看起來更年輕更無辜，因此更容易激發讀者的同情。訪問的時候，攝影師拍了幾張我的照片。

「我拒絕相信他們已經死了。我希望他們能找到他們。」我說，盡可能露出難過的表情。

霏伊沿著休姆勒花園街走，臉上的太陽眼鏡形成她與周遭世界間的屏障。一切看起來好不眞實。人們，笑聲，歡樂。他們爲什麼能不受影響呢？她的世界剛剛被砸成碎片，她的未來不復存在。

大衛和翰里克是同謀。他們設法隱藏得很好，但沒有什麼是伊娃查不出來的——一點時間，加上她的執拗和勤奮。話說回來，他們露餡的地方其實也不少。一如伊娃先前指出的，翰里克行事往往失之草率。她們也已經查出，翰里克的計畫就是一口氣揭露先前收購的幾批持股，一躍成爲最大股東後趁勝追擊，要求董事會盡快全面改選。

然而在翰里克正式揭露之前，伊娃就已經查出大衛是翰里克背後的金主之一。這關係被埋藏在設籍馬爾他的企業層層組織裡，只不過根據近年局勢發展，馬爾他早已不再是節稅或隱藏金流來往的安全天堂。這又是翰里克的疏忽。

但無所謂，他的錯誤只是讓她們證實了大衛與翰里克之間的關聯，卻無助於挽回 Revenge 的控制權。

霏伊也終於恍然大悟，和翰里克在辦公室的唇槍舌戰中是哪一句話默默地在啃噬著她。他的暗示其實相當明顯。「沒有人會愛妳」。

她甚至不必思考這兩個男人背後的動機。翰里克想要修復他受傷的男性尊嚴。弔詭的是，既不曾擁有，何來受傷與修復？至於大衛，一言以蔽之：錢與權。對他而言，霏伊不過是他同時獲致兩者的工具。她現在都看清楚了。翰里克最近幾筆收購之所以成功，全都得拜大衛從她電腦裡竊取的資料之賜。她感覺多方深深受挫。

霏伊掏出手機，傳訊給大衛。

可以打電話給我嗎？有事得談。

一切都毀了。她失去了 Revenge 的控制權。她失去了大衛——更精確地說，她失去了她以爲就是大衛的那個人。她失去了不曾存在的東西，理論上不可能爲此哀悼。但對她而言，那個失去的東西確實存在過。

手機在她手中震動了一下。

法蘭克福出了點問題。得多待幾天，想妳。

霏伊嘁下口水。再嘁一口。她決定了。她要賣掉一切，永遠離開瑞典。抽身。茱莉安在義大利。她屬於那裡，在茱莉安身邊，陪伴她、保護她。大衛的背叛與 Revenge 即將不再歸她掌控的事實讓她再無依戀，沒有繼續下去的理由。

她決定現在就回公寓，簡單收拾幾樣東西，然後就回到茱莉安身邊。她會讓律師處理她的 Revenge 股份出售事宜。她不再需要掛心進軍美國的事。那很快就歸翰里克處置了。她永遠不會再回到瑞典。她甚至不想回到公寓裡，但裝在塑膠皮夾裡的茱莉安和她母親的照片還藏在浴缸後面。那是她們兩人尚在人世的證據，她不能把照片留在瑞典。

大衛也留了一些東西在公寓裡，但她甚至沒有那個力氣把它們拿去燒了。

至於伊娃和阿麗思？她們或許會對她感到失望，但如果她繼續留在這裡，她們說不定也會被她拖下水、陷入泥沼裡。沒了她，她們只會更好。

她輸入密碼推開一樓大門，然後等了一會電梯。

霏伊踏進電梯，拉上柵門。她看著電梯經過每個樓層。她穩住自己，只要再幾分鐘，她就可以跳上前往阿蘭達機場的計程車了。

電梯停下來。

霏伊直往公寓大門，高跟鞋跟在地板上敲出清脆聲響。她插入鑰匙，轉動。就在那一刻，她聽到背後傳來腳步聲，冰冷堅硬的金屬隨而抵住她頸後。

她緩緩轉身。無需親眼看到，她已經知道來人是杰克。她一直擁有這個能力。

第四部

本週三夜晚在雪平市郊發生的夏日度假屋大火中，目前已知至少有一人喪命。消防當局據報趕抵時，該幢木造房屋已然陷入熊熊火海。

「這些早期建造的度假木屋管線設計通常早已不敷使用，因電線短路造成的火警意外時有所聞，」西馬拉德蘭大區消防當局的安東・烏斯貝里表示。

該名死者身分尚待確認，目前也無法證實該場火警是否還有其他罹難者。

「我們剛剛開始展開調查，但目前已知證據都指向這是一場不幸的單純意外，」雪明市警局的岡布里特・索貝里表示。

《晚報》，六月二十七日

刀尖此刻換成抵在霏伊的肋骨間。杰克嘴角上揚，形成一抹帶著輕蔑的勝利微笑。

「開門，」他說。「不然我一刀刺進妳喉嚨。」

霏伊心臟在胸口瘋狂急跳。

她照杰克指示，打開了大門與安全鐵門。杰克推她走進公寓，然後鎖門。她無處可逃。

他逼她前進，要她坐在沙發上。他抓來她的手提包，把裡頭的東西一股腦倒在桌上。

「妳騙了我，妳騙了所有人。妳毀了我的人生。我知道我沒有殺死我們的女兒。我不知道妳是怎麼辦到的，但她還活著。她一定還活著。是妳把我的女兒藏起來了。」

霏伊無法應答。她彷彿癱瘓了，一切都發生得太快了。杰克突然現身，她甚至來不及意會過來事情正在發生、他真的在這裡。

「我會找到茱莉安，證實是妳栽贓陷害我。到時全世界都會知道妳是一個何等狡詐的婊子。」

杰克說得又快又急，話聲焦慮而緊繃，幾近瘋狂。他不斷在客廳裡來回踱步。他頭髮油膩、衣著髒污。

讓霏伊為之著迷的那份優雅早已不見蹤影。

他拿起霏伊的手機，開始翻看照片。霏伊冷靜等待，很清楚裡頭沒有茱莉安的蛛絲馬跡。

「你可以盡量搜，」她說。「我什麼也沒瞞你。」

一無所獲之餘，他拋開手機，快步走向沙發，把臉湊到霏伊面前。

「你害我因為殺害自己女兒被定了罪！」他大叫。「瑞典的每一個人、我的家人、我的朋友，全都認定我是禽獸。一個殺害孩童的凶手。」

唾沫噴灑在她臉上。

「妳知道他們在監獄裡是怎麼對付這種人的嗎？我要找到她，證實妳對我做的事！我要奪走妳的一切，就像妳對我做的那樣！」

他的反應讓霏伊有了信心，即便生命遭受威脅。她的話依然打動得了杰克——至少她以為、也希望如此。只要還能影響到他，她就有機會全身而退。

杰克把她推倒在沙發上，舉高刀子再慢慢落到她面前咫尺之處。霏伊噘唇，強迫自己直視他的眼睛。

「我應該劃花妳的臉，」杰克咬牙道。「妳害我失去了一切。」

雖然心臟狂跳，但霏伊完全不會鬆開目光。

「我想念你，」她低語。

她聽來如此可信，不禁懷疑自己到底是不是在說謊。霎時間，她以為自己成功讓他卸下心防了。

「杰克，是我，霏伊。你愛我。要不是你離開我、羞辱我，我絕對不會對你做這些事。」

杰克目光搜尋她的臉，幾乎稱得上溫柔。

下一刻他卻舉起左手，甩了她一巴掌。

「妳的名字甚至不是霏伊。妳叫做瑪蒂妲。等我跟妳算完帳，我答應妳爸要把親手殺掉妳的機會留給他，以報妳陷害他之仇。」

「你在說什麼？」

霏伊揉揉臉頰，蜷曲身子讓自己變小。她感覺胸口緊繃。

「妳很清楚我在說什麼。我和他在同一所監獄服刑。我知道費耶巴卡的事，知道妳怎麼奪走他的一切，就跟妳對我做的一樣。然後妳跑來斯德哥爾摩，以爲可以從頭來過。」

「這不是眞的，」霏伊說，腦筋飛快轉動。「你搞錯了。」

他再次揮拳，拳頭這回落在她肚子上。她一時喘不過氣，滾到一邊。

「求求你，杰克，」她喘道。「我不知道你說的是誰——你被耍了。事情不是你以爲的那樣。」

杰克站起來，又開始來回踱步。霏伊觀察他。他信了她嗎？

「妳以爲約斯塔和我一起逃走只是巧合嗎？我們在獄中相認。我答應他如果找到逃走的機會一定會帶上他。他顯然也有帳要好好跟妳算一下……」

杰克詭笑。

「聽說我們要同時移監的時候，我馬上明白機不可失。警衛尿急，我們就跑了。」

霏伊閉上眼睛幾秒，然後張開，強迫自己看著杰克。

「離開這裡，」她說。「留下來只會讓情況更糟。我不會跟警方說你來過。我可以給你錢，足夠你在國外捲土重來的錢。我愛你，我一直都愛你。沒有男人像你一樣，沒有人可以取代你。」

霏伊手機響起，兩人都嚇了一跳。杰克撿起地上的手機，看了一眼。一組非常熟悉的號碼。

「是警方，」霏伊說。「他們每天打電話給我查勤，確保我安全無恙。」

杰克面無表情，把手機遞給她。

「接起來。告訴他們一切都沒問題。如果妳膽敢搞鬼，我這把刀就直接刺進妳肚子裡，」他說，刀鋒抵在她胸部下方。★

霏伊接聽來電，按下免持聽筒鍵。杰克蹲踞在她面前，利刃在手。

「哈囉？」她說。

「嗨，我是斯德哥爾摩警局的奧斯卡．韋斯蘭德，」對方說。

霏伊屏息。

「這是我們的每日例行安全檢查電話。」

霏伊迎上杰克的視線。她已經完全認不出這個曾經和她共同生活的男人。他是誰？

「了解，」她說，杰克點點頭。他的手往下伸向她的鼠蹊。「一切都沒問題。」

杰克一刀劃破她的上衣。霏伊顫抖。

「請問妳在哪裡？」

霏伊咬牙，身子往後縮躲開刀鋒。

「哈囉？」

她垂眼望向杰克。他臉上沒有透露一絲情緒。

「我在家，忙工作，」她口氣呆板。

「目前還是沒有妳前夫的消息，但我保證我們正盡全力追查他的下落。」

「很好。我知道你們盡力了。」

她的話聲搖晃。

如果霏伊之前還無法確定，現在倒已經無疑：杰克瘋了。完全無法預料。說不定下一秒就決定殺她。她必須設法逃走。

「祝妳有愉快的一天。有問題隨時和我們聯絡。」

「謝謝。你也是。」

霏伊掛斷電話，低頭看杰克。

他緩緩起身，目光沒有離開過她。突然間，毫無預警地，他再度出拳。她倒在沙發上。他從她手中搶走手機。她抬頭看他。

「杰克，你必須趕快離開。消失。不然警方會逮補你。我什麼都不會說。我不會說你來過，不會說你做了什麼。」

他沒回應。

唯一的聲響是他濃濁的呼吸聲。杰克落坐在她面前，撈起她一綹髮絲，送到鼻前用力嗅聞。

「我想念妳的味道。即便妳對我做了那些事，我還是想念妳的味道。妳是我一生摯愛。其他女人對我毫無意義——妳懂嗎？妳懂不懂我搞上那些女人只是因為我可以？因為那些女人自己投懷送抱？我不夠堅定。但只有妳對我有意義。」

霏伊渾身顫抖。杰克彷彿在道別。

「你打算殺了我嗎？」

「我不知道。我確實答應過你父親要把妳留給他。但我說不定還是決定自己動手。」

她的脈搏快到她頭暈。她的目光一暗。

「不，杰克。你不會的，殺人不是你做得出來的事。你看清楚是我，霏伊。」

她雙手扶住他的臉頰，強迫他看她。

「你還有另一個女兒，杰克。你要是又犯下一樁殺人案，她要怎麼辦？警方遲早會逮到你的。至於茱莉安……你沒說錯。她確實還活著。她很安全。如果我們忘掉這一切，如果你能原諒我，她會很高興的。她還是會提起你。你是她的英雄，杰克。即便發生了這麼多事，你還是她的英雄。」

霏伊嚥下口水，在杰克臉上搜尋蛛絲馬跡，想知道自己的話有沒有發揮任何作用。在過往那些年裡，她向來能在他踏進房間那一刻讀出他內在最深處的想法。但此刻他的臉上一片空白。他已經變成了陌生人。

「我也想你。」她讓眼淚流下來。「你對我做了那麼多事，我卻還是愛你，一直都愛你。但你傷害了我。你羞辱了我。你擊垮了我。我想要的只是和你還有茱莉安一起好好過日子，但你騙了我，杰克。你先是奪走我的工作，然後是我幫忙建立的一切。然後是我的家庭。你讓別人取代了我。」

杰克咬牙。他的表情開始軟化。她內心興奮不已。也許他願意離開？

「茱莉安，」杰克說。「妳有她的照片嗎？我每天都在想她。每一分每一秒。」

霏伊想起她在杰克電腦裡找到的照片。那些可怕至極的照片。茱莉安空洞的眼神。她不想讓他看她唯一那張女兒的照片。但她別無選擇。她現在的第一要務是盡量拖延、設法存活，不讓他有任何機會接近茱莉安。她必須設法讓他放鬆戒心……

她緩緩點頭。

「我們可以打電話給她。想想她看到你會有多高興。」

杰克懷疑地瞇起眼睛。他搖搖頭，把她的手機放在桌上。

「不。不碰電話。不碰任何科技產品。」

她深呼吸。

「我有一張她的照片。想看嗎？」

「在哪裡？」

「你讓開，我去拿過來。」

杰克緩緩起身。

霏伊也站起身後，他朝她揮刀。

「敢跟我玩把戲，我就一刀殺了妳。不要忘記。」

「我知道。」

她領著他走進浴室。她把浴缸稍稍挪離牆壁，手臂伸進浴缸後方的空間，取出那個裝有茱莉安和她母親合照的塑膠皮夾。她挺直身子，把皮夾遞給杰克。他盯著照片，不發一語。但他眼中的閃光令她心生畏懼。他看著茱莉安的眼神彷彿她是他的獵物、彷彿他可以對她為所欲爲。他把皮夾放進外套口袋裡。

那一刻，霏伊明白自己犯了一個錯誤。杰克騙了她。現在他要殺她了。他高舉握刀的手。

霏伊尖叫，一切陷入黑暗。★

費耶巴卡——昔日

雖然羅格與托馬斯的屍體始終沒被找到，他們還是爲兩人舉行了追悼會。

我坐在教堂裡聽到人們對他們的讚美，何等優秀傑出，字字句句。前來追悼的人們坐在長凳上，眼裡含淚。牧師話聲顫抖。至於我，想到他們對我做了什麼事、強迫我忍受了什麼事，我就想吐。

祭壇上掛著兩人微笑的照片，彷彿在嘲諷著她。我一手壓在胸前，媽送我的項鍊原本穩穩垂掛的地方。他們奪走了我最後的信心。

我只想得到羅格與托馬斯如何把我壓在地上、如何進入我、在我苦苦哀求他們停下來時如何嘲笑我。我想到托馬斯眼中的閃光如何變得冰冷無情。

我痛恨他們，我很高興他們死了。

我甚至不對他們的父母或羅格的祖母感到抱歉。是他們養大他們、把他們教養成了他們後來變成的模樣。這也是他們的錯。

但全鎮的人卻慶祝他們的生並哀悼他們的死。這加深了我和費耶巴卡之間的鴻溝，加強了我想要遠離的決心。遠離僞善。遠離沉默。遠離噤聲不語。

霏伊睜開眼睛。她躺在冰冷的浴室地板上。她頭痛欲裂。她緩緩舉起手、放在自己額頭上。黏黏的。她把手指伸到眼前，發現自己還在流血。

雖然疼痛難忍，她更高興自己還活著。杰克應該是用刀柄敲昏了她。疼痛一波波竄過她的腦袋，但她活下來了，這是最重要的事。

「你會後悔沒殺死我的，杰克，」她喃喃自語。

她不住納悶他爲何沒有下手，並暗自希望她父親沒有埋伏在附近。她現在不能去想這件事。

她撐起不穩的雙腿，靠站在洗手臺前，對著鏡子檢視傷口和紅腫的臉。

杰克。

還有大衛。

這兩人都將得到應得的報應。杰克拿到能證實茱莉安還活著的照片是一場災難，但她會把照片拿回來的。他不至於揮舞著照片直衝離他最近的警局。她還有時間。她先前一時的喪志——想要拋下一切遁走——已經不再了。那不是她。霏伊永不放棄。她永遠全力以赴。

她緊緊閉上眼睛，回想她在杰克電腦裡發現的茱莉安的照片。褪去衣裳，如此無助。被自己最愛的人傷害。這就是啓動一切的導火線。就是這，讓她動手去做了她最擅長的事。照顧所愛之人，保護自己。不計任何代價。

她讓自己放下戒心，以爲杰克永遠不會再出現了。未免太傻太天眞。她不會重蹈覆徹。她

要阻止杰克。永久阻止。爲她自己，更爲了茱莉安。他永遠不會再接近她——永遠不能再傷害她。★

時間剛過午夜，Revenge 辦公室一片漆黑空蕩，唯一亮燈的是霏伊的辦公室。霏伊抬頭望去，她可以想像翰里克坐在那裡做事。做 Revenge 的事。她的 Revenge。她踩下油門快速通過。她不想看到。她在黑暗中朝利丁厄疾馳而去。剛剛一場在十分鐘內下了又停的陣雨讓柏油路面彷彿撒了黑色亮粉。她得去阿麗思家找伊娃談。

一切都看伊娃了。還有阿麗思。

如果伊娃拒絕幫助霏伊，那麼就沒有什麼阻擋得了杰克。最好的結果是她鋃鐺入獄，最壞的結果則是她父親早一步殺了她。他就在外頭某處。杰克也是。她也需要伊娃和阿麗思聯手才能贏回 Revenge。

她按門鈴，伊娃開了門。她看到霏伊的臉，霎時睜大眼睛。她張口欲言，隨而又闔上。

「阿麗思不在家。妳還好嗎？」

霏伊踏進門廳幾步。

「我還好，」她簡短說道。「但我需要和妳談談。」

「發生什麼事？」伊娃說，領她走向她暫住的客房。

霏伊考慮過該坦承多少，最後決定要跟伊娃坦承一切。不再有謊言，至少在伊娃面前。如果她有所懷疑，很可能會拒絕信任霏伊。霏伊擔不起那個風險。

「杰克。」

伊娃一手掩嘴。

「他埋伏在我的公寓等我。我被他打暈過去，醒來時躺在浴室地板上。」

霏伊落坐在一張扶手椅上，伸手拿來床頭小桌上的諾菈的照片。她細細端詳，想起杰克從她身上拿走的那張照片：茱莉安和霏伊母親尚在人世的唯一證據。這讓她鼓起勇氣。

「有一些關於杰克的事我從不曾跟妳說過，伊娃。我從不曾跟任何人說過。我成年以後的歲月幾乎都是和他一起度過的，但我卻從沒發現他的那一面。我完全不懂。一直到我們關係結束前。所以我合理猜想妳對他那一面應該一無所知，雖然妳認識杰克，也和他一起生活過。」

伊娃睜大眼睛。

「妳這話是什麼意思？」

「我想我該從告訴妳茱莉安還活著開始。她和我母親住在義大利，安然無恙。」

伊娃瞠目結舌。

「所以那個女警說的是眞的？我跟她說她一定是瘋了、把她趕走。」

「是的，以馮．英格瓦森是對的。我把一樁沒發生過的謀殺案栽贓在杰克頭上。但我不是爲了我自己，我不是爲了杰克離開我、或是拒絕把該我的錢給我而這麼做。妳認識我們，妳很清楚康沛爾草創時期我出了多少力。」

霏伊敲敲自己下巴。接下來要說的話很難出口。

「我那麼做，是因爲我在杰克電腦裡找到一批茱莉安的照片。杰克拍了茱莉安的裸照，細節清楚的裸照。她全然任憑他處置。他有病，伊娃。我必須保護茱莉安。」

霏伊盯著地板，掙扎著吐出字句。

伊娃直視著她，臉色蒼白。

「謝天謝地茱莉安還活著，」她低語。「但她在杰克手中經歷的一切……他強加在她身上的一切。」

霏伊眨去淚水，話聲穩定下來。

「妳也和杰克有一個女兒。只要杰克活著一天，諾菈就無法脫離險境。其他孩子也一樣。他是個戀童癖者。我需要妳的幫忙，以朋友身分，也以女人身分。因爲我們的司法系統對某些狀況從不留情，不管政客是怎麼宣稱的。」

「妳需要我幫什麼樣的忙？」

霏伊意味深長地看著伊娃。她把自己生命交到了她手中。如果伊娃背叛她的信任，她就會鋃鐺入獄。她將會成爲瑞典的人民公敵。弔詭的是，她做的只是任何盡責的母親都會做的事：保護自己的孩子。社會向來無能保護她——從來不曾。當她是個在自己家中遭到性侵與虐待的女孩時不曾。當她無法分得自己協助創立的公司任何一毛錢時不曾。當她被樂擁新歡的丈夫強迫淨身出戶時不曾。

她信任伊娃，正因爲她是女人，因爲她可以了解那種脆弱與無助。不是每個女人都面對過這種境況，但每個女人都可以感受這種情緒。她信任伊娃同時也是因爲她認識杰克。她見過面具底下的那個魔鬼。她也愛過他。

「爲了我們孩子們的安全，杰克必須被除掉。我也要翰里克爲試圖從我手中奪走 Revenge 付出巨大的代價。」

伊娃注視自己放在膝上十指交錯的雙手。她沒有回答。隔壁房間傳來哭聲打破了沉默。

伊娃立刻起身。

「快去看看她，」霏伊說。

伊娃點點頭，走出房間。幾分鐘後，她懷裡抱著諾菈再次現身。諾菈睡意惺忪的小臉漲得通紅，頭髮蓬亂。她看到霏伊，臉上泛開微笑，露出小巧的乳牙。伊娃親吻她的頭，然後望向霏伊，淚水盈眶。她點點頭。

「我加入。我想也該是B計畫上場的時候了吧？」

「B計畫啓動了。關於阿麗思我也有些打算。」

「什麼打算？」伊娃好奇問，懷裡抱著諾菈。

諾菈閉上眼睛，又睡著了。霏伊一言不發，只是微笑著掏出手機。阿麗思接起電話時，背景裡人聲雜沓、笑聲不斷。她應該是在外頭飲酒作樂。

「史坦．斯托普是不是對妳有意思？」霏伊開門見山。

「有意思？」阿麗思哈哈大笑。「這麼說也太客氣了吧。」

「妳願意跟他聯絡一下嗎？」

「當然，沒問題。妳有什麼盤算？」

霏伊開始解釋。伊娃摟著熟睡的女兒在旁聆聽，眼神嚴肅、嘴角緩緩彎起。★

費耶巴卡——昔日

天氣開始轉變，夜晚變長而氣溫下降。開學的時候到了。

我即將升入八年級。依照傳統，開學前的週末會舉辦盛大戶外派對。高中生聚集在樹林，喝酒、聽音樂、溜到一旁親熱、打架拉扯滾進樹叢裡。

我去了，一個人坐遠遠的，無所事事。瑟巴斯欽也在。他現在算是某種地方名人，整個夏天到處上電視、上廣播節目、接受報社採訪，講述他的好友生前是多麼棒的好兄弟。

我幾乎從不出席派對。我去是爲了確保沒人問問題、沒人起疑、沒人知道。我對自己所作所爲毫無悔意，只是擔心會被發現。我想知道大家是怎麼說的——我想親耳聽到費耶巴卡的最新流言。我必須身處同儕之中才能確保安全。而且我想要盯著瑟巴斯欽。

他看到我時眼睛一閃。他搖搖晃晃走向我，顯然喝醉了。他蹣跚地跨過石子，差點跌倒，最後還是設法穩住了腳步。

「你他媽的在這裡做什麼，臭婊子？」他咬牙道，落坐在我旁邊。

他身上都是啤酒和嘔吐物的味道。

我沒回答。我倆之間的權力平衡已經改變了。他現在只有喝醉了才敢這樣對我。平時他幾乎像是會怕我。那正是我想要的。

「走開，瑟巴斯欽。我不想惹麻煩。」

「妳不能指揮我。」

「我能，而且我想你知道爲什麼。」

我挪開身子準備站起來走開，他猛地扯住我的手臂。

「我要跟他們說——跟所有人說——說那該死的一夜發生的事。說妳怎麼殺了他們。」

我冷靜地看著他。從島上回來後他就沒再碰過我。但他喝太多酒了。喝多了嘴巴就鬆了，就發飆，就失控。我徹底看不起他和他的弱點。他太像爸了。瑟巴斯欽是個扶不起的阿斗。他先前得到的關注熱度漸漸冷卻，一定會設法再吸引注意。

「女巫，」他咬牙道。「你他媽就是個下三濫女巫。我希望妳再被強暴。我猜妳自己也想。我知道妳愛得很。」

我嘆氣，站起來離開。

我一個人穿過樹林，聽到音樂、笑聲、派對群眾粗嘎響亮的話聲。我明白我必須讓瑟巴斯欽閉嘴。媽愛他，但她並不眞的了解他。她不知道他做得出什麼樣的事。

這世界不需要更多像瑟巴斯欽這樣的人。會毆打、恫嚇、強暴的男人。他總有一天會結婚生子，讓更多人陷入他的暴力掌握。我不打算讓這件事發生。我不打算讓瑟巴斯欽對待他未來的女友或妻子就像爸對媽那樣。我不打算讓某個小男孩或小女孩經歷我經歷過的事。我是唯一可以阻斷這個循環的人。

更重要的是，我不會讓他毀了一切。我給過他機會，是他自己選擇放棄的。我確實曾想留他一條生路。爲了媽。雖然他以某種外界看不到的方式傷害了我，讓我從此夜不成眠、每晚躺在床上一次次經歷他帶給我的疼痛。我們曾經手牽手守護彼此的安全，他卻奪走了我們家四壁內僅見的那一份小小的良善美好。

曾經，那些回憶讓我對世界還能懷有小小的希望與信心。最後卻遭到他的無情剝奪。但他不只讓我一個人失望。媽也愛他。她在他身上只看得到美好，對於他遺傳自爸的黑暗與邪惡一無所知。因爲媽對他盲目的愛，我給過他機會。但他現在已經證實自己不值得那個機會。

媽遲早會發現瑟巴斯欽就像爸，而這無疑會令她心碎。發現恐怖暴力即將延續到下一代，她的愛並無法改變這一點。所以他得死。他死了媽才不必經歷這樣的哀傷。她永遠不必知道他做過什麼事。不必知道他其實是什麼樣的人。

這幢外牆漆著紅漆的夏日度假木屋地處偏僻，位在離湖不遠一處被密林包圍的斷崖頂上。小屋是伊娃父母的，但他們很久以前即因年邁不便而不再來此度假。上次有人來已經是很多年前的事了。

霏伊滿意地檢視前門上的金屬把手，然後才低頭入內、把門關上。

藉著夕陽餘光，她可以看到屋裡擺設的陳舊家具的形狀。潮濕氣味撲鼻而來。她摸索找到牆上的電燈開關，開了燈，燈卻沒亮。應該是保險絲燒斷了，因爲伊娃告訴她屋裡通常是有電的。她必須找到保險絲盒。還好她帶了手電筒。

她踏進看似客廳的房間，地板嘎吱作響。

霏伊把帶來的汽油罐放在地板上，讓自己和老屋安靜片刻。她按摩自己因爲一路提著汽油罐而痠痛不已的手臂。

這裡是她和杰克終將分道揚鑣的地方。只有一人可以活著離開。每一步都可能出錯，她大可能會輸掉這場生死之戰。

她還有多少時間？一小時？兩小時？爲了避免留下電子足跡，她把手機交給了伊娃。她瞄一眼腕錶：剛過晚上十點。

伊娃照杰克留下的手機號碼打電話給他。她泣不成聲地哭訴說霏伊把諾菈帶走了。說霏伊瘋了，頻頻喃喃自語說要帶走杰克擁有的最後一樣東西——他的小女兒。說她沒有說要把諾菈帶去哪裡，但是霏伊離開後，伊娃發現她父母度假小屋的鑰匙不見了。

霏伊從帶來的袋子裡拿出手電筒，打開了四下查看，尋找通往地下室的門。她也看了牆上掛的一幀幀黑白照片。照片裡的人好老，現在應該都已經不在了。另外就是伊娃小時候的照片。缺了門牙的伊娃。騎馬的伊娃。她的胃裡一陣翻轉。她對伊娃了解有多深？萬一她其實是杰克那邊的人呢？從頭到尾一直都是？

霏伊低估了杰克。還有大衛。伊娃呢？不，不可能。

「夠了，」她喃喃自語。

她拉開一扇門，正好就是往地下室的門。她走下樓梯。

她透過一扇長方形的小窗看到映照樹梢的最後日光。當太陽再度升起時，我說不定已經死了，她暗忖。樓梯很陡，隨著霏伊的每一步嘎吱抗議。

愈往下濕氣的味道就愈濃。

終於走到底後，霏伊設法找到了保險絲盒，切斷總電源。她拿著手電筒找到新的保險絲成功換上。她重新打開電源開關，天花板的燈隨之亮起。她看一眼手錶，快步回到樓上。她選定客廳裡的一盞上照立燈。

霏伊把立燈插頭從牆上的插座裡拔出來，然後用她帶來的螺絲起子卸下插頭並做了需要的調整。就像影片裡教的那樣。網路上什麼都找得到，如果你知道要去哪裡找的話。

她拿出鋼絲，開始一圈又一圈緊緊纏繞在前門的門把上。她接著把帶來的一點五公升的水倒在最上面的臺階上。倒出的水形成一灘淺淺的水窪。

黑暗中根本不會注意到。

完成前置作業後，從她抵達算起已經過了四十分鐘。她關燈，坐在沙發上，在黑暗中靜靜等待。她注視著腕錶的螢光指針，手裡緊握那把螺絲起子。杰克身上不可能沒有武器，萬一事情出了錯，她必須要有武器防身。

爲自己生命搏鬥。

也許她會死。但至少她死時是自由身，而非一頭驚恐萬分的困獸。

整整九分鐘後，她聽到汽車引擎的隆隆低響。★

引擎聲停了，寂靜降臨。霏伊站起來，小心翼翼脫掉鞋子、留在沙發上，然後快步走到被她放在門邊的立燈旁。她插上插頭，緊張地瞄向門把。

她背靠牆坐在地板上。

她聽到外頭傳來腳步聲。她舔舔嘴唇，感覺渾身神經緊繃，胃裡糾結。杰克踏著沉重的腳步，在屋外來回走動。他要是放棄前門選擇爬窗怎麼辦？或是經由地下室進來？

但他何必那樣麻煩？他知道她在等他。他以為諾菈在她手上，情況危急。

「霏伊，」杰克喊道。「我要我的女兒。」

她隔窗看到他的身影，身體愈往牆壁緊靠。他看不到她。下一秒，他打開手電筒透過窗子照射屋內。光束離她的右腳僅幾吋之遙。她屏息。他起疑了嗎？所以才會一直在屋外徘徊？

她想像他在外面的模樣。她曾經愛他勝過一切，甚至曾經勝過茱莉安。此刻她卻只想摧毀他：為他對茱莉安做的事，也為他加諸在她身上的羞辱。為了所有曾經和她一樣受到壓迫、感覺自己一文不值的女人，所有走上絕路、被剝奪尊嚴的女人。所有曾經遭到奴役與剝削的女人。為所有依然戴著枷鎖的女人——即便枷鎖的形式與面貌幾世紀來早已多次更迭。

霏伊即將回擊。

她不會成為又一個統計數字，又一個遭到丈夫或前任殺害的女人。

「出來，」他高喊。「妳要是敢動她一根寒毛，我一定殺了妳，霏伊。」

她聽到壓抑的怒氣。聲音就在她後方，和她僅有一牆之隔。這意味著他正往前門走去。

霏伊嚥下口水。

「她在這裡。」她的喉嚨緊繃，聲音嘶啞。「在屋裡。」

杰克在外頭臺階上，不斷換腳站。他似乎拿不定主意要怎麼辦。他害怕了。他知道她的能耐，知道她比他聰明。知道她是危險人物。知道自己就是讓她變成危險人物的人。

「把她帶出來，」他喊道。

霏伊沒有回應。她咬牙，雙眼緊閉。她不想再多說什麼，以免他起疑。

「開門，」她咬牙低語。「開門啊。」

腳步停住了。他應該是站在臺階上。離她不到一公尺。她感覺得到他，他的遲疑，他的恐懼。

她的雙腿焦慮打顫。她的指甲狠狠掐入她掌心的皮膚裡。

「碰門把，杰克，」她喃喃低語。「開門啊，我就在這裡等著你。」

一秒後，她聽到嘶嘶聲。

她微笑，睜開眼睛。

「一，二，三，」她默數，然後關掉立燈開關。

她聽到門的另一邊傳來重物撞擊聲。她緩緩起身，嗅聞空氣。門縫滲進來一股焦味。★

霏伊慢慢推開門，但一下子就被杰克的身體卡住了。她從門縫看到他的一雙腿。他顯然是往後倒地。她繼續推，直到縫隙大得夠她鑽出去。

她彎腰，檢查他的臉。他眼睛圓睜，眼神空洞。她伸出兩隻手指放在他脖子上。沒有脈搏。

她看著這個自己曾經愛他勝過世上一切的男人，想理解自己的感覺。

樹影森森然，像一堵厚牆圍繞小屋，把世界阻隔在外。

寂靜如此厚重而濃密。

彷彿他倆身處異次元空間，一個只有杰克與霏伊兩人的空間。

多年前在斯德哥爾摩經濟學院開始的故事就此終結。故事曾爲她帶來眼淚，帶來自殺的念頭，帶來羞辱，帶來墮胎，帶來一個又一個另一個女人。但這個故事也爲她帶來了茱莉安，帶來康沛爾的接收、帶來 Revenge 的誕生。帶來她的解放與自由。世上有比一度遭到禁錮的人更自由的人嗎?不曾遭到禁錮何以識得自由的氣味？一個人可以是另一人的監獄——他們的憤怒與蔑視就是禁錮他人的枷鎖。

霏伊抓住杰克的手腕，拖著他沉重的身體過了門檻、進到客廳。他的頭撞在地板上。

杰克就這樣躺在客廳中央，霏伊氣喘吁吁，落坐在沙發上看著他的屍體。她站起來，走到他身邊踢了一腳。聲音悶悶的，沒有反應。她瞄準，再踢一腳。她想著杰克電腦裡的茱莉安的照片。想著他拿走裝有照片的塑膠皮夾時臉上的表情。

她朝他的屍身彎下腰去。

「你該要放了我的。你不該這麼固執。這麼驕傲。你不該羞辱我。利用我的女兒威脅我。你怎樣也不該做了你對茱莉安做的事。」

霏伊挺直身體。她拿起汽油罐，轉開蓋子。她沿著他的身體走，汽油浸濕了他身上的衣物。

她推開前門，點了火柴然後鬆手。下一秒，杰克的身體轟然起火。★

費耶巴卡——昔日

我聞到瑟巴斯欽房間傳來一絲熟悉的菸味，聽到酒瓶的敲擊聲。他音樂放得很小聲才不會吵醒爸。媽剛回家。她又被爸打到進了急診室。藉口當然是從樓梯上跌下來，腳滑，她眞是笨手笨腳，運氣眞不好。那些沒有醫生會合理相信、然而卻沒人敢提出質疑的藉口。

媽犯了跟爸提出要去拜訪她哥哥伊格爾的錯誤，爸一把把媽從樓梯口推下去。時間所剩不多了。爸的憤怒愈來愈失控。她這回摔斷手臂，難保下一回不是脖子，到時我就眞的是孤身一人了。

時間剛過午夜。媽和爸都睡了。媽從醫院回來後爸通常會稍微冷靜下來。我知道沒有比這更好的時機了。

我想要保護媽。我不管爸會有什麼感覺。我稍後再來對付他。

我闔上書，赤腳踩在地板上。我已經計畫好要怎麼演，要怎麼做。我穿上我知道瑟巴斯欽喜歡看我穿的白色薄睡衣。我拿出我三天前從爸那裡偷來且磨成粉末的三顆安眠藥。

我走出房間，深呼吸，敲上他的房門。

「幹嘛？」

我壓下門把，踏進一步。

他坐在桌前，轉身瞪我。他混濁的眼睛捕捉到我赤裸的雙腿，一路往上看。

「我在想你說的話。」

瑟巴斯欽皺眉。爸上回揍他留下的黑眼圈還清晰可見。

「妳在鬼扯什麼？」

「在樹林的派對上。你說我其實很喜歡你們對我做的事。你說錯了。」

「哦？」他回應冷漠，轉回頭去面對螢幕。

我又往前踏一步，站在他安裝在門上練引體上升的單槓底下。我一次也沒看他用過。

他房間牆上貼著半裸女人的海報，輕薄的布料幾乎遮不住一雙雙豪乳。房間裡髒亂不堪，到處都是吃剩的零食和亂丟的衣服，霉味和食物腐敗的氣味撲面而來，我不住皺鼻。

我悄悄地把帶來的小包放在地上，用腳踢到牆腳。

「我不喜歡他們跟我做。我只喜歡你跟我做。」

他一愣。

「你要我走嗎？」我說。「還是我可以再留一會？媽和爸都睡了。」

他點頭，沒有看我。我決定這表示我可以留下來。

「可以給我一瓶啤酒嗎？」

「啤酒是溫的。」

「沒關係。」

他趴在床上，手伸到床下摸出一瓶啤酒。他開了瓶遞給我。他手臂上的傷疤是爸用破掉的酒瓶劃出來的。

我坐在床的一角，他坐到我旁邊。我們各自默默喝了一大口酒。我瞄一眼他的酒瓶。幾乎空了。他很快會再開一瓶。那就是我把安眠藥加進去的時機。他桌上已經有四個空瓶，我卻沒聽到他去上過一次廁所。

時機即將來臨，我必須準備好。

「你喜歡我掙扎嗎？」我輕聲問道。

他臉紅，雙眼盯著牆壁。

「我不知道，」他說。

他話聲濃濁。

「我只是想知道你喜歡什麼，什麼對你最好。你可以對我做任何你喜歡的事。」

「嗯。」

他有些坐立不安。他的運動褲遮不住胯部的隆起。他看到我發現了，有些發窘。

「沒關係，」我說。

我伸出手，笨拙地放在他腿間。我幾乎吐出來，但強嚥了下去。

他動了動身體。

「我要去上廁所，」他說。

我點點頭。

「我等你。」

霏伊全身赤裸地穿過樹林。在她身後，木屋已然陷入火海。她把全身衣物都留在木屋裡，和杰克一起燒成灰燼。

橘紅色的火舌探入夜空，黑煙直竄天際。

她沒有回頭，一路前行，遠離杰克。一股全新贏回的強烈自由感貫穿她全身。

汽車頭燈照亮狹窄的林間小路上她和伊娃約定見面的地點。她的朋友一直守在附近，依約等到看到黑煙竄起才開車前來會合。她現在就在那裡。

伊娃坐在方向盤後方虛弱地微笑。霏伊面無表情地拉開副駕駛座門。小紅車老舊生鏽，沒有配備衛星導航。伊娃是跟一個舊識借的車。對方沒問問題，也不是會跟警察打交道的那種人。沒有人可以證實他們來過這裡。

「都完成了？」伊娃問。

「完成了。」

伊娃點點頭，伸手從後座拿來一個裝了衣服的黑色袋子。乾淨而沒有任何杰克痕跡的衣服。她把袋子遞給霏伊。

「妳要先把衣服穿好再出發嗎？」

霏伊搖搖頭，直接上車，把那包衣服放在大腿上。煙味開始灌進車子裡，伊娃咳嗽。

「不必，我們走吧。」

霏伊從林木間看到熊熊火光，就在那一刻，屋頂轟然塌陷、火星紛飛。原本正要發動車子的伊娃霎時愣住，手緩緩垂下。

她倆靜靜地坐在那裡，看著老屋漸漸被火舌吞噬。伊娃啓動引擎，緩緩駛開。

「妳有什麼感覺？」她問。

霏伊想了一下。

「什麼感覺也沒有，事實上。妳呢？」

伊娃嚥下口水，轉頭看霏伊。

「和妳一樣。」

車子轉上公路，四輛消防車警笛大作，朝對向疾駛而去。★

晨光映入阿麗思家的客房，照亮了懷裡抱著諾菈的伊娃。小女孩剛剛醒來，正愛睏地揉著眼睛。

「妳還好嗎？」霏伊從門縫探頭進來。她在阿麗思的沙發上躺了一夜，徹夜未眠。

她看著伊娃，搜尋她的反應。

「我還好，」伊娃說，但她回答的內容與音調卻與她緊緊抓住諾菈的動作有所矛盾。

「我們做了我們必須做的事。」

「是的，我知道，」伊娃說。

她鼻子埋進諾菈的頭髮裡，閉上眼睛。她女兒一雙胖胖的小手臂牢牢攀住她的頸子。

阿麗思進房，看著兩人露出微笑。

「早餐好了。」

前夜回到家之後，霏伊把一切都告訴了阿麗思。這並不容易，阿麗思自然也是驚訝萬分。

霏伊的電話響了。她看到來電顯示後立刻按下接聽鈕。

「嗨，親愛的，」她說，看到茱莉安出現在小螢幕上。「我現在不方便說話，晚一點再打給妳。媽咪很快就回家了，我保證。很快，非常非常快。親親！愛妳！」

「OK，媽咪，再見！」

她掛了電話。

「她一定很想妳吧？」伊娃說。諾菈緩緩地眨眼，眼看又快在伊娃懷裡睡著了。

「很想，」霏伊簡短應道。

她現在不想談茱莉安。杰克死了。永遠不會再出現了。然而無論她有多恨他、有多清楚茱莉安的生命裡容不下他的存在，她還是在哀悼。爲茱莉安必須在父親缺席的情況下長大成人而哀悼。

罪惡感沉沉地壓在她肩頭。不是因爲她殺了杰克，而是因爲她竟選中了這樣的男人。但沒有杰克就沒有茱莉安。這是一道很難有答案的算式。她只希望那張塑膠皮夾裡的照片還在她手上。那是她的護身符，帶給她力量、提醒她什麼才是重要的。但照片已經隨杰克而去了。

「下一步怎麼走？」阿麗思問。

她是看來強大而堅決。

霏伊看看諾菈，看她柔軟的眼皮與長長的睫毛。

她和杰克如此相像。

「我們必須用上那些照片與影片。啓動B計畫的時候到了。」

阿麗思微笑。

「妳是說我們終於要拴緊艾溫德的螺絲了嗎？」

「是的，我們需要專利與註冊局的那些文件。」

「文件還有上頭的用字必須百分之百精準，」伊娃說，懷裡抱著諾菈。「我做了一張明細表，標明所有重點。」

阿麗思再次微笑。

「等他看到那些照片和影片，我敢保證他一定乖乖就範。不然照片就會流到他太太手中。」

「很好，」霏伊說。

她再次望向諾菈。她趴在伊娃肩上睡著了。她沉睡的臉龐和茱莉安一模一樣。有那麼一瞬間，霏伊好想哭。爲茱莉安，爲諾菈，爲伊娃，爲她自己。爲她們所有人。★

費耶巴卡——昔日

我差一點就來不及完成所有動作，但我完成了。我把被我踢到牆角的藥粉包拿來，趴在床上從床底拿出一瓶啤酒，開瓶，把藥粉倒進去。然後瑟巴斯欽就回來了。

我把新開的啤酒遞給他。他一言不發接過去，坐在床上灌下一大口。

他依然保持戒心——他似乎不敢相信我會突然讓步，願意讓他跟我上床而不反抗。

「你可以換一下音樂嗎？」

「什麼？」

現在我必須設法盡量拖延，先讓他喝完整瓶啤酒再說。想到我可能必須和他做的事就讓我噁心想吐。

「也許改聽 Metallica？」

他點點頭。站起來，走向音響，拿出裡頭的CD，然後在架上尋找 Metallica。他找到CD，放進音響，按下播放鍵。他稍微調高了音量。

然後他站到我面前。

「我需要再喝醉一點，」我說。「我知道我們要做的事是錯的，但我就是忍不住想要。」

「那我們來比賽誰先喝完，」他說。

我微笑。

「好主意。」

我仰起頭，和他同時把整瓶啤酒灌下肚去。我屏息以免聞到啤酒的味道，終於喝完後才大口喘氣。瑟巴斯欽擦擦嘴。他飢渴地看著我，我不住打了冷顫。那些藥到底要多久才會生效？

「你有色情雜誌嗎？」我問。

我知道他有。她有時藏在暖氣管後面，有時藏在床墊底下。他轉身，手伸到床墊底下。

他遞給我一本雜誌。封面上的女人胸部奇大無比，雙腿大張面對鏡頭。她的陰毛剃得一乾二淨。

我翻讀雜誌。

「你喜歡什麼？有特別想要我做的事嗎？」

「我不知道，」他靜靜說道。

「我想要胸部再大一點。男生是不是都喜歡大奶？」

瑟巴斯欽沒有回答。

我繼續翻頁。

「妳如果早點跟我說喜歡跟我做，我就絕對不會讓他們碰妳，」他喃喃說道。

我從雜誌裡抬起頭來。他沒有迎上我的目光。

說謊，我暗忖。**你永遠不可能為我挺身而出。你這個徹頭徹尾的懦夫。**

但我只是說：

「我知道。」

「所以說，他們也算是我害死的。」

說得沒錯，我心想。而且你很快就會加入他們了。我不會爲你流一滴淚。因爲我知道你是哪一種邪惡又懦弱的人渣。你永遠不能毀掉任何人的一輩子了。

「現在不要去想那些。」

瑟巴斯欽打呵欠，眼皮有些無力。他往後躺，背靠著牆。他幾乎睜不開眼睛。

「躺下來，」我說。「我來幫你。」

我闔上雜誌，放到一旁。我爬到他旁邊，在他頭下墊了顆枕頭。瑟巴斯欽似乎睡著了，於是我蜷縮著身子躺在他旁邊，看著他愈來愈放鬆的臉。

我靜靜地躺了好一會，確定藥效眞的發揮了。確定他完全陷入熟睡後，我小心翼翼地爬下床，走向他的書桌。他的打字機裡正好已經放了紙，於是我只需打出一張遺書，說明自己有多想念兩個死去的好友、又如何爲自己救不回他們而深深感到自責。我的寫作能力比瑟巴斯欽好，所以我盡量平鋪直述，不時還拼錯幾個字。打遺書花了我一點時間，因爲我是用瑟巴斯欽的兩個打火機打的字，以避免在鍵盤上留下指紋。

我把遺書留在打字機裡，讓走進房間的人很快可以看到。

剩下就是體力活了。

我按照計畫，第一步先走向他的衣櫥，拉開門找到皮帶，然後把椅子拉到定位。我接著半躺坐在瑟巴斯欽後方，兩條腿各放在他身體的一側，把皮帶繞過他的脖子開始用力拉。並不容易。比我預期的還不容易。

我站在床上，雙腿肌肉緊繃，使勁地拉。他的臉色泛青，掙扎喘氣，但眼睛始終緊閉。

我盡全力繼續拉了至少五分鐘，終於才鬆手。我伸出一隻手放在他脖子上。沒有脈搏。沒有生氣。

他的身體非常沉重。我蹲在地板上，慢慢地把他拉到房間另一頭。到達定點後，我把他半推半拉到放在單槓底下的椅子上。我想辦法把皮帶繞到單槓上繫好，然後踢掉椅子。瑟巴斯欽就這樣癱軟地垂掛在皮帶上。

我環視房間。我有沒有遺漏了什麼？我已經拉著瑟巴斯欽的手指劃過我用來裝安眠藥的袋子，確定上面都是他的指紋。沒有人會懷疑我。自殺是最合邏輯的推測，畢竟他這個夏天歷經了失去兩名摯友的重大打擊。

我徹夜未眠，在床上躺到清晨六點。讀了點書，想了一下，想確定自己有沒有感到良心不安。沒有。沒有。完全沒有。

六點左右，我聽到爸的腳步聲。他去廁所的路上應該是注意到瑟巴斯欽的房門沒關，因爲他突然停下腳步。一秒後，我聽到他大叫。

我計畫的第一個部分完成了。還算容易。接下來要做的只剩救出媽。

「瑞典現在是早上嗎？」

霏伊點點頭。夏思汀看來氣色不錯。快樂滿足。霏伊感到欣慰。在這一團混亂之中，夏思汀的快樂帶給她希望。

夏思汀的臉愈往螢幕靠近。她眼周的皺紋清晰可見。她眼裡的擔憂溫暖了霏伊的心。

「妳還好嗎？」夏思汀問。

「妳知道嗎？我真的還好。我學了一課。我再也不會把權力交給任何人。永遠不會再讓自己有機可乘。」

「妳不能發這種誓。我也不想要妳發這種誓。我們沒有必要隨時把自己武裝到無懈可擊。」

霏伊嘆氣，想起茱莉安。她想要女兒擁有的未來。

「好吧，我想妳說得沒錯。不過暫時就先這樣吧。我無法確定自己的心禁不禁得起再多碎一次。」

夏思汀突然笑了出來——她的溫暖笑聲總能爲她帶來意外的愉悅。

「不要再在那邊自憐自艾演很大了，霏伊。妳比這堅強多了，妳自己很清楚。自憐不像妳會做的事。愛妳的還有我們這麼一大票人。此外，妳或許輸了幾場戰役，但整場戰爭的勝算還是掌握在妳手中。永遠不要忘記。」

「只是我還沒贏。」

夏思汀一隻手放在螢幕上，霏伊幾乎可以感受到臉頰上的輕撫。

「是還沒，但妳終究會的。結束後記得立刻打電話通知我。」

「一定。親親。我好想妳。」

「我也想妳。」

霏伊結束電腦上的 FaceTime 視訊通話。她發現自己在微笑，雖然眼前壓力如山。她想念夏思汀，但看到她在孟買和班特過得這麼幸福，讓她也跟著欣喜不已。

她拿來手機打電話給伊娃。

「嗨，霏伊，我正要打電話給妳。」

伊娃的話聲有些緊繃，霏伊的脈搏霎時加快，耳膜彷彿鼓搥。

「投資的事搞定了嗎？」

「搞定。他太太答應投資，也已經付諸行動。」

「老天，我總算鬆了一口氣！」

霏伊閉上眼睛。她的脈搏緩下來，很久以來第一次感覺到充滿愉悅期許的浪潮席捲內在。

最後一塊拼圖到位了。

她看著鏡中的自己，爲自己塗上大紅唇膏。她一手挽著白色 Max Mara 大衣、另一手拎起 LV公事包，走出她的套房。她又搬回到格蘭德飯店。發生那些事後，她感覺還是這裡比較安全。飯店和 Revenge 辦公室大約是步行不算遠、搭計程車也不嫌近的距離，她今天決定換上一雙舒服的高跟鞋，散步前往。她需要新鮮空氣來幫助思考。

碼頭旁的海水閃閃熠熠。完美的一天。陽光普照，風平浪靜，環繞斯德哥爾摩的灣水平靜無波。她對錯身而過的來往行人露出微笑。

她倏然停下腳步。眼角瞥過了什麼吸引她的注意。她轉身面對一家藝廊的大面展示窗。一尊垂掛銀淚的女子胸像。霏伊爲之深深吸引。她的手壓放胸前，那是多年前她母親送她的銀墜曾經垂放之處。遺落在伊克桑島的黑暗日子裡的銀墜。

她走近。藝術家的名字叫做卡洛琳·田姆。霏伊看一眼手錶，推門走進藝廊。

「我要買櫥窗裡的那尊雕塑。那尊銀色胸像。」

「妳不想先問價錢嗎？」坐在桌子後方的女人訝異道。

「不了，」霏伊說，遞去自己的美國運通黑卡。「我在趕時間。我先付錢，之後麻煩你們把東西送到這個地址。」

霏伊遞去她的名片。

店員結帳的時候，霏伊走到雕像旁，從另一個角度細細審視。交織在女人臉上的淚水向後翻飛宛若銀翼，憂傷化成了飛行的動力。她從不曾看過力量以這樣的方式被象徵化、呈現出來。力量與新生。在她感覺自己無法避免把 Revenge 拱手輸給翰里克的時刻裡，她曾以爲自己背上的一雙蠟翅已因膽敢飛得離太陽太近而融化了。現在她想飛多高就飛多高：她擁有一雙銀翼。

霏伊走出藝廊大門，明白自己準備好了。

霏伊抬頭，欣賞這幢美麗的十九世紀建築。剛剛從費耶巴卡來到斯德哥爾摩時，她曾再三讚嘆這些美麗的古老建築。將近二十年後，她已經富有得足以買下這城市裡的整個街區。這感覺如此奇妙。

她目光左移，望向司徒廣場與圖書館街。那裡曾有一家名爲佛陀酒吧的夜店。她還記得二〇〇一年那個迷人的夏夜，她在那裡遇到了一個可愛善良、名叫維克多的男孩。太好太善良了，她記得自己曾這麼想。當初若不是選擇杰克，此刻她的生活又會是什麼光景？如果她決定殺死杰克而讓維克多活下去？

她再次仰頭望向那扇窗。大衛此刻正在六樓等著，翰里克也是。兩人各踞一間辦公室。阿麗思與伊娃傳訊告知她一切都已就位。兩個男人前後抵達，對對方的存在一無所悉。舞臺已然就緒。霏伊試著辨別自己此刻的感受——緊張？憤怒？難過？都不是。她只感到深深的快樂。強烈而純粹的快樂。多虧了伊娃與阿麗思。她們拯救了她。她們拯救了彼此。

她輸入密碼，等待電梯。一會後，她穿過 Revenge 開放型辦公室裡的空桌，深深吸入宜人的現煮咖啡的香氣。會議室裡燈亮著。她看到大衛的頸背與寬厚的肩膀。她正和伊娃與阿麗思聊得起勁。阿麗思的嘴巴微笑地開闔，厚重的玻璃門阻擋了任何想要聽取對話內容的企圖。

霏伊開門。大衛回頭看到她。他即刻起身，對她展開雙臂。

「親愛的，終於。我好想妳，」他說。「法蘭克福少了妳簡直難以忍受。」

霏伊邁步經過他身邊，看也沒看他一眼，隨即拉開桌首的椅子坐定位。

她叉腿。

「霏伊……怎麼了？發生什麼事了？」他詫異道。

阿麗思臉上的微笑消失了。她充滿敵意地看著他。大衛似乎發現房間裡的氣氛變了。

「我請你來公司是想要介紹我們的新投資人給你，」霏伊開口，伸手跟伊娃接過來一只資料夾。

霏伊打開資料夾，審視裡頭的文件，點點頭。

「是的，你可能會納悶我這話什麼意思，畢竟 Revenge 已經不歸我管了。當然這也要部分歸功於你提供給翰里克的內幕消息。對了，他也來了，就在隔壁辦公室。相信我，Revenge 很快就會回到我手中。我如果是你，將來會盡量避免和翰里克．貝延道爾有任何瓜葛。你很快就會知道道爲什麼。在那之前，這就可以說明一切。」

她把最上頭一份文件放在桌上、推過去大衛面前。他渾身一顫。

「這……我可以解釋，」他結巴道。

霏伊嗤之以鼻。

「你不必解釋任何事。你只管仔細聽清楚。」

進到會議室以來的第一次，霏伊的視線落在他身上。她把三張訂在一起的紙張推到他面前。紙張標題印著幾個大字：離婚協議書。訴請人則為大衛．席勒與尤漢娜．席勒。

「簽上你的名字。」

「這是怎麼回事？我已經為離婚爭取了好幾個月。妳知道的。」

霏伊爆出大笑。阿麗思與伊娃也加入。大衛瞠目結舌看著她們。

「親愛的，一切都結束了。你這輩子都在欺騙女人。都結束了。企圖用你太太的錢投資Revenge，同時宣稱正在爭取離婚，這……算你有創意。另一頭，你還不斷為翰里克提供關於擴展美國的商業機密，」霏伊朝剛剛遞過去的第一份文件點點頭。「我至少得承認你還算勤奮。但一切都結束了。你聽懂了嗎？能免去牢獄之災算你走運。」

大衛嚥下口水。他的臉漲得更紅了。

「我……」

「閉上你的嘴，」霏伊吼道。

有人敲門，霏伊揮手邀請一位穿著香奈兒洋裝的深髮色女人入內。

「哈囉，親愛的前夫，」尤漢娜．席勒說，落坐在離霏伊最近的一張椅子上。

大衛不敢置信地張大嘴巴。

他狠狠用力眨眼，來回看著兩個女人。

「她在騙妳，尤漢娜，」他說。「不要相信她的鬼扯。她只是想要妳的錢，我出軌了，是我一時軟弱，但那只是逢場作戲，如此而已。從來就沒有別人。只有妳和我，尤漢娜。我愛妳。」

尤漢娜開始抖肩笑了起來。

「我永遠不會騙妳，」他繼續說，指向霏伊。「是她主動纏上我的。」

大衛突然猛力握拳敲桌。他終於惱羞成怒。他看來就像個生氣的小男孩。

「夠了，」尤漢娜說。「快簽一簽走人。我們還有董事會要開。」

大衛傾身向她。

「妳就是新投資人？」

「是的。你已經破產了，」伊娃咕噥道。

尤漢娜愉快地點點頭。

「少了你和你惹的事，我手頭一下多了好多時間。和錢。我受夠了一次又一次出手拯救你失敗的投資案。伊娃跟我解釋整個狀況後，我說我非常樂意投資Revenge。」

大衛轉向霏伊。她雙手叉胸饒富興味地打量大衛。他張口欲言，隨後又閉上嘴巴。

「字簽一簽，快滾了，親愛的。我們還有事得談，然後就要一起慶祝一下。」

大衛抓來筆。兩眼依然緊盯著霏伊，簽了字。他猛力站起來，椅子差點應聲翻倒。他睜大眼睛，倒著往會議室門退去。

「大衛・席勒，」他背後傳來聲音。

大衛倏地轉身。門外站著兩名警員。

霏伊剛剛就看見他們來了，只是保持沉默。

「我是，」他緊張兮兮應道。

「要請你跟我們走一趟。」

「爲什麼？」

他全身戒備。

「我們到外面討論。」

大衛轉向霏伊。

「妳幹了什麼好事？」

「舉發你對我和對 Revenge 的犯罪事實。商業間諜罪夠你吃幾年牢飯了。」

兩名警員抓住大衛的手臂往外走。她們可以聽到他的抗議在開放辦公空間裡大聲迴盪。伊娃收起桌上文件，放回資料夾裡。

霏伊起身，走向尤漢娜。她握住她的手。

「歡迎加入。」

「謝謝。」

霏伊深呼吸。插在冰桶裡的香檳得稍候一下。她還有另一頭沙豬得處理。★

翰里克抬頭，咧嘴笑著注視霏伊踏入這間不久前還屬於她的辦公室。伊娃與阿麗思緊隨在後，阿麗思轉身關門。

「三位前任僱員有何貴幹？妳們應該感謝我願意撥時間跟和妳們見面。我忙得很。我們即將大舉擴展進軍美國，不難想見我對前任僱員的抱怨耐心極爲有限。我方完全遵守僱用合約上的所有規定，所以我不知道妳們還有什麼好找我說的。另一方面來說，阿麗思，我不得不說妳竟然長出了一點敬業心，眞是叫我刮目相看。」

「閉上你的嘴，翰里克，」阿麗思朗聲道。

他皺眉。

「我時間有限。妳們有話快說，說完趕快走人。這裡沒妳們的事。」

他往後靠坐，十指交錯枕在腦後。

伊娃把一疊文件放在他桌上。上頭有些段落用綠色螢光筆標了出來。

「這是什麼？」

翰里克惱怒地拿起文件，開始翻讀。

「你擁有 Revenge。這點不容否認。但你並不擁有產品的相關權利，」霏伊說。「來自專利與註冊局的文件證實了這一點。我倒是想看看，Revenge 的美國合作夥伴對此有何意見。更不要說你的金主。擁有一家公司卻不擁有其產品，意味著你並不擁有任何具有實際價值的東西。」

她朝阿麗思與伊娃點點頭。

「在在場這兩位的協助下，我已經開始說服股東回心轉意。至於你讓私家偵探挖來用以勒索包括依琳．阿奈爾在內的股東賣股給你的種種……喏，這麼說吧，如果你膽敢考慮利用那些消息，你我心知肚明阿麗思可不需要私家偵探來挖出你的瘡疤……」

阿麗思手叉胸，心照不宣地微笑點頭。

「他媽的臭屄！妳只在唬爛罷了！我的律師不可能錯過這麼重要的細節！」

翰里克站起來，怒氣沖沖地瞪著阿麗思，臉漲得通紅。

「嗯，但他們顯然看漏了，」她說。「也許該換一家律師事務所囉？還有，我應該要回敬你一句該死的爛屌，不過你身上那根小傢伙實在值得更可愛的名字，比如說『小小屌』？不過這聽起來又少了一點感覺……」

「你他媽的臭——」

翰里克倏地往阿麗思撲去，但霏伊一步向前，兩眼緊盯著他。她傾身，把桌上文件往他推過去，冷冷開口道：

「少了產品權，這家公司只是空殼。換句話說，這對你而言是極大的資金損失。對你，對你的投資人都是。所以你現在能做的最好決定，就是把你的股份賣給我。以你當初的購入價。我希望你能了解我在此對你展現的寬宏大量。」

「沒必要。我的投資人會挺我，我可以對妳提起訴訟。我不在乎妳在什麼該死的合約上找到什麼該死的條文。我打算跟妳纏訟下去，搞到妳名下不剩半毛錢……」

翰里克咬牙切齒說得口沫四濺，但霏伊只是傾身向前，冷靜地抽出他西裝口袋裡的手帕，爲他抹去臉上的口水。

「問題是，你收購 Revenge 最主要的投資人是史坦．斯托普，我實在不覺得你有本錢這麼做。」

「史坦是我的老朋友，也是我最忠誠的客戶與事業夥伴。我有十足把握他會不計代價挺我到底。」

翰里克的話聲充滿蔑視。原本忙著檢視自己的指甲的阿麗思此時故作不經意地開口道：

「你最好檢查一下手機。我有預感史坦正在找你……」

「搞什麼？」

翰里克拿起公事包，抽出手機。霏伊伸長脖子瞥了一眼螢幕，然後轉頭面向伊娃與阿麗思。

「嘖嘖，翰里克顯然有四十三通未接來電和一堆簡訊，全部來自老友史坦。不知道是有什麼急事？他似乎十萬火急要找到你……」

翰里克點開一則又一則來自史坦的簡訊，臉色霎時刷白。

「妳幹了什麼好事，阿麗思？」

阿麗思睜著一雙無辜藍眼。

「我？我什麼都沒做啊。只是很剛好，我的手機昨天被偷，我還去報了警。這種事不得輕忽。我不知道什麼人在裡頭找到什麼東西寄給了史坦。當然囉，很可能剛好就是你在幹他的未成年女兒——我們的住家保姆——的影片。但我怎麼會知道？我剛說過，我的手機昨天被偷了。我有說過我去報了警嗎？」

翰里克大吼，朝阿麗思撲過去。但伊娃伸出一隻腳，絆得他臉朝下慘摔在地板上。他躺在那裡，揮拳咒罵。

三個女人魚貫走出會議室，但霏伊站在門口轉身。

「我今晚結束之前要收到你的簽名文件，確認 Revenge 回到我手上。相關文件在那疊合約的最底下。」

她們關上門後，裡頭的咒罵聲依然不斷傳來。★

費耶巴卡——昔日

媽很容易說服。媽在瑟巴斯欽死後就彷彿活在霧中，爸則把所有悲傷和怒氣全部發洩在媽身上。隨著每個月過去，他的瘋狂每況愈下。每天放學按下前門門把的時候，我總是屏住呼吸。進門後的第一件事就是高聲喊媽，每天我都害怕得不到回應。我聽到哭喊，看到眼眶的烏青，但更糟的是，我被迫眼睜睜看著媽一天天消沉下去、失去生氣。她幾乎不吃東西。我努力哄她多吃一點。家裡改由我掌廚，我也學了幾道媽愛吃的菜。有時她會吃幾口，但大多數時候她都只是眼神空洞地盯著盤子。

我知道她正在我眼前慢慢死去。我一直以爲媽有一天會死在爸失控的拳頭下，但隨著一個月一個月過去，我終於明白她將死於絕望。她看不到盡頭。看不到出路。我曾想藉著瑟巴斯欽之死放她自由——不讓她被我們祕密的重擔壓垮。結果我卻殺了她，緩慢卻無疑。

每一天，我都回想那次發現她吞下大量安眠藥的一幕。我回想自己如何把手伸進她的喉嚨催吐。那次是我救了她。而現在我卻在殺她。我必須採取行動。我必須給她希望。一條出路。

下定決心後，我開始計畫。

計畫需要耐心，而媽身上愈來愈常見血帶傷，等待過程如此痛苦。但我明白，如果我不一勞永逸解救她，她來日已經不多了。失去她，我也將無以爲繼。

爸也需要受到懲罰。爲了他對我們做的事，爲了他教會瑟巴斯欽的事。爲了他加諸在我們身上的恐懼。

我知道有一個人會願意幫助我們，唯一的一個人。媽的哥哥。爸不喜歡伊格爾舅舅。讓外人接近我們對他來說都是風險。他不願意冒的風險。於是對我而言，伊格爾舅舅只是一個遙遠的記憶。但媽常常提起他。我知道他願意爲她做任何事。

媽把他的電話號碼記在一本藏在內衣抽屜底下的破舊電話簿裡。我沒讓她知道任何關於計畫的事。我看著她恍惚失神的雙眼、只想緊緊摟她入懷，但這同時也告訴我，我必須擔負起照顧她的責任。今生第一次，我成了大人，而她變成了孩子。

她像隻鳥兒般輕若無物，脆弱、易碎，隨著每天過去甚至愈發脆弱易碎。我趁沒人注意的時候用學校電話偷偷打電話給伊格爾舅舅。我必須小心不要留下任何證據。我告訴他我的計畫，他立刻允諾全力協助。沒有條件，毫不質疑。他的聲音和媽好像，讓我感到無比安心。

夏末的一晚，我決定一切都到位了。我再次從學校打電話給伊格爾舅舅，交代他計畫的細節。我知道他會一步步按照我的指示做。

爸上床熟睡後——我在他晚上喝的威士忌裡加了安眠藥以防萬一——我即刻開始行動。媽的身體柔若無骨，像個破布娃娃。她如此失魂、如此微小、如此脆弱，她什麼也沒說、什麼問題也沒問，只是乖乖地照我說的做。我不敢爲她打包任何東西。所有私人物品都必須留下來。

她不能帶走任何東西，不能有任何她是自願離開的跡象。

那晚天有些涼。我們緩緩往水邊走去時，沒有一絲微風來爲我們送暖。我腳上穿了爸的靴子。我一隻手裡握著榔頭，一手扶著媽往岸邊走。爸的手套比我的手大太多了，我不時得拉扯一番。媽滑了一步，我抓住她，趁她靠在我身上時深深嗅聞她頭髮的氣味。我會想念她。老天，我會非常想念她。但愛她就是要放她自由。這就是我現在正在做的事。

伊格爾舅舅的船關燈熄火等在岸邊。他知道我接下來要做的事。我把一切細節都告訴了他。他沒有反對，但我聽得到電話線彼端那些不曾出口的沉重話語。他知道我是對的。

我沒有讓媽知道任何事。我想到最後再請求她的同意或許是更貼心的作法。但我知道她會同意的。她早已習於疼痛。

「媽，我必須打妳。我必須重重地打妳。用榔頭。爸的榔頭。我要他爲他的所做所爲付出代價。我們必須將他自我們的生活中除去。妳聽懂我的話了嗎，媽？」

媽甚至不曾猶豫。她點點頭。我剛剛和伊格爾舅舅打過招呼，但此刻我甚至不敢看他。我抱抱媽，感覺她削瘦的肩膀頂著我的胸腔。

我好害怕一時失手，害怕看她像只水晶玻璃碗就這麼碎了。但回頭已經太晚。我拿起榔頭，舉高，閉上眼睛，往下。我瞄準的是媽腿上柔軟的部位，以免打斷任何東西。但爸的榔頭上沒有沾染任何血跡。我需要血。我明白我必須打中她身體更堅硬的部位。我必須打斷什麼、穿刺皮膚才能見血。

我瞄準媽的小腿。我把榔頭高舉過頭，然後狠狠往下劈。媽僅僅輕輕呻吟了一聲。我從眼角看到伊格爾撇開了頭。我低頭看榔頭。血。媽的血。

我把榔頭放在離水岸一公尺處。離水夠遠，就算警方沒在漲潮前發現也不至浸濕。我小心翼翼地扶著媽走到伊格爾的船邊。她無法用剛剛被我敲過的腿支撐自己。她的身體靠著我，溫暖而柔軟。我依依不捨地把她交給伊格爾舅舅，最後再深深吸進一口她的氣味。我明白再次見到她會是很多年以後的事了。

我目送他們消失在無月之夜漆黑的水面，然後轉身回家。我瞥見地上那把沾血的榔頭。回到家後，我把爸的靴子放在門邊。上頭沾到了幾滴血。我脫下同樣沾染血跡的手套，小心地放回帽架上。

屋裡一片寂靜。只剩我和爸了。

明天之後就只剩下我。我幾乎等不及了。

我回房上床。我想起媽。憶起榔頭擊中骨頭的聲響。

我愛她。她愛我。我們彼此相愛。這是我沉沉入睡前的最後一個念頭。

瑞胥餐廳的圓桌旁放著一瓶插在銀製冰桶裡的 Bollinger 香檳。阿麗思、伊娃和霏伊舉杯互敬。這是她們今晚的第二瓶了。她們跟服務生說晚些點餐，卻早已把點餐的事拋諸腦後。霏伊感覺自己有些醉了，但決定翌晨帶著宿醉上回義大利的飛機，又何妨，這畢竟是她三個月內最後一次見到阿麗思與伊娃了。

她們已經計畫好未來的分工模式。她們十月初將在紐約的新辦公室聚頭，慶祝 Revenge 產品在美上市。尤漢娜也將加入她們。她新近離婚，開心愜意，顯然和她的個人健身教練享受著相當固定的性生活。以她和他上床的速度看來，霏伊強烈懷疑這段關係早已存在。但這不是該她去多想的事。

大衛遭到收押，檢察官將以商業間諜罪起訴他。至於翰里克，最新消息指出他的公司已經瀕臨破產。謠傳他和史坦．斯托普鬧翻了，史坦正無所不用其極要搞垮他。

她們的服務生——一個年約二十五，有著高聳顴骨、冰灰色眼睛和希臘神祇般體格的帥氣小夥子——清清他的喉嚨。

「請問妳們還需要什麼，或者已經很滿意了？」

他對霏伊微笑，她感到彷彿有電流竄過。她自由自在，放下過去正要邁步前行。來段短暫刺激的小冒險作爲和瑞典的暫別式，似乎是個好主意。

「還可以更滿意，」她正色說道。

他顯然大感意外。伊娃與阿麗思也詫異地望向她。

「沒錯，」霏伊說，作勢要他靠近。

他彎腰傾身。

「要是你能告訴我你幾點下班、我好派車接你來我的飯店房間，那就**完美**了，」她耳語道。

他的表情由意外轉爲饒有興味。

他打直身體，一本正經應道：

「半夜一點，報告夫人。」

阿麗思與伊娃這才恍然大悟，釋懷大笑。服務生撫平襯衫，眨眨眼，轉身離開。

她們再次舉杯互祝。

霏伊眼角捕捉到動靜，她從朝向畢爾耶．尤爾街的店窗望出去。透過玻璃，她看到一張熟悉的臉孔。一張讓她充滿驚駭的臉孔。她的雙手顫抖，不得不放下酒杯。

毫無疑問，來人正是她的父親。他朝店窗靠近，迎上霏伊的目光，把那張她母親與茱莉安的合照貼在窗玻上。

然後他就消失了。

致謝詞

寫一本小說總有許多人得謝。且讓我從解釋 Karin——我把這本書獻給了她——爲何人開始。Karin Linge Nordh 是我從第一本作品開始合作的出版人。沒有 Karin 和她的知識、智慧、對文學的熱情，我絕不可能成爲今天身爲作者的我。上一本小說出版後，Karin 已經決定轉換跑道，但她教導我的一切都將留存在我的作品中。我有幸能將 Karin 留在我生活中，和她成爲摯友。在此獻上我最真切、誠摯、無盡的謝意，親愛的 Karin！

在本書構思之初，我有幸與 John Häggblom 和 Ebba Östburg 合作。我對他們只有無盡的讚賞，這本小說在在受益於他倆的神來之筆。他們是出版界的明星，我有機會與他們共事，是爲至幸。我同時也要感謝我的編輯 Kerstin Ödeen 以及 Forum/Ester Bonnier 出版公司的所有同仁。在此且不一一詳列，但你們爲本書付出的心力我無一稍忘。你知道我在說你……

在霏伊系列兩本作品的出版中扮演重要角色的還有我的好友與同事 Pascal Engman。他爲霏伊的故事貢獻許多精彩而珍貴的想法，我對他願意撥冗協助我感到無盡感激。謝謝你，Pascal！

我且有幸與一支極爲出色能幹的團隊每日共事，一起推動《銀色翅膀》在瑞典的出版：

Christina Saliba、Joakim Hansson、Anna Frankl，以及 Lina Hellqvist 與 Julia Aspnäs 和 Nordin 經紀公司的所有同仁。

事實對一本小說情節推展至爲重要。Emmanuel Ergul 對本書金融部分提供豐富正確的資訊，Martin Junghem 與 Sara Börsvik 也一併在此致謝。

在我的個人生活層面要謝的人也很多。少了我的家人，我只怕連一個句子都寫不出來。我的先生，Simon，我愛你勝過一切，以及我最棒的孩子們 Wille、Meja、Charlie、Polly；我母親 Gunnel Läckberg 以及我的公婆 Anette 與 Christer Sköld。謝謝你們之爲你們、之爲我的安全網。

最後，一如往常，謝謝你，爸，引領我對書的熱愛。

卡蜜拉・拉貝格（Camilla Läckberg）
斯德哥爾摩，二〇二〇年三月

銀色翅膀
VINGAR AV SILVER

作　　者　卡蜜拉・拉貝格（Camilla Läckberg）
譯　　者　王娟娟
封面內頁設計　劉孟宗
責任編輯　劉憶韶

版　　權　吳亭儀
行銷業務　周丹蘋、賴玉嵐、林秀津、周佑潔、郭盈均、賴正祐、黃崇華
總 編 輯　劉憶韶
總 經 理　彭之琬
事 業 群 總 經 理　黃淑貞
發 行 人　何飛鵬
法律顧問　元禾法律事務所 王子文律師
出　　版　商周出版 台北市 104 民生東路二段 141 號 9 樓
電話：（02）25007008 傳眞：（02）25007759
Email：bwp.service@cite.com.tw
發　　行　英屬蓋曼群島商家庭傳媒股份有限公司城邦分公司
台北市中山區民生東路二段 141 號 2 樓
書虫客服服務專線：02-25007718 02-25007719
24 小時傳眞專線：02-25001990 02-25001991
服務時間：週一至週五 9:30-12:00 13:30-17:00
劃撥帳號：19863813 戶名：書虫股份有限公司
讀者服務信箱 Email：service@readingclub.com.tw
香港發行所　城邦（香港）出版集團有限公司
香港灣仔駱克道 193 號東超商業中心 1 樓
Email：hkcite@biznetvigator.com
電話：（852）25086231　傳眞：（852）25789337
馬新發行所　城邦（馬新）出版集團 Cite（M）Sdn Bhd
41, Jalan Radin Anum, Bandar Baru Sri Petaling, 57000
Kuala Lumpur, Malaysia.
Tel：（603）90578822 Fax：（603）90576622
Email：cite@cite.com.my

作者照片 © Magnus Ragnvid
印　　刷　卡樂彩色製版有限公司
總 經 銷　聯合發行股份有限公司
新北市 231 新店區寶橋路 235 巷 6 弄 6 號 2 樓

2022 年 12 月 29 日初版
定價 400 元

讀者回函卡

ISBN 978-626-318-508-1

國家圖書館出版品預行編目 (CIP) 資料

銀色翅膀 / 卡蜜拉 . 拉貝格 (Camilla Läckberg) 作；王娟娟譯 . 初版 . 臺北市：商周出版：英屬蓋曼群島商家庭傳媒股份有限公司城邦分公司發行，2022.12
336 面；14.8×21 公分
譯自：Vingar Av Silver
ISBN 978-626-318-508-1（平裝）

881.357　111018898